Gabi Büttner

Die Macht der Clans

LiebesRebellion

Bibliografische Information der Deutschen Nationalbibliothek:
Die Deutsche Nationalbibliothek verzeichnet diese Publikation in der Deutschen Nationalbibliografie; detaillierte bibliografische Daten sind im Internet über http://dnb.dnb.de abrufbar.

2. Auflage
© 2017 Gabi Büttner
Lektorat: Oliver Jung-Kostick
Coverillustration: Juan Paplo Roldan
Coverdesign: Nina Döllerer

Gesetzt aus der Vollkorn von Friedrich Althausen
www.Vollkorn-typeface.com

Herstellung und Verlag: BoD – Books on Demand, Norderstedt

ISBN: 9783848201518

Inhaltsverzeichnis

Inhalt

Die Erde ist unbewohnbar.
Nach jahrelanger Odyssee durch das All findet die
Menschheit im Pictor-System eine neue Heimat.
In Gedenken an die alte Heimat wird dem Planeten
der Name Terra Zwei gegeben.
Der Weltrat unter Führung des Großherrschers
schickt die verbliebenen funktionstüchtigen Raumkreuzer
zurück zur Erde. Keiner von ihnen kehrt je zurück.
Abgeschnitten von den meisten technischen
Errungenschaften der Menschheit, passen sich die
Lebensbedingungen auf Terra Zwei allmählich denen der
Erde des zweiundzwanzigsten Jahrhunderts an.
Dreihundert Jahre nach der Besiedelung
regieren Clans diese Welt.
Die einfache Bevölkerung leidet unter
der willkürlichen Herrschaft und der
unersättlichen Gier der Clanführer.
Wer die geforderten Abgaben nicht zahlen kann,
wird deportiert und zur Zwangsarbeit verpflichtet.
Hunger, Ausbeutung und öffentliche Hinrichtungen
bestimmen den Alltag der Bürger.
Widerstand regt sich.
Die Rebellen kennen nur ein Ziel:
Die grausame Clanherrschaft auf Terra beenden
und der Bevölkerung zur Freiheit zu verhelfen.

Prolog

Larn fluchte, während er versuchte, die Solarmodule der Erntemaschine so zu stabilisieren, dass sie in ihrer Position blieben. Bekam er das Problem mit dem Schwebeantrieb nicht endlich in den Griff, würde sich seine Arbeitszeit erheblich verlängern.

Er war erst sechzehn, dennoch schuftete er täglich zwölf Stunden auf den Feldern, ebenso wie seine Eltern und sein jüngerer Bruder Chris. Und wozu? Damit die Clans die Abgaben ständig erhöhten, sodass dem einfachen Volk nicht einmal genug übrig blieb, um richtig satt zu werden?

Larn schnaubte verächtlich. Diese Steuern waren nichts weiter als legalisierter Diebstahl!

Angeblich gab es Widerstand dagegen. Er hatte von kleinen Gruppen gehört, die die Clans bekämpften. Wie gerne hätte er sich einer solchen Einheit angeschlossen. Doch das würde bedeuten, seine Familie im Stich zu lassen – etwas, das er niemals tun könnte. Dafür liebte er sie viel zu sehr.

Das dumpfe Grollen, das auf einmal in der Luft lag, riss ihn aus seinen Überlegungen. Er hob die Hand über die Augen, um sie vor der Sonne zu schützen, und suchte aufmerksam den Himmel ab. Als er die näher kommenden Schatten am Horizont erkannte, wurde er für einen Moment stocksteif. Die Silhouetten der Clangleiter waren unverwechselbar.

Das, was die Dorfgemeinschaft bereits seit Längerem befürchtet hatte, war eingetroffen.

Als der Clan begann, die Abgaben immer weiter zu erhöhen, häuften sich die Überfälle auf die Bevölkerung. Die Gerüchteküche brodelte. Es hieß, an denen, die die Abgaben nicht zahlen konnten, würde demnächst ein Exempel statuiert werden. Wie es aussah, war es nun soweit. Als diese Erkenntnis endlich zu ihm durchdrang, rannte Larn los.

Einen Augenblick später blitzte es dort, wo er gerade noch gestanden hatte, grell auf. Der ohrenbetäubende Donner einer Explosion folgte.

Die Druckwelle riss Larn zu Boden, die Hitze des Feuerballs, der über ihn hinwegfegte, versengte sein Shirt und seinen Rücken. Der brennende Schmerz ließ ihn aufschreien und trieb ihm Tränen in die Augen. Verschwommen nahm er die schwarz gekleideten Gestalten wahr, die vom Waldrand her auf das Feld marschierten. *Clankrieger!*

Sie benutzten grünes Feuer. Die Neurowaffen schalteten in einer Sekunde die Reflexe der Opfer aus. Allein das Aufblitzen dieser furchtbaren Waffe steigerte sein Entsetzen und zwang Larn wieder auf die Beine.

Er lief los, strauchelte, fing sich im letzten Moment. Taumelte weiter über den unebenen Boden.

Er dachte an seinen kleinen Bruder, der allein zu Hause war. Larn musste zu Chris, musste ihn durch den Fluchttunnel, den ihr Vater in weiser Voraussicht erbaut hatte, in Sicherheit bringen, bevor ihm die Zeit davon lief.

Ein Schatten tauchte neben ihm auf und griff nach seinem Arm. Reflexartig wollte er sich losreißen, erkannte aber im letzten Moment das Gesicht seines Vaters. Erleichtert atmete er auf. Vater wusste immer, was zu tun war.

»Schneller!«, schrie er und legte sich Larns Arm um die Schultern, um ihn zu stützen. »Wir müssen zur Hütte.«

Larn biss die Zähne zusammen. Er zwang sich schneller zu laufen, obwohl ihm sein eigener Atem in den Ohren dröhnte.

Er sah die Gestalt seiner Mutter, halb verborgen von den Bäumen am Waldrand, die in den Wald lief.

Wenige Minuten nachdem sie verschwunden war, tauchten sein Vater und er in die Dunkelheit unter den Bäumen ein. Nebeneinander rannten sie den schmalen Wildpfad entlang, bis sie endlich den Rand des Forstes erreichten und in Sichtweite ihrer Hütte kamen.

Larn konnte Chris nicht sehen. Panik schlug über ihm zusammen, als er auch seine Mutter nirgends erblicken konnte.

Er stolperte nach seinem Vater durch die Tür. Die Knie wurden ihm weich vor Erleichterung, als er seine Mutter im Wohnbereich entdeckte. Aber keine Spur von seinem Bruder.

»Wo ist Chris?«, schrie sein Vater.

»Ich weiß es nicht!« Die Angst ließ die Stimme seiner Mutter schrill klingen.

»Speisekammer …«, stieß Larn zwischen zwei Atemzügen hervor. »Er versteckt sich immer dort, wenn er sich fürchtet.«

Sein Vater begann, den schweren Schrank vor die Eingangstür zu schieben.

»Marianna, hol den Blaster«, befahl er dabei. »Dann geh zu den Jungs nach hinten.«

Larn erstarrte. »Nein, Vater«, entfuhr es ihm, »sie werden dich töten, wenn du bewaffnet bist.«

Grimmige Entschlossenheit lag in der Miene seines Vaters, als er Larn ansah. »Bring deinen Bruder in Sicherheit!«

»Aber …«

»Tu, was ich dir sage! *Geh!*«

Larn wollte widersprechen, aber ein Blick in die Augen seines Vaters ließ ihn verstummen. Er wandte sich um und stürzte in Richtung des Vorratsraumes. Kaum hatte er ihn erreicht und die Tür geöffnet, ließ ihn lautes Donnern wieder herumfahren.

Die Tür der Hütte wurde in unzählige Splitter zerlegt. Ebenso der Schrank davor. Einige davon trafen seinen Vater, der nur wenige Meter von der Tür entfernt stand und bohrten sich tief in seinen Körper.

Sein Vater verlor den Blaster, stürzte brüllend zu Boden. Wälzte sich herum, die Hände vor den Bauch gepresst.

Larns Mutter rannte ebenfalls schreiend auf ihn zu. Sie erreichte ihn nie.

Männer in schwarzen Kampfanzügen stürmten die Hütte. Clankrieger!

Unwillkürlich wich Larn in den düsteren Raum hinter sich zurück. Zog reflexartig die Tür zu. Stand einen Augenblick völlig reglos.

Dann ging ein Ruck durch seinen Körper. Er wollte seinen Eltern zu Hilfe eilen, musste zu ihnen, *musste* irgendetwas tun!

Ein leises Schluchzen hinter ihm ließ ihn innehalten. *Chris!* Larn hatte seinen Bruder beinahe vergessen.

Zusammengekauert hockte der Jüngere in einer Ecke des Raumes. Tränen liefen ihm über das Gesicht. Das kleine rote Holzauto, das er so liebte, hielt er fest umklammert. Nun streckte er es Larn entgegen. »Ich wollte es retten«, jammerte er.

»Sei leise!« Larn stürzte auf seinen Bruder zu und nahm ihn auf den Arm. Sein geschundener Rücken brüllte vor Pein. »Um Himmels willen, sei still. Sie dürfen uns nicht hören!«

Sein scharfer Ton zeigte sofort Wirkung. Sein Bruder verstummte, schwieg selbst dann, als Mutter nebenan erneut schrie.

Mit einem Schritt war Larn wieder an der Tür. Durch einen Riss im Holz blickte er in den Wohnraum.

Sein Herz zog sich schmerzhaft zusammen, während sein übriger Körper völlig taub wurde. Er wollte nicht hinsehen. Wollte nicht zusehen, wie sein Vater über den Boden kroch. Doch er konnte keinen Muskel rühren.

Zwei der Krieger hatten seine Mutter inzwischen an den Armen ergriffen. Zogen sie grob von Vater fort.

Und Larn sah, was der so verzweifelt versuchte, in sich zu halten. Im ersten Augenblick begriff er nicht, was diese glänzende Schlinge war, auf die sein Vater seine Hände presste. Als er es erkannte, stöhnte er auf.

Das Geräusch klang überlaut in dem kleinen Raum.

Beinahe als hätte sein Vater es gehört, irrte sein Blick zu der Tür der Vorratskammer. Furcht und Schmerz lagen in seinen Augen. Die verzerrten Lippen formten sich zu einem lautlosen Wort.

»Lauft!«

So deutlich als hätte er es geschrien, hallte das Wort in Larns Kopf wieder.

Aber er konnte nicht. Alle Muskeln seines Körpers angespannt, stand er da. Spürte den warmen Körper seines Bruders auf seinen Armen. Hörte, wie Chris hektisch die Luft einzog. Wurde sich bewusst, dass er immer noch die Hand auf den Mund seines Bruders presste, um ihn am Schreien zu hindern. Doch noch nicht einmal dann konnte er diesen Griff lösen.

So sah er zusammen mit seinem vierjährigen Bruder zu, wie ihre Mutter vergewaltigt wurde.

Mutter schrie und schrie und schrie. So schrill, wie Larn es noch nie zuvor gehört hatte.

Er beobachtete, wie sein Vater einen der Krieger erreichte und an dessen Bein zerrte.

Der Mann lachte nur, zog sein Bein zurück und trat Vater voll ins Gesicht, beugte sich dann über ihn und nahm seinen Kopf in beide Hände.

Er benötigte nur eine einzige ruckartige Bewegung, um Vaters Genick zu brechen.

Larn schloss die Augen. Ein Schrei baute sich in ihm auf, gespeist aus Hass, Angst und Trauer. Er schluckte ihn herunter. Etwas in ihm starb, während ihm noch immer die Schreie seiner Mutter in den Ohren klangen.

Die Krieger hatten inzwischen von ihr abgelassen, legten Feuer, verließen dann die Hütte.

Seine Mutter schien es gar nicht wahrzunehmen. Noch immer lag sie am Boden. Stumm nun und völlig reglos. Was auf unerklärliche Art erschreckender war, als sie schreien zu hören.

Larn setzte Chris ab, versuchte die Tür zu öffnen, um seine Mutter ebenfalls zu dem Fluchttunnel zu bringen. Doch irgendetwas blockierte die Tür von außen!

Mit aller Kraft drückte Larn dagegen. Bewegte sie um wenige Zentimeter, aber der entstandene Spalt war viel zu eng, um sich hindurchzuzwängen.

Erst als das Feuer Mutters Haar erfasste, gab Larn auf.

Er zwang sich, von der Tür wegzutreten. Ging mit schleppenden Schritten zur Rückseite des winzigen Raumes und schob das Regal dort zur Seite. Dahinter befand sich ein schmaler Durchgang.

Larn zerrte Chris in einen Raum, gerade groß genug, um dort die Klappe im Boden aufschlagen zu können.

»Schnell jetzt!«, drängte er, »wir müssen weg!«

Chris starrte ihn nur apathisch an. Beherzt nahm Larn ihn wieder auf den Arm und machte sich an den Abstieg in die Dunkelheit des Fluchttunnels.

Die Anstrengung brannte in seinen Lungen. Der immer wieder aufbrandende Schmerz in seinem Rücken trieb ihm Schreie in die Kehle.

Er unterdrückte sie, indem er sich die Lippen blutig biss. Mit unerschütterlicher Gewissheit wusste er, er würde sich niemals verzeihen können, seine Mutter zurückgelassen zu haben.

Aber die Anweisungen seiner Eltern für so einen Fall waren unmissverständlich gewesen.

Sollte es jemals zu einem Angriff kommen, ist es deine Aufgabe, deinen Bruder in Sicherheit zu bringen.

Das hatte er ihnen schwören müssen. An diesen Schwur hielt er sich nun. Es hätte sich richtig anfühlen müssen, aber das tat es nicht.

Es gelang Larn, seinen Bruder aus dem zerstörten Dorf zu bringen, ohne den Clankriegern in die Hände zu fallen.

All die Versteckspiele der letzten Jahre halfen ihm dabei. Er kannte jeden Winkel des Dorfes, jeden Unterschlupf, der groß genug war, sie zu verbergen, und er nutzte sie alle.

Er brachte Chris bei einer befreundeten Familie unter. Dann verschwand er.

Zurück ließ er einen vierjährigen Jungen, der niemals lachte, nicht sprach und vor der Nähe anderer Menschen zurückschreckte.

Als Larn nach Jahren zurückkam, brachte er seinen Bruder zu den besten Ärzten Terras.

Er zahlte nach und nach ein Vermögen für die Heilung seines Bruders, doch nichts konnte ihn von der Schuld freikaufen, die in ihm nagte.

Kapitel 1

Chris betrat den Club und blieb einen Moment stehen, um seine Augen an die veränderten Lichtverhältnisse zu gewöhnen.

Musik wummerte in ohrenbetäubender Lautstärke, das Blitzen der Lasershow zerhackte die Tanzbewegungen der Menge. Es war laut, es war stickig, es war voll. Warum ausgerechnet das *Ikarus* so ein angesagter Studententreffpunkt war, würde Chris für immer ein Rätsel bleiben. Doch es war ein idealer Ort, um Kontakte zu knüpfen.

Ein weiterer Pluspunkt des Clubs lag darin, dass Larissa McIngless hier regelmäßig verkehrte.

Schon am ersten Tag in der Uni war sie ihm aufgefallen. Ihre Augen, so grün wie eine Sommerwiese, trieben seinen Puls in die Höhe, während ihr Lächeln ihm das Gefühl gab, es wäre nebensächlich zu atmen.

War es da wichtig, dass ihr Vater zu den engsten Vertrauten Lord Hiereons gehörte? Die Antwort darauf drängte Chris stets in den hinteren Winkel seines Bewusstseins zurück. Auch wenn er wusste, es wäre klüger, Abstand zu Larissa zu wahren.

Seiner bisherigen Meinung nach verdienten die Angehörigen der Oberschicht nichts weiter als Verachtung. Larissa jedoch war anders.

Soziale Unterschiede schienen sie nicht zu stören.

Soweit Chris es mitbekommen hatte, benutzte sie auch niemals den Einfluss, den ihre Stellung mit sich brachte, um sich selbst Vorteile zu verschaffen. Ein Verhalten, das sie angenehm von anderen Mitgliedern der Upperclass abgrenzte.

Zu seinem Glück gehörten die meisten ihrer Freunde der Mittelschicht an. So hatte er es geschafft, in ihren Freundeskreis aufgenommen zu werden, was ihm durch Beharrlichkeit und den Einsatz seines Charmes innerhalb kurzer Zeit gelungen war. Natürlich nur im Auftrag seines Bruders, um Informationen zu sammeln. Sich in der Nähe des Feindes aufzuhalten mochte riskant sein, aber die Qualität der Auskünfte war es wert.

Ja richtig, Informationen sind alles, was du von ihr willst, dachte er ironisch. *Darum hältst du ja auch jetzt schon wieder Ausschau nach ihr.*

Er fand Larissa, zusammen mit ihrer besten Freundin Cindy, auf ihrem bevorzugten Platz. Reichtum hatte unbestreitbare Vorteile. In Larissas Fall bestand dieser aus der dauerhaften Reservierung eines Tisches im VIP-Bereich, die wie Blütenblätter einer Blume rings um die Tanzfläche angeordnet waren.

Ohne weiter zu zögern, drängte sich Chris durch den Pulk eng aneinander stehender, vergnügungssüchtiger Menschen. Er kam gerade rechtzeitig am Tisch der Frauen an, um einen Blick auf Larissas ausgestreckte Zunge werfen zu können, die sie Cindy präsentierte.

»Zie is sanns rocken«, erklärte sie.

»Hübsche Himbeerfarbe«, kommentierte Chris belustigt, »versucht ihr, Krankheiten anhand der Zunge zu diagnostizieren«?

Eine weitere Annehmlichkeit des Wohlstands: Die Lounge war durch einen transparenten Schleier vor der ohrenbetäubenden Geräuschkulisse des Clubs geschützt. So konnte man sich unterhalten, ohne schreien zu müssen.

Larissa fuhr zu ihm herum. Er stellte fest, dass ihre Wangen ebenfalls eine hinreißende Färbung annehmen konnten.

»Ähm, ich ...«

»Sie hat gesabbert«, fiel Cindy Larissa grinsend ins Wort. »Ihre typische ›Oh-Gott-ich-habe-ihn-gesehen‹-Reaktion. Ich könnte unterdessen neben ihr umfallen. Sie würde es nicht bemerken.« Ihr Lächeln nahm ihren Worten die Schärfe.

»Noch ein Ton und du fällst tatsächlich um«, zischte Larissa, deren Röte sich vertiefte.

»Um wen geht es denn gerade?«

»Gari«, entgegnete Larissa schnell, während Cindy nur lachend mit der Schulter zuckte.

Chris hatte Mühe, sein unverbindliches Lächeln beizubehalten. Gari Hiereon war der Neffe des Clanführers, der diesen Bezirk regierte. Sein Benehmen entsprach genau dem, was Chris von den Angehörigen der Oberschicht gewohnt war: Arroganz, Jähzorn, Geltungssucht. Dass er Larissa als sein persönliches Eigentum zu betrachten schien, machte ihn noch unsympathischer.

Aber Gari war eine der besten Informationsquellen für Chris, wenn auch unfreiwillig. Dieser Idiot kam nicht eine Sekunde auf den Gedanken, das Gerede über die Gesetzesänderungen, die sein Onkel plante und die er so unverhohlen in der Öffentlichkeit preisgab, könnte für irgendjemanden von Interesse sein.

»Sabbern ist deine typische Reaktion auf Gari?«, zog Chris Larissa nun auf.

Während er beobachtete, wie sie sich wand, verschwand jeder Gedanke an diesen Wichtigtuer. Ihre Verlegenheit war einfach bezaubernd.

»Der fällt eher unter ›Gift und Galle spucken‹«, meinte sie.

»Lass dir nicht den Abend von Dingen verderben, die du nicht ändern kannst«, versuchte Chris sie aufzumuntern. »Wenn du genug davon hast, über Gari nachzudenken, könnte ich dir etwas zu trinken bestellen.«

»Tu dir keinen Zwang an«, erwiderte Cindy an Larissas Stelle. »Du zahlst, ich hole die Getränke.«

Auffordernd hielt sie ihm die Hand hin und nahm die Chipkarte entgegen, auf der die Bestellungen gespeichert wurden. Gleichzeitig schob sie Larissa über den Tisch hinweg eine andere Karte zu.

»Du kannst dieses Mal ein ganzes Wochenende da bleiben. Ich werde nicht vor Sonntagabend wieder zu Hause sein. Mach das Beste draus.« Sie zwinkerte Larissa verschwörerisch zu, bevor sie in der Menge verschwand.

»Ein Wochenende?« Chris setzte sich neben Larissa auf die Bank.

Sie nickte, bevor sie ihn durch halb gesenkte Lider ansah. Gott dieser Blick ... Chris registrierte nur am Rande, wie sie den Arm hob und einmal kurz mit der Karte in Richtung Galerie winkte.

Larissa war niemals allein. Ihre Leibwächter waren lediglich gut genug ausgebildet, um sich dezent im Hintergrund zu halten. Ihr Vater mochte ihre Entscheidung zum Studium und ihre Freunde tolerieren. Ihre Sicherheit hingegen würde er niemals riskieren. Ein Umstand, der Chris kurzfristig entfallen war. Ein deutliches Zeichen, wie sehr sie ihm unter die Haut ging.

»Die Schlüsselkarte zu Cindys Apartment«, erklärte Larissa, während sie die Karte in ihrer Tasche verstaute. »Ein ungestörtes Wochenende. Ruhig, abgeschieden ...«

Sie hob den Blick. Irgendwas in seinem Gesicht musste ihr seine Gedanken verraten haben. »Nicht, was *du* denkst. Ich meinte keine Angestellten, keine Überwachung, keine Regeln ...«, sie stockte. »Das klingt jetzt auch nicht gerade besser, oder?«

Chris lachte leise. »Wenn das eine Einladung sein soll ...«

»Du versuchst nicht gerade mit mir zu flirten?«

Wieder dieser Blick durch halb gesenkte Lider, unterlegt mit einem wissenden Lächeln, das seinen Puls in die Höhe trieb.

Sie musste taub und blind sein, wenn sie die Wirkung, die sie auf ihn hatte, nicht bemerkte. Aber auch er beherrschte dieses Spiel.

Chris beugte sich vor, bis sein Gesicht nahe vor ihrem war, und stützte sein Kinn auf seine Hand.

»Vielleicht«, sagte er, während er ihr in die Augen sah.

»Und? Funktioniert es?«

»Das musst du schon selbst herausfinden.«

Er grinste. »Ich denke schon.«

»Ganz schön arrogant.«

Er hob eine Braue.

»Eher selbstbewusst.«

Larissa legte den Kopf zur Seite und hob ihn ein wenig an. Ihre Gesichter waren sich jetzt so nahe, dass sie sich beinahe berührten. Sie räusperte sich, fuhr sich dann mit der Zunge über die Lippen.

Allein der Anblick ließ eine heiße Woge durch seinen Körper rasen. Sein Atem entwich mit einem einzigen heftigen Stoß, sodass er gleich darauf nach Luft schnappte.

»Hochmütig«, konterte sie.

Chris streckte die Hand aus, legte sie an ihre Wange, und begann mit dem kleinen Finger die empfindliche Linie ihres Halses entlang zu streichen.

Sie erschauderte und rieb leicht mit ihrer Wange über seine Handfläche.

Nur mit Mühe konnte Chris sich beherrschen nicht die Augen zu schließen, um einfach das Gefühl ihrer weichen Haut unter seinen Fingern zu genießen. Für eine Sekunde überlegte er, ob er eine Verhaftung wegen Erregung öffentlichen Ärgernisses riskieren sollte, wenn das hier auch nur noch ein bisschen intensiver würde. Das Bedürfnis, hier und jetzt jeden Zentimeter ihrer Haut zu erforschen, war enorm.

Langsam ließ er seine Hand ein wenig tiefer wandern, bis seine Fingerspitzen hauchzart über ihr Schlüsselbein strichen.

»Aber äußerst erfolgreich«, stieß er hervor. Gott, er krächzte wie ein pubertierender Teenager.

Larissa holte zittrig Luft und senkte die Lider. Ihre Hand legte sich auf seinen Oberschenkel, woraufhin Hitze ihm direkt in den Unterleib schoss. Innerhalb von Sekunden wurde er hart.

Chris schwankte zwischen dem Verlangen ihre Hand festzuhalten, bevor ihn die kreisende Bewegung ihres Daumens völlig um den Verstand brachte und dem Wunsch, sie würde ewig so weiter machen.

»Ich unterbreche eure Zweisamkeit ja äußerst ungern«, zerstörte Cindys Stimme die Illusion völliger Intimität und brachte beide zurück in die Realität. »Aber wenn ich mir das noch länger ansehe, muss ich die Drinks über mich kippen, um mich abzukühlen. Oder mich auf den erstbesten Typen stürzen, der an diesem Tisch vorbei kommt. So wie ich es sehe, wird das zu meinem Pech Gari sein.«

Sofort rückte Larissa von Chris ab. Er zerbiss einen Fluch zwischen den Zähnen und legte seine Hände um sein Glas, um das Zittern zu verbergen. Seine Fingerknöchel traten weiß hervor, so fest umklammerte er das Gefäß. Gern hätte er es zerbrochen. Vorzugsweise auf Garis Kopf.

Noch immer schlug sein Herz viel zu schnell. Was hatte er sich nur dabei gedacht? Larissa war eine potenzielle Gefahrenquelle.

Nicht nur, weil sie ihn alles um sich herum vergessen ließ. Er hatte einen Auftrag zu erledigen, der *nicht* lautete, Larissa McIngless in sein Bett zu bekommen.

Sie hatte Gari offenbar ebenfalls entdeckt, denn auch sie fluchte leise.

»Ohne Lances Einverständnis kann ich hier noch nicht weg. Eine weitere Auseinandersetzung mit Gari stehe ich nicht durch. Nicht heute Abend.«

Ihre Stimme klang brüchig und fuhr Chris direkt ins Herz. Es war dieser Ton, der ihn abermals leichtsinnig machte. Ohne nachzudenken, ergriff er Larissas Hand und zog sie von der Bank.

»Tanz mit mir.«

Sie sah ihn überrascht an, ließ sich aber bereitwillig von ihm durch das überfüllte Lokal führen.

Während des Tanzes zog er sie eng an sich. Spürte, wie sie sich durch seine Berührungen zuerst anspannte, sich dann aber weich und nachgiebig an ihn schmiegte. Er achtete darauf, sie beide im Schatten eines Stützträgers zu halten, von denen sich mehrere auf der Tanzfläche verteilten. Zusätzlich schirmte er sie mit seinem Körper ab. Ein suchender Blick würde nicht mehr ausreichen, um sie zwischen den anderen zuckenden Leibern zu entdecken.

»Ich glaube nicht, dass Gari dich hier sehen wird«, murmelte Chris an ihrem Ohr. Zu gern hätte er sich eingeredet, seine Lippen verursachten die Gänsehaut, die sie daraufhin überzog. »Es sei denn, er erkundigt sich bei deinen Wachhunden?«

Sie schüttelte den Kopf. »Lance wird mich nicht verraten.«

»Du vertraust ihm sehr?« Der Duft ihres Haares machte ihn wahnsinnig. Vanille mit einem Hauch von Erdbeeren. Sein Mund war völlig trocken. Er musste sich die Lippen befeuchten, bevor er weiter sprach. »Genau genommen ist Gari Lances Vorgesetzter.«

»*Genau genommen* ist Gari ein Arschloch. Wenn du ein Arschloch siehst, ihm aber nicht sagen kannst, dass er eins ist, denk es dir. Kannst du es ihm aber sagen, dann lass dir nichts gefallen.«

»Sagt Lance?«

Sie blickte auf und nickte lächelnd. Chris Herzschlag beschleunigte sich. Er hätte viel gegeben, hätte die grenzenlose Zuneigung in ihrem Blick ihm gegolten.

»Lance Cooper ist kein Mann, der dazu geeignet wäre, einer verwöhnten Zuckerpuppe den Arsch zu pudern.« Sie sprach mit verstellter, tiefer Stimme und breitem Akzent. »Du willst Freiheiten, Mädel? – Dann verdien sie dir!«

»Du hast sie dir verdient, nehme ich an?«

»Ich bin hier. Lance steht oben auf der Tribüne. Ein weiterer Mann am Vordereingang, einer am Hintereingang. Ich habe mehr Freiheiten als jede andere Frau der Oberschicht. Und ja, ich habe sie mir verdient. Als mir Lance als Leibwächter zugeteilt wurde, war ich vierzehn. Ich hatte Forderungen, er hatte Bedingungen. Wir einigten uns. Ich lernte, auf mich aufzupassen. Er lernte, nicht zu genau hinzusehen.«

»Kannst du es? Auf dich aufpassen?«

Wieder dieser laszive Blick, der ihm durch und durch ging.

»Nahkampf, Dolche, Blaster. Such dir etwas aus. Ich bin gut, in allem, was ich tue.« Sie biss sich kurz auf die Unterlippe, als überlege sie, ob es klug war, ihm so viel über sich anzuvertrauen.

Ein Schauer überlief ihn, als ihm unwillkürlich der Gedanke durch den Kopf schoss, was sie mit ihren Lippen noch alles tun könnte.

»Was ist heute passiert?« Er musste einfach fragen.

Larissa senkte den Kopf. Ihre dichten, kastanienroten Locken fielen ihr dabei ins Gesicht, sodass es beinahe den Anschein erweckte, als verstecke sie sich dahinter.

»Gari und ich hatten heute Nachmittag eine heftige Auseinandersetzung«, sagte sie dann leise, wobei sie Chris einen kurzen Blick zuwarf. Fast so, als wollte sie sich vergewissern, dass er ihre Worte nicht lächerlich fand. »Ich gebe es nicht gern zu, aber in manchen Momenten habe ich beinahe Angst vor ihm.«

Wut schoss in Chris empor. Unvermittelt und so heftig, dass sich sein Magen zusammenzog. Noch bevor ihm bewusst wurde, was er tat, umfasste er sanft ihr Kinn und brachte sie so dazu den Kopf zu heben.

Fest sah er ihr in die Augen, während er sagte: »Sollte Gari jemals etwas tun, was du nicht willst, sorge ich persönlich dafür, dass es ihm leidtut.«

Sie versuchte zu lächeln, doch es war eher ein trauriges Verziehen der Mundwinkel. Gari hatte durchaus die Macht ihr zu schaden. Das wusste sie ebenso gut wie er.

»Ich danke dir für den Schutz, den du mir anbietest«, sagte sie dennoch, während sie ihm die Hand auf die Wange legte.

Sein Herzschlag setzte für einen Moment aus, um dann doppelt so schnell in seiner Brust zu hämmern. Gott, er wollte sie. Hatte er sie vorher schon begehrt, war es jetzt mehr als ein körperliches Sehnen. Weit mehr. Langsam beugte er sich zu ihr herab. Sie hob ihre Lippen den seinen entgegen. Sein Blut rauschte in seinen Adern, als er sie küsste.

Beide atmeten deutlich schwerer, als sie sich voneinander lösten. Noch immer hielten sich ihre Blicke umfangen. Ihre nächsten Worte entlockten Chris ein heiseres Stöhnen.

»Bitte, lass mich heute Nacht nicht allein.«

Chris stand am Fenster und starrte auf die Straße hinab. Sein Haar war noch feucht von der Dusche. Dennoch fühlte er sich beschmutzt. Besudelt durch die Holografiebilder, die er sich hatte ansehen müssen.

Sein Freundeskreis beschränkte sich auf weniger als eine Handvoll Menschen und so wusste er, dass etwas passiert sein musste, als Dave plötzlich vor der Tür stand. Wie erwartet, brachte ihm sein Freund keine guten Nachrichten. Aber das Ausmaß dieser schlechten Nachrichten war beinahe mehr, als Chris ertragen konnte.

Während er die Nacht mit Larissa verbrachte, war sein Bruder getötet worden.

Chris hatte geglaubt zu wissen, wie der Verlust ihn treffen würde. Doch er hatte sich geirrt. Nichts konnte er dem Schmerz entgegensetzen, der jetzt in ihm tobte.

Seit dem Tod seiner Eltern gab es nicht mehr viele Konstanten in seinem Leben. Eine davon war Larn. Sie waren durch weit stärkere Bande verbunden, als durch bloße Blutsverwandtschaft. *Verbunden gewesen,* korrigierte er sich.

Bereits früh im Leben hatte er lernen müssen, dass Tränen nicht halfen. Doch im Moment wünschte er sich einfach weinen zu können. Vielleicht würde das die eisige Kälte vertreiben, die sein Denken lähmte und die ihn zu ersticken versuchte.

Er ballte die Hände zu Fäusten. Versuchte, seine Trauer durch Wut zu ersetzen. Es gelang ihm nicht.

Gequält schloss er die Augen und ließ die Stirn gegen die Fensterscheibe sinken.

Die zweite Holografie hatte nicht mehr gezeigt, als einen brutal zugerichteten Torso. Die längst verheilten Brandnarben, die sich über den breiten Rücken und die Schulter erstreckten, waren deutlich zu sehen. Chris hatte sie sofort erkannt.

Die Medikhüllen an den Arm- und Beinstümpfen seines Bruders hatten sich unauslöschlich in sein Gedächtnis gebrannt. War es Zufall, dass Larns Peiniger sie dort gelassen hatten? Oder wollten sie damit verdeutlichen, dass sie Larn nach der Amputation seiner Glieder noch am Leben erhalten hatten? Was war es, das ihn letztendlich tötete? Der Schock oder die Enthauptung? Wie viel Schmerz vertrug der menschliche Geist, bevor er kapitulierte?

Immer wieder blitzte das Bild seines Bruders vor seinem inneren Auge auf. Fast schien es Chris, als wäre er mit Larn dort gewesen …

Er sah, wie Larn sich verzweifelt gegen die Krieger wehrte, hörte seine Schreie, als sie ihn auf den Tisch schnallten und ihn quälten, blickte in seine panisch aufgerissenen Augen, die trübe waren vor Schmerz. Hatten sie ihm seine Augen gelassen?

Nein, Stopp, rief er sich selbst zur Ordnung. *Hör auf damit. Denk nicht darüber nach. Denk gar nicht daran!*

Er wollte nicht wissen, wie lange das Sterben seines Bruders gedauert hatte, oder wie qualvoll es gewesen sein mochte. Aber die Bilder fielen mit ungebrochener Macht immer wieder über ihn her.

Er wirbelte herum und hieb mit seiner Faust gegen die Wand.

Der gewollte Schmerz brachte ihn wieder zur Besinnung. Schwer atmend stand er da, am ganzen Körper zitternd vor Anspannung, aber zumindest wieder in der Lage klarer zu denken.

»Hat es geholfen?«, fragte Dave. In den Augen seines Freundes stand die gleiche Trauer, die auch in Chris tobte.

»Nicht wirklich.«

»Ich weiß, es ist hart. Aber wir müssen los. Hast du alles, was du brauchst?«

Bei Daves Worten hätte Chris fast bitter aufgelacht. *Alles, was er brauchte?* Er hätte Larn gebraucht. Oder zumindest die Freiheit, seine eigenen Entscheidungen treffen zu können.

Da das jedoch unmöglich war, schwieg er und nickte. Ein letztes Mal ließ er seinen Blick durch den Raum schweifen.Er sah sein Zimmer in dieser Bruchbude von einem Haus. Kalt und zugig, mit undichten Fensteröffnungen und fleckigen Wänden. Dennoch, der Raum war für beinahe ein Jahr sein Zuhause gewesen. Seine Zuflucht. Es fiel ihm schwer das hinter sich zu lassen. Absurderweise hatte er das Gefühl, das Geschehene realer zu machen, wenn er das Zimmer verließ. Doch er hatte keine andere Wahl. Er musste stark sein, um des Andenkens seines Bruders willen. Und er musste sich zusammenreißen wegen des Vertrauens, das Larn in ihn gesetzt hatte.

Kapitel 2

29. August 336: Clanbasis Hiereon, 19.19 Uhr

Es war lange her, seit Larissa sich zuletzt so ausgeglichen gefühlt hatte. Sie war glücklich und ihr Spiegelbild bestätigte es. Ihre Augen glänzten, die Wangen waren leicht gerötet, da war so ein kleines Lächeln auf ihren Lippen, das einfach nicht schwinden wollte...

Vor drei Tagen hatte sich Christopher von ihr verabschiedet. Zweiundsiebzig Stunden, in denen sie kein Wort von ihm hörte und die sich endlos hinzogen. Dennoch konnte nichts ihre gute Laune trüben.

Larissa verdrehte die Augen und streckte ihrem Spiegelbild die Zunge heraus. Sie benahm sich beinahe wie eine Vierzehnjährige, die zum ersten Mal in ihrem Leben eine Verabredung hatte, nur weil sie Christopher heute Abend wiedersehen würde.

In den letzten Tagen gab es keine Minute, in der sie nicht an ihn gedacht hatte. An sein unglaubliches Lächeln, das ihre Knie augenblicklich in Pudding verwandelte, an den Ausdruck in seinen Augen, der ihr Geborgenheit und Zärtlichkeit versprach, an seine Berührungen, zugleich sanft und voller Kraft.

Als sie mit ihm in Cindys Apartment gegangen war, ging sie davon aus, dass es auf Sex hinauslaufen würde. Auch er konnte nicht verbergen, dass er dem nicht abgeneigt war. Dennoch kam es nicht dazu.

Stattdessen hatte er sie ernst angesehen und gesagt, dass er nicht mit ihr gekommen war, weil die Gelegenheit gerade passte. Sondern weil er ihre Anspannung und ihr Bedürfnis nach Gesellschaft bemerkt hatte.

»Solange es in meiner Macht steht, werde ich immer da sein, sobald du mich brauchst«, hatte er ihr versichert. So verbrachten sie die Nacht damit, zu reden. Zumindest die meiste Zeit.

Larissa stieß unwillkürlich den Atem aus. Ihr Unterleib zog sich zusammen, als sie daran dachte, was dieser Mann mit seinen Lippen anstellen konnte, mit seinem Mund, mit seinen Händen ... Sie schüttelte den Kopf, um diese Gedanken zu vertreiben.

Noch eineinhalb Stunden bevor sie aufbrechen konnte. Wäre es ungehörig, vorzeitig zu erscheinen?

Völlig egal, entschied sie gerade, als ein Summen einen Gast ankündigte. Der automatisch aufklappende Bildschirm ihres Coms zeigte ihr, dass Lance vor der Tür wartete.

»Komm rein«, rief Larissa gut gelaunt. »Glaubst du, der Wagen ist schon abfahrbereit? Ich möchte gern zeitiger losfahren.«

»Komm her und setz dich, Mädel.«

Larissa stockte mitten in der Bewegung. Lance nannte sie nur *Mädel*, wenn es Probleme gab. Ein Überbleibsel aus ihrer Teenagerzeit, wo sie mehr Probleme verursacht hatte, als gut für sie war. Im Allgemeinen hatte Lance hinterher die Wogen wieder glätten müssen.

Ihre gute Laune verflog von einem Moment zum anderen, während sie ins Wohnzimmer ging.

»Was ist los?«

»Setz dich«, wiederholte Lance.

Breitbeinig stand er da. Die massigen Arme vor der Brust verschränkt, die Lippen schmal. Seine gesamte Haltung verriet, dass ihr das Gespräch nicht gefallen würde. Um sich unnötige Debatten zu ersparen, setzte sie sich in einen der Sessel.

»Also?«

»Was ist vor drei Tagen in Cindys Wohnung geschehen?« Nichts in dem Blick seiner kühlen grauen Augen ließ einen Rückschluss darauf zu, was er dachte. Dennoch bildete sich in ihrem Magen ein harter, schmerzender Kloß.

»Was ist passiert?«

»Beantworte die Frage, Larissa.«

»Christopher und ich haben geredet. Uns …«

»Worüber? Hat er dir Fragen gestellt?«

»Natürlich hat er das. Aber …«

»Was für Fragen?«

»Ganz normale Dinge.« Larissa fuhr sich mit der Hand durchs Haar. »Meine Eltern, seine Eltern, Freunde …«

»Was wollte er über deinen Vater wissen?«

»Herrgott, Lance!«

»Was genau, Larissa?«

»Nichts Ungewöhnliches.« Sie stand auf, ignorierte seinen missbilligen Blick und begann unruhig hin und her zu laufen. »Was für ein Mensch er ist. Wie wir zueinander stehen. Ob ich glücklich bin.«

Lances Augen verengten sich. Er sah sie an. Nachdenklich, abschätzend und viel zu lang.

»Besser, du erfährst es von mir«, brummte er dann. »Christopher Bishop ist verschwunden.«

»Was?«, stieß sie ungläubig hervor.

»Seine Wohnung steht leer. Seit zwei Tagen wurde er nirgends mehr gesehen.«

»Er kann nicht weg sein.« Sie schluckte und versuchte den Kloß, der auf einmal in ihrer Kehle steckte hinunterzuwürgen. »Er sagte, er würde da sein, wann immer ich ihn brauche.«

»Entschuldige, Prinzessin – aber das hier ist kein Schlagertext.« Lance klang resigniert.

So würde er sich nicht anhören, hätte ihr einfach nur irgendein Kerl das Herz herausgerissen, um darauf herum zu trampeln. In diesem Fall wäre er stinksauer.

Niemand tat *seinem Mädel* ungestraft weh. Das hatte er oft genug gesagt und auch bewiesen.

»Was noch?«

»Er wurde zuletzt in den Quan-Bergen gesehen. Innerhalb der Sperrzone.«

Larissa atmete scharf ein. Die Quan-Berge? Die Sperrzone? Das war nicht gut … Des Öfteren wurden Menschen aus den Gebieten rund um die Berge als vermisst gemeldet und tauchten nur selten wieder auf.

Das gesamte Gebiet war von breiten Adern aus Dalith durchzogen, einem Mineral, dessen Strahlung Ortung und Navigation so nachhaltig störte, dass es immer wieder zu Verlusten an Mensch und Material gekommen war. So hatte der Großherrscher das Gebirge zum Sperrgebiet erklärt.

Abwehrend schüttelte Larissa den Kopf. »Chris in der Sperrzone? Das ist unmöglich. Nicht mal die Suchtrupps des Großherrschers trauen sich ...«

»Es gibt einen Augenzeugen.«

»Nein, *du* verstehst nicht. Christopher kann nicht im Inneren der Sperrzone gesehen worden sein. Das Betreten ist bei Todesstrafe untersagt. Wäre er dort entdeckt worden, hätte ihn niemand verraten können, ohne sich selbst zu belasten.«

»Möglich wäre es schon. Du weißt ja nicht, wer der Augenzeuge ist. Wenn der für die Regierung arbeitet ...«

»Du glaubst auch nicht, dass Chris dort war?«

»Er wurde in der Nähe der verbotenen Zone gesehen, so viel steht fest.«

»Das ist noch nicht alles, oder?«

Lance seufzte und schüttelte erneut den Kopf. »Er wird ebenso mit dem Verschwinden einiger Menschen in Verbindung gebracht. Eine Einheit des SUT sucht nach ihm.«

»Die Spezialeinheit zum Schutz Terras?«, Larissa erstarrte, als ihr die Bedeutung dieser Worte aufging. »Sie verdächtigen Christopher des Mordes?«

»Bisher ist nur von Entführung die Rede«, wiegelte Lance ab. »Anscheinend verschwanden mehrere Personen, nachdem er zuletzt mit ihnen gesehen wurde.«

»Du hast Christopher doch überprüft.«

»Natürlich. Als er das erste Mal in deiner Nähe auftauchte, hab ich ihn durchs Raster laufen lassen.« Er schnaubte. »Als dein Interesse an ihm offensichtlich wurde, checkte ich ihn noch einmal gründlich.«

»Und?«

»Glaubst du, ich hätte dich mit ihm in die Wohnung gehen lassen, wenn ich auf irgendwelche Unregelmäßigkeiten gestoßen wäre?«

»Er hat das nicht getan.«

»Es gibt Augenzeugen, die ...«

Sie hob die Hand, um jedes weitere Wort zu verhindern. »Er hat es nicht getan. Unmöglich.«

»Nichts ist unmöglich. Angenommen, er hat Beziehungen. Verbindungen, die bis ganz nach oben reichen. Das könnte eine gefälschte Vita erklären.«

»Mit solchen Kontakten tarnt sich niemand als mittelloser Student. Warum sollte er das tun? Um an mich heranzukommen? An meinen Vater? Lord Hiereon? Bei solchen Beziehungen hätte er das einfacher haben können.«

»Mehrere Personen bestätigen unabhängig voneinander, dass sie einen Entführungsversuch mit ansahen. Kurz darauf verschwand Christopher.«

»Wer?« Er schüttelte den Kopf. »Wer, Lance?«

»Die SUT wird mit dir reden wollen. Noch gelingt es deinem Vater, sie von dir fernzuhalten. Ich wollte dich nur darauf vorbereiten«, wich er aus.

Larissa hörte ihm kaum noch zu. Im Geiste ging sie die Liste der Personen durch, die häufiger mit Christopher und ihr zusammen gewesen waren. Sie erstarrte, als ihr die Wahrheit bewusst wurde.

»Dieser verdammte Mistkerl!« Sie katapultierte sich förmlich aus dem Sessel heraus und war an der Tür, bevor Lance auch nur reagieren konnte.

Fluchend stürzte er ihr nach.

»Larissa, warte. Mädel, bleib stehen.«

»Ich bring ihn um! Ich bring ihn ganz einfach um!«

»Pass bitte auf, was du da sagst? Du musst dich beruhigen, bevor dich jemand so sieht.«

»Einen Dreck muss ich!«

»Oberschicht, ja? Du erinnerst dich? Beherrschung? Disziplin? Etikette?«

»Da sch …«

»Sag es nicht. Nimm nicht solche Worte in den Mund.«

»… eiß ich drauf.«

»Ich wusste, es war keine gute Idee deines Vaters, mich zu deinem Leibwächter zu machen«, Lance stöhnte. »Du hast dir in den letzten zehn Jahren einfach zu viel von mir abgeguckt.«

»Was denn? Dass man sich nichts gefallen lässt?«

»Ich bin ein Clankrieger, verdammt! Von mir wird erwartet, dass ich mir nichts bieten lasse. Von dir hingegen erwartet man Benehmen und Beherrschung!«

Larissa verdrehte nur die Augen. Die Erwartungen der Anderen konnten ihr gestohlen bleiben. Benehmen? Gari war es doch, der sich idiotisch benahm.

Mittlerweile waren sie in dem Teil des Gebäudes angekommen, in dem Garis Räume lagen.

Zielsicher steuerte Larissa auf die Tür zu, hinter der sich Garis Wohnbereich befand. Während ihrer Kindheit, als sie sich noch mit Gari verstand, hatte sie viel Zeit hier verbracht. Doch dann starb Leon, der Sohn Lord Hiereons, und Gari wurde zum Nachfolger des Clanführers ernannt. Von da an veränderte er sich.

Seine Überheblichkeit wuchs ins Unermessliche, sein Machtgehabe ging Larissa zusehends auf die Nerven.

Seine neue Rücksichtslosigkeit erschreckte sie. So kühlte das Verhältnis zwischen ihnen deutlich ab, bis es schließlich gänzlich zerrüttet war.

Ihr Zögern nutzte Lance, um sich vor die Tür zu stellen und ihr den Weg zu versperren.

»Du wirst dort nicht reinstürmen«, sagte er und verschränkte die Arme, so wie er es immer tat, wenn er entschlossen war, sie an etwas zu hindern. »Nicht, bevor du dich beruhigt hast. Am besten gehst du einfach wieder zurück in dein Zimmer.«

»Geh mir aus dem Weg, Lance.« Larissa versuchte, all ihre Wut in den Blick zu legen, den sie ihm zuwarf. »Das ist ein Befehl.«

»Das meinst du nicht ernst.« Kopfschüttelnd sah er auf sie herab. »Du kannst dort jetzt nicht reingehen«, wiederholte er dann, jedes Wort betonend, »und dir und damit auch mir Probleme bereiten.«

Sie ballte die Fäuste. Er hatte sie schachmatt gesetzt und er wusste es. Larissa schloss die Augen, atmete tief durch, während sie sich bemühte ruhiger zu werden. Es gelang ihr beinahe, bis sich die Tür hinter Lance öffnete.

»Larissa, die Überwachung meldete dein Kommen. Wie schön, dass du meiner kleinen Party beiwohnen willst.«

»Du!«, schrie sie Gari über Lances Schulter hinweg an. »Du miese, kleine, niederträchtige …«

»Es freut mich ebenfalls, dich zu sehen«, unterbrach Gari sie mit süffisantem Lächeln. »Doch achte bitte auf deine Worte. Das Dilemma, in dem du dich befindest, solltest du nicht durch deine Taktlosigkeit steigern.«

Mit diesen Worten wandte er sich ab und ließ sie auf dem Gang stehen, als wäre sie ein ausgemustertes Möbelstück.

Larissa schob Lance zur Seite, sein warnendes Kopfschütteln ebenso ignorierend wie seinen beschwörenden Blick.

Aufgebracht stürmte sie hinter Gari in den Raum. Hinter sich hörte sie Lance leise fluchen, als er erkannte, dass Gari nicht allein war. Mehrere seiner Freunde waren bei ihm, die Larissa ebenso wenig beachtete wie die drei halb bekleideten Damen im Hintergrund.

»Was hast du getan?«, verlangte sie von Gari zu wissen. »Mit welchen schmierigen, miesen Tricks versuchst du dich in den Vordergrund zu drängen?«

»Mir ist vollkommen unklar, wovon du sprichst.«

»Du hast diese haarsträubenden Verdächtigungen über Christopher in die Welt gesetzt.«

»Ach das«, Gari zuckte mit den Schultern. »Dieser ganze Aufstand wegen eines Versagers, der dich bereits durch seine bloße Anwesenheit diskreditierte?«

»Du wirst diese Aussage zurücknehmen.«

»Das wäre unangebracht.« Gari versuchte gar nicht zu verbergen, wie sehr er die Situation genoss.

»Gari, bitte!« Larissa kämpfte um Beherrschung.

»Du bittest mich um etwas? Es war mir bislang nicht bewusst, dass dieses Wort überhaupt zu deinem Vokabular gehört. Könnte ich es noch mal hören? Offensichtlich bist du ja bereit für diesen Abschaum zu betteln.«

Larissa spürte, wie Lance sich hinter ihr anspannte. Er kannte ihr Temperament zu gut, um locker zu bleiben.

Sie ballte die Hände zu Fäusten. Der Wunsch, sie in Garis Gesicht zu schlagen, um sein widerliches Grienen dadurch fortzuwischen, war beinahe übermächtig. Aber sie beherrschte sich. Lances spürbare Anspannung half ihr dabei.

»Wärst du so freundlich, die falschen Verdächtigungen über Christopher zurückzunehmen? Bitte! Reicht das? Oder soll ich vor dir auch noch auf die Knie fallen?«

»Eine verlockende Vorstellung. Doch vorläufig werde ich davon absehen, dein freundliches Angebot anzunehmen.« Gari zögerte, dann sagte er: »Die SUT sieht die Gesetzesübertretungen Bishops als erwiesen an. Was meine falschen ...«, er machte mit den Händen Anführungszeichen in die Luft, »... Anschuldigungen betrifft: Sie entsprechen der Wahrheit. Zumindest solange, bis ich etwas anderes sage. Du solltest aufwachen, Larissa. Jemand wie er passt nicht zu unseresgleichen.«

»Du steckst also tatsächlich dahinter?« Obwohl sie es bis an die Grenze der Gewissheit geahnt hatte, erschütterte sie sein offenes Eingeständnis.

»Wenn ich etwas will, nehme ich es mir. Sollte sich mir dabei jemand in den Weg stellen, wird er die Konsequenzen dafür zu spüren bekommen.«

»Christopher ist unschuldig. Das werde ich beweisen.«

»Wirst du das?« Gari lächelte herablassend. »Dein Wort gegen meines stellen? Was denkst du, wessen Einfluss größer ist?«

»Dein Einfluss«, sie spie das Wort förmlich aus, »berechtigt dich nicht falsche Anschuldigungen in die Welt zu setzten.«

»Nicht? Nun gut, wenn dir so viel daran liegt ... Wie weit würdest du gehen, um diesen Abschaum zu retten?« Provozierend fasste er sich in den Schritt und schob die Hüften vor. »Jetzt möchte ich dich zu gern auf Knien vor mir sehen.«

Garis Freunde im Hintergrund johlten. Bis Larissa ausholte und ihm ins Gesicht schlug. Totenstille folge, nur unterbrochen von dem Fluch, den Lance ausstieß.

»So«, stieß sie, unbeeindruckt von den entsetzten Blicken um sie herum, hervor. »Jetzt weißt du, was ich von dir, deinem Einfluss und deinen Besitzansprüchen halte.«

Gari hielt sich die Wange und starrte sie fassungslos an. Langsam machte er einen Schritt auf Larissa zu.

Blitzschnell baute sich Lance vor ihr auf.

»Geh auf dein Zimmer«, sagte er über die Schulter hinweg zu Larissa. »Sofort.«

»Das bereust du. Ich schwöre, dass du das bereuen wirst«, keuchte Gari.

»Vielleicht, aber das war es mir wert.«

Gari versuchte Lance zur Seite zu schieben. Ebenso gut hätte er probieren können eine Felswand mit bloßen Händen zu bewegen.

Larissa wusste, Lance würde Gari nicht die Gelegenheit geben auf sie loszugehen. Dazu hatte er zu oft gesehen, wozu der Neffe des Clanführers während eines Wutanfalles fähig war.

»Lass mich vorbei!«, knurrte Gari wütend.

»Das kann ich nicht tun«, Lance klang völlig ruhig.

»Das ist Befehlsverweigerung.«

»Mir ist nicht bewusst, dass es sich um einen Befehl handelt«, entgegnete Lance stoisch. »Meines Erachtens verlor ein Mitglied der Oberschicht die Beherrschung. Deswegen wird sie sich jetzt in ihre Räume zurückziehen. Dort kann sie über ihren Fehler nachdenken und sich eine Möglichkeit zur Wiedergutmachung überlegen. Ohne dass es zu einem weiteren Eklat kommt.«

Eine eindeutige Aufforderung an Larissa endlich zu gehen. Sie bekam gerade noch mit, wie Gari sich nach seinen Freunden umblickte.

Atemloses Schweigen schlug ihm entgegen. Man hätte die berühmte Stecknadel zu Boden fallen hören können.

»Was ist?«, schnappte er. »Wo bleibt die Musik?«

Augenblicklich dröhnte der Bass los. Aber da war Larissa schon um die nächste Biegung des Ganges verschwunden.

Von der äußerlichen Gelassenheit, die sie Gari gegenüber gezeigt hatte, war nichts geblieben.

Sie schaffte es bis um die nächste Biegung des Korridors, bevor sie sich mit zitternden Gliedern gegen die Wand lehnte und die Augen schloss.

Die Sorge um Christopher beherrschte ihre Gedanken. Was, wenn ihm etwas zugestoßen war? Möglicherweise lag er genau jetzt in irgendeiner Schlucht. Verletzt, bewegungsunfähig, verzweifelt auf Hilfe hoffend. Ob er wusste, dass keine kommen würde?

Als ihr jemand die Hand auf die Schulter legte, schreckte Larissa auf.

»Das eben war das Dümmste, was du je getan hast.«
Lance war stocksauer.

»Vermutlich«, stimmte sie ihm zu. »Aber du hast selbst gesehen, wie er sich benommen hat. Dazu seine Intrigen, seine Lügen. Er ist so ...«, sie brach ab und schwieg einen Moment. »Es ist nicht fair.«

»Niemand hat je behauptet das Leben wäre fair. Das wird Folgen haben, wie dir hoffentlich klar ist.«

»Wie viel schlimmer kann es denn jetzt noch kommen? Begleite mich bitte ins Büro meines Vaters. Er ist der Einzige, der Christopher jetzt noch helfen kann.«

»Christopher?« Lance erstarrte mitten in der Bewegung. »Denkst du noch an etwas Anderes? Ich rede davon, was Gari mit *dir* anstellen kann.«

Larissa zuckte nur mit den Schultern. Gari war der letzte Mensch, der sie jetzt interessierte.

»Er hat befohlen dich unter Hausarrest zu stellen. Mit sofortiger Wirkung.«

»Hat er das?«, Larissa schnaubte verächtlich. »Er hat nicht das Recht, solche Befehle zu erteilen. Das weißt du ebenso gut wie ich.«

»Stimmt. Aber du könntest so etwas wie Bedauern ausdrücken, indem du ein einziges Mal das tust, was Gari gerne hätte. Er wäre milder gestimmt und dich würde es nicht umbringen.«

»Ich werde damit keine Zeit verschwenden! Was, wenn Christopher Hilfe braucht? Wenn er verletzt ist?«

»Du bist blind, wenn es um diesen Kerl geht. Ich hätte dich niemals mit ihm gehen lassen dürfen!«

»Das war nicht deine Entscheidung!«

»Er ist nicht gut für dich. Sieh, wohin das mit ihm bisher geführt hat!«

»Nicht du auch noch, Lance. Was ich jetzt brauche, ist jemand der mich unterstützt. Nicht jemanden, der ...«

»Was erwartest du?«, blaffte er. »Dass ich den Mist gut heiße, der gerade passiert ist? Du bringst dich in Gefahr. Davor kann selbst ich dich nicht beschützen.«

»Das verlangt niemand! Tu mir einfach den Gefallen und halt den Mund, wenn du nichts Gutes zu sagen hast!«

Genau das tat er. Den Rest des Weges legten sie in unangenehmem Schweigen zurück.

Wie üblich arbeitete Larissas Vater trotz der späten Stunde noch, weshalb sie zielstrebig sein Büro aufsuchte.

»Hallo Larissa, du musst du dich noch einen Moment gedulden.« Mrs. Guira, die Sekretärin ihres Vaters, begrüßte sie mit einem freundlichen Lächeln. »Er hat Besuch. Die SUT«, fügte sie bedeutungsvoll hinzu.

»Na, dann komme ich ja richtig.« Larissa ignorierte den Protest der Sekretärin und betrat das Büro ohne sich die Mühe zu machen, vorher anzuklopfen.

Lance folgte ihr und baute sich mit verschränkten Armen neben der Tür auf.

»... Ihre Aussage könnte von äußerster Wichtigkeit ...«, der Sprecher, ein kräftig gebauter Mann um die Vierzig verstummte, als Larissa hereinkam.

Das Gesicht ihres Vaters verfinsterte sich bei ihrem Anblick.

Du solltest nicht hier sein, schoss ihr durch den Kopf, als sie sich ihm gegenüber an den Schreibtisch setzte. *Du hättest auf Lance hören und einen günstigeren Zeitpunkt abwarten sollen.*

Aber dazu war es zu spät, also beschränkte sie sich darauf ihrem Vater entschuldigend zuzulächeln.

»Darf ich annehmen, dass Sie Larissa McIngless sind?«, richtete der Fremde das Wort an Larissa, was ihm einen giftigen Blick ihres Vater einbrachte.

»Meine Tochter kann Ihnen nicht weiterhelfen«, sagte er in scharfem Tonfall.

»Ich denke, das sollte ich selbst entscheiden«, warf Larissa ein.

»Das ist sehr großzügig von Ihnen, Miss McIngless«, schaltete sich ein zweiter Unbekannter ein, der bisher in einer dämmerigen Ecke des Raumes gestanden hatte.

Als er nun näher trat, erkannte Larissa, dass es sich um einen etwa fünfunddreißigjährigen Mann mit scharf geschnittenen Gesichtszügen und wachen, intelligenten Augen handelte. Er entsprach so sehr ihrem Bild eines SUT-Beamten, dass er sich seinen Beruf auch auf die Stirn hätte tätowieren können. Er war ihr auf Anhieb unsympathisch.

»Hat es einen Grund, dass Sie sich in dunklen Ecken verbergen?«

Der Fremde lächelte. Es war nicht mehr als ein Verziehen der Lippen.

»Mein Name ist Parsen. Und das«, er deutete auf den zweiten Mann, »ist mein Kollege Wallington. Wir gehören der Secret Unit Terras an.«

Larissa quittierte diese Vorstellung mit einem Heben der Braue. »Wie kann ich Ihnen helfen?«

»Es geht um einen Bekannten von Ihnen, Miss McIngless. Christopher Bishop. Er ist seit zwei Tagen verschwunden.«

»Ich weiß.«

»Sie wissen es?« Parsen klang überrascht.

»Ich habe viele Freunde«, Larissa lächelte ebenso unecht wie Parsen zuvor, »und werde informiert, sollte sich einer von ihnen in Schwierigkeiten befinden.«

»Sie sind der Meinung, Mr. Bishop habe Schwierigkeiten?«

»Sie ermitteln gegen ihn. Sind das nicht *Schwierigkeiten* genug?«

»Nach unseren Informationen waren Sie die Letzte, die mit Mr. Bishop zusammen gesehen wurde«, schaltete Wallington sich ein, bevor Parsen antworten konnte. »Hat er versucht, Sie zu etwas zu bewegen, das Sie nicht wollten?«

»Was sollte das gewesen sein?«

»Sollten Sie ihn begleiten? Auf einen Ausflug vielleicht?«

»Nein«, erwiderte Larissa ohne Zögern. »Warum sollte er so etwas tun?«

Wallington ignorierte die Frage. »Wurde er Ihnen gegenüber handgreiflich? Gibt es etwas, das Sie uns lieber verschweigen? Möglicherweise aus Angst?«

»Auf keinen Fall«, fuhr Larissa auf. »Christopher hat sich durch und durch normal verhalten. Meine Personenschützer sind perfekt ausgebildet. Sie lassen mich nicht unbeobachtet. Das wusste auch Mr. Bishop.«

46

»Er wusste also, dass Sie unter ständiger Beobachtung stehen?«

»Ich würde das nicht als Beobachtung bezeichnen«, merkte Larissa an. »Wenn Sie aber damit ausdrücken wollen, dass ich unter dauerhaftem Schutz stehe, haben Sie recht. Das ist allgemein bekannt.«

»Bitte überlegen Sie genau«, beharrte Wallington. »Jedes Wort, das Mr. Bishop an Sie gerichtet hat, könnte von Bedeutung sein. Selbst eine beiläufige Bemerkung in der Sie keinen Sinn gesehen haben.«

»Es tut mir leid. Ich kann Ihnen nicht weiter helfen. Allerdings sind mir Gerüchte zu Ohren gekommen hinsichtlich Ihrer Ermittlungen.«

Parsen hob eine Braue. »Die lauten?«

»Wenn ein Mensch verschwindet, bedeutet dies nicht automatisch, dass er sich eines Verbrechens schuldig gemacht hätte.« Larissa beschloss, sich bedeckt zu halten. Gegebenenfalls konnte sie so herausfinden, was die Beamten wussten.

»An Mr. Bishops Unschuld gibt es berechtigte Zweifel, Miss McIngless«, gab Parsen zu. »Uns liegen die Aussagen diverser Zeugen vor, die Mr. Bishop schwer belasten.«

»Das ist lächerlich«, erwiderte Larissa scharf. »Welche Beweise haben Sie ansonsten?«

»Wir benötigen keine. Einer unserer Zeugen ist vertrauenswürdig genug, um über jeden Zweifel erhaben zu sein.«

»Gari Hiereons Anschuldigungen sind völlig aus der Luft gegriffen.« Larissa war sich durchaus bewusst, wie brisant ihre Behauptung war.

Wie erwartet schnappte ihr Vater hörbar nach Luft. Larissa bemerkte, dass er bleich geworden war.

Sie ignorierte das und sah wieder Parsen an. »Er ist doch Ihr Hauptbelastungszeuge, nicht wahr?«

»Wir sind nicht befugt, unsere Zeugen zu nennen.«

»Ich bin in der Lage, mir diese Information auch auf anderem Weg zu beschaffen«, behauptete Larissa. Sie hatte keinerlei Befugnisse den Computer der SUT anzuzapfen. Doch ihr Vater hatte sie. Dass er ihr niemals gestatten würde, Informationen einzusehen, wussten die Beamten schließlich nicht. »Ich würde es als eine *freundschaftliche Geste* ansehen, wenn Sie mir den Namen Ihres Zeugen nennen würden.«

»Sie haben recht. Es ist Mr. Hiereon«, antwortete Wallington nach kurzem Zögern.

»Seine Aussage ist das Papier nicht wert, auf dem sie festgehalten wurde.«

»Immerhin ist er der Neffe des Clanführers«, gab Wallington zu bedenken.

»Was ihn nicht daran hindert zu lügen.«

»Larissa, das reicht«, schaltete sich ihr Vater ein.

»Aber Gari hat gelogen und….«

Die Hand ihres Vaters donnerte auf die Schreibtischplatte. »Ich sagte, es ist genug. Ich will nichts mehr davon hören.« Er bedachte Larissa nochmals mit einem warnenden Blick und wandte sich dann an Parsen. Sie gehen jetzt. Meine Tochter hat zu dem Thema nichts mehr zu sagen. Sie werden sie nicht noch einmal damit belästigen. Auf Wiedersehen, meine Herren.«

Der Ton von Mr. McIngless war alles andere als eine freundliche Bitte, was Parsen sehr wohl verstand. Wortlos verließ er mit Wallington im Gefolge den Raum. Larissas Vater stieß ein halb verächtliches, halb ärgerliches Schnauben aus, bevor er sich Larissa zuwandte. »Nun zu dir, junge Dame. Wie kommst du dazu, Gari vor den Beamten als Lügner zu bezeichnen?«

»Es ist die Wahrheit. Gari setzt Anschuldigungen in die Welt, die nicht nur lächerlich, sondern auch unhaltbar sind.«

»Das wird sich noch zeigen. Solange deine Vermutung nicht einwandfrei bewiesen ist, hast du kein Recht, Gari vor den Beamten zu diffamieren. Bist du dir über die möglichen Folgen deines Verhaltens im Klaren? Garis Einfluss ist erheblich. Wenn er es darauf anlegt, werde selbst ich dich nicht schützen können.«

»Wenn ich heute nur noch ein einziges Wort über Garis Einfluss höre, fange ich an zu schreien«, murmelte Larissa. Vorsichtshalber so leise, dass ihr Vater es nicht hörte. Laut sagte sie: »Gari ist mir egal. Ich will, dass Christopher gefunden und rehabilitiert wird.«

»Es steht dir nicht zu, Forderungen zu stellen. Bisher tolerierte ich deine Freundschaft mit der Mittelklasse, obwohl es dadurch genug Gerede gab. Damit ist nun Schluss. Ich wünsche, dass du dich vorerst von deinen sogenannten Freunden fernhältst. Ich dulde nicht, dass du es dir mit Gari und unserem Clanführer verdirbst.«

»Wodurch?« Aufgebracht richtete sich Larissa auf ihrem Stuhl auf. »Weil ich Freunde habe, die ihnen nicht gefallen?«

»Freunde, die mit einem Verbrechen in Zusammenhang gebracht werden! Du wirst dich von ihnen fernhalten und stattdessen Verbindlichkeiten erfüllen, die deinem Stand entsprechen. Das versäumtest du lange genug.«

»Langweilige Empfänge und Cocktailpartys, bei denen es darum geht, sich bei den Gästen einzuschmeicheln und ihnen nach dem Mund zu reden. Wie wichtig.« Larissa gab sich keine Mühe, ihre Verachtung für die Lieblingsbeschäftigung der Oberschicht zu verbergen.

»Ja, diese Empfänge sind bedeutsam. Du repräsentierst damit die Familie und den Clan. Es ist an der Zeit, dich darauf zu besinnen, dass deine Stellung mit Pflichten verbunden ist«, wies ihr Vater sie zurecht.

»Ich dachte, das tue ich bereits.«

»Du besuchst die Universität, was ich dir gestatte, um dir eine Freude zu bereitet. Ansonsten verbringst deine Zeit mit Menschen, die dich nicht weiter bringen. Nichts davon betrachte ich als Pflichterfüllung.«

»Ich tue einiges zum Wohl der Familie. Aber darum geht es jetzt nicht. Es geht ...«

»Darum, dass du jegliches Maß verloren hast! Du empörst dich über Garis Betragen, benimmst dich aber nicht anders. Auch du tust nur das, was du willst. Mit einem Unterschied: Gari kann es sich leisten, du nicht. Ich ließ dir viele Freiheiten. Zu viele, wie manche meinen. Doch ich versprach deiner Mutter auf dem Sterbebett, dass du nicht starr allen Zwängen unterworfen sein solltest.« Er fuhr sich mit der Hand durch das sorgfältig frisierte Haar. Eine Geste, die mehr als alles andere zeigte, wie aufgewühlt er war.

»Vermutlich arbeite ich zu viel. Daher vernachlässigte ich deine Erziehung. Ich überließ dich dem Einfluss deines Leibwächters.« Er warf einen kurzen, kalten Blick auf Lance, der noch immer regungslos neben der Tür stand. »Somit habe ich es zu verantworten, dass du weder genug Respekt noch ausreichend Disziplin zeigst, wie es deiner Stellung angemessen wäre.« Obwohl ihm deutlich anzusehen war, dass er sich nur mit Mühe beherrschte, hatte er bisher die Stimme nicht erhoben. Was sich nun änderte. »Als ob das nicht genug wäre, erreichte mich vor ein paar Minuten ein Anruf Lord Hiereons. Mitten in einer Besprechung mit der SUT, in die du reinplatztest, ohne das Mindestmaß an Höflichkeit zu zeigen! Was dachtest du dir, Gari zu schlagen? Vor Zeugen? Weißt du, in was für eine Lage du mich dadurch brachtest? Dich selbst? Lance?«

»Ich weiß, es war falsch. Ich bin zu weit gegangen. Aber Gari hat Christopher absichtlich ...«

»Was Gari tat, ist irrelevant! Dein Benehmen ist inakzeptabel. Es wurde von Befehlsverweigerung gesprochen, sowie von Angriff auf einen Angehörigen der Clanfamilie. Das ist kein Spiel mehr, Larissa.«

»Es war kein Angriff, ich dachte nicht ...«

»Richtig! Keinen Moment lang dachtest du über die Konsequenzen deines Verhaltens nach! Ich tue was ich kann, um die Wogen zu glätten. Im Gegenzug wirst du dich allen nötigen Maßnahmen unterwerfen, um dein Verhalten wieder gutzumachen. Bei dem Thema diskutiere ich nicht, Larissa. Hast du das verstanden?«

Larissa konnte nur nicken.

»In Zukunft wirst du wieder der Aufsicht deiner Großmutter unterstellt. Sie wird dich leiten und darauf achten, dass du deine Pflichten zum Wohl der Familie und des Clans erfüllst«, fuhr ihr Vater fort. »Lord Hiereon schätzt sie sehr. Er erklärte sich unter diesen Umständen bereit, von weiteren Schritten abzusehen. Sofern es zu keinen weiteren Vorfällen kommt.«

Larissa schloss die Augen. Die Mutter ihres Vaters ... Nach dem Tod ihrer Mutter hatte Sovihe McIngless schon einmal die Kontrolle über Larissas Leben übernommen und sie mit Regeln und Vorschriften förmlich erstickt.

»Cooper«, wandte sich ihr Vater jetzt an Lance, »Sie werden mit sofortiger Wirkung versetzt. Lord Hiereon hegt berechtigte Zweifel an Ihrer Loyalität dem Clan gegenüber. Auch wenn ich persönlich Ihnen dankbar bin, muss ich ihm zustimmen.«

Lance nickte, aber Larissa fuhr auf.

»Was? Nein! Er hat nichts ...«

»Was ist dir lieber, Larissa?«, fuhr ihr Vater ihr über den Mund. »Seine Versetzung – oder Zeugin in seinem Verfahren wegen Befehlsverweigerung zu sein?«

Als sie schwieg, seufzte er.

»Es wäre wünschenswert, wenn du jetzt nicht nur an dich dächtest«, fuhr er etwas ruhiger fort. »Jedes Verhalten hat Konsequenzen. Das hätte dir schon lange klar sein sollen. Du wirst dich umgehend in deine Räume begeben und dort auch bleiben bis du andere Anweisungen erhältst. Lord Hiereon hat den Hausarrest bestätigt, den Gari über dich verhängte.«

Kapitel 3

Das Licht des eingeschalteten Terminals verbreitete einen unwirklichen grünen Schimmer im Raum.

Larissa saß im Büro ihres Vaters, wo sie sich widerrechtlich Zugang zu den Informationen in seinem Computers verschaffte.

Ein feiner Schweißfilm lag auf ihrer Stirn. Sie wagte nicht sich vorzustellen, was geschehen würde, sollte man sie hier entdecken.

Die Ruhe, die in dem Büro herrschte, war trügerisch. Noch immer glaubte Larissa, die gedämpften Stimmen und das leise Klirren der Gläser hören zu können.

Der Empfang, der eine Etage tiefer stattfand, war im vollen Gange. Larissa verzog angewidert das Gesicht, als sie an den Grund der Feier dachte: Ihre Verlobung mit Gari.

In den letzten zwei Wochen war so viel passiert!

Sie fühlte sich wie in einem Albtraum. Einem von der Sorte in dem man genau weiß, man träumt, aber dennoch nicht aufwachen kann.

Letzten Endes hatte sie Gari offiziell um Entschuldigung bitten müssen. – Die er nicht annahm.

Stattdessen erklärte er ihr, es gäbe nur eine Möglichkeit der Aussöhnung zwischen ihnen und zwar durch ihre Heirat. Den Ehevertrag hatte er bereits vorbereitet. Während Larissa ihn las, war Abscheu in ihr aufgestiegen. o

Als Garis Frau blieben ihr keinerlei Freiheiten mehr. Der Vertrag verbot ihr, die Clanbasis zu verlassen, untersagte ihr den Kontakt zu ihren Freunden. Einen Beruf ausüben? Hatte Garis Frau nicht nötig.

Natürlich könne sie ablehnen, hatte er gönnerhaft eingeräumt. Das sei ihr gutes Recht. Aber vielleicht wolle sie in Ruhe darüber nachdenken? Denn im Falle ihrer Ablehnung müsse eine Anklage wegen Befehlsverweigerung gegen ihren Leibwächter erwogen und womöglich eine Zeugenaussage bedacht werden.

Larissa fluchte, weinte, bettelte bei ihrem Vater. Vergeblich. Letztendlich hatte sie nachgeben müssen.

Garis triumphierendes Grinsen, als sie ihm den Vertrag unterschrieben zurückgegeben hatte, bereitete ihr noch immer Übelkeit.

Nun hoffte Larissa, dass die Informationen, die sie im Computer ihres Vaters suchte, nicht mit besonderen Krypto-Schlüsseln codiert waren. Ihre zitternden Finger flogen über die Tastatur. Mit jeder Minute, die verging, wurde sie nervöser. Endlich hatte sie Glück. Alles, was sie brauchte, lag vor ihr. Da sie einmal mitbekommen hatte, wie ihr Vater seine persönlichen Zugangscodes wegen seiner legendären Vergesslichkeit in der untersten Schublade seines Schreibtisches aufbewahrte, war es nun kein Problem, sich in sämtliche Programme und Dateien einzuloggen, die sie brauchte.

Rasch überwies Larissa kleinere Beträge von seinen Konten auf verschiedene andere, die sie in weiser Voraussicht angelegt hatte.

Bis zur jährlichen Rechnungsprüfung würden ihre Transaktionen unbemerkt bleiben. Mit zwei weiteren Klicks verschaffte sie sich Zugang zum Fahrzeugpark des Clanführers. Im Namen ihres Vaters ordnete sie die Bereitstellung eines der Schwebefahrzeuge für die frühen Morgenstunden an. Rasch verwischte sie dann ihre Spuren und schaltete den Computer aus.

Alles in ihr sträubte sich dagegen, zurück zur Feier zu gehen, aber sie hatte keine andere Wahl. Noch war sie gezwungen, gute Miene zum bösen Spiel zu machen. Sie mischte sich wieder unter die Gäste, nahm Glückwünsche entgegen, ließ sich gute Ratschläge erteilen, spielte die glückliche Braut. Die ganze Zeit über war sie sich des wachsamen Blicks ihres Vaters und der Aufmerksamkeit des Clanführers bewusst. Immer wieder sahen beide Männer zu ihr hinüber, um sich zu überzeugen, dass die Anweisungen, die sie ihr gegeben hatten, bis ins letzte Detail ausgeführt wurden.

Larissa bemühte sich, sie zufriedenzustellen, bis ihr Blick auf Gari fiel. Ihr erzwungenes Lächeln erstarb.

Er wirkte angetrunken, hatte eine junge Bedienstete in eine Ecke gedrängt und einen Arm um sie geschlungen.

Er schien Larissas Blick zu spüren, denn er sah sie plötzlich direkt an. Ein breites Grinsen erschien auf seinem Gesicht, bevor er sich von seinem Opfer löste und auf Larissa zu schwankte.

Sie versuchte zu verschwinden, wurde aber von ihrem Vater aufgehalten, der auf einmal neben ihr stand.

»Wo warst du?«, wollte er ungehalten wissen. Das Lächeln wich dabei nicht eine Sekunde aus seinem Gesicht.

»Auf der Toilette«, schnappte Larissa. Gott, wie sie dieses verlogene Getue anwiderte. »Willst du mir dorthin auch einen Aufpasser mitschicken?«

»Das dauerte beinahe eine halbe Stunde?«

»Es wäre dir kaum Recht, wenn ich vor all den Leuten hier in Tränen ausgebrochen wäre, oder?«

»Ich bedauere, dass du es so schwer nimmst«. Ihr Vater seufzte. »Du hast mir keine andere Wahl gelassen. Aber denk bitte an das gesellschaftliche Ansehen, das du durch die Hochzeit gewinnst. Von dem Vermögen ganz zu schweigen.«

»Glück kann man nicht kaufen.«

»Mit den Jahren wirst du deine Meinung hoffentlich ändern. Dein Sohn wird Clanführer dieses Bezirkes werden.«

»Nicht, wenn ich es verhindern kann.«

»Bedauerlich, dass du es so siehst.« Garis Stimme unvermittelt hinter sich zu hören, ließ Larissa zusammenzucken. »Vielleicht kann ich deine Meinung bei einem Tanz ändern?«

Das Lächeln, das Gari ihrem Vater zuwarf, obwohl er sie aufforderte, verärgerte Larissa zusätzlich.

»Ganz sicher nicht.«

»Larissa«, zischte ihr Vater, »benimm dich dem Anlass entsprechend. Man erwartet, dass du mit deinem Bräutigam tanzt.«

»Das wird sie« Gari deutete ihrem Vater gegenüber eine leichte Verbeugung an. »Ihr entschuldigt uns?«

Er nahm Larissa beim Arm und zog sie auf die Tanzfläche. Es war ihr unmöglich, sich aus seinem Griff zu befreien, ohne Aufsehen zu erregen.

Alle Blicke richteten sich auf sie. Applaus brandete auf. Gari nickte dem Orchester zu. Als wunschgemäß langsame Musik erklang, zog er sie an sich.

Zu ihrer Überraschung war er ein guter Tänzer. Sie hätten sicher elegant zusammen aussehen können, wäre Larissa nicht so verkrampft gewesen.

»Entspann dich«, flüsterte Gari, dicht an ihrem Ohr, »Du willst unseren Gästen doch nicht den Spaß verderben. Die Illusion einer romantischen, einvernehmlichen Vereinbarung wollen wir doch aufrechterhalten, nicht wahr?« Unvermittelt wirkte er nicht mehr betrunken. Seine Augen blickten klar, das leichte Nuscheln war aus seiner Stimme verschwunden.

»Wozu? Die Meisten hier wissen, dass ich dich nicht ausstehen kann.«

»Das war nicht immer so. Erinnerst du dich daran, als wir Kinder waren und den halben Tag damit verbrachten, unsere Gouvernanten in den Wahnsinn zu treiben? Dann änderte sich alles.« Seine Stimme klang unvermittelt hart.

Larissa sah ihn an, senkte den Blick aber sofort wieder. Der abrupte Stimmungswechsel irritierte sie. »Du hast dich verändert«, erwiderte sie leise.

»Das wunderte dich? Mein Onkel ...«, Gari deutete mit dem Kopf auf den Clanführer, der sich mit Sovihe McIngless unterhielt, während er dem tanzenden Paar immer wieder einen Blick zu warf, »... ist nicht leicht zufriedenzustellen. In seinen Augen bin ich kein ausreichender Ersatz für Leon. Es vergeht kein Tag, an dem er mich das nicht spüren lässt. Du denkst genau wie er. Auch für dich bin ich nicht gut genug.«

Larissa öffnete den Mund, schloss ihn aber sofort wieder. Was sollte sie sagen? Es abzustreiten, wäre eine zu offensichtliche Lüge. Doch vielleicht hatte sie noch eine Chance, diese Farce zu verhindern.

»Wenn du dir dessen so sicher bist, warum zwingst du mich dann zu der Heirat? Solch eine Ehe wird weder dich noch mich glücklich machen. Wenn du ehrlich bist, schätzt du deine Freiheiten. Sind wir erst verheiratet, wird dein Onkel deine öffentlichen Affären nicht mehr dulden.«

»Er wird nicht ewig leben. Nach seinem Tod bin ich niemandem mehr Rechenschaft schuldig.«

»Du hast nicht vor, mit deinen Affären aufzuhören?«

»Schau nicht so entsetzt. Und vergiss das Lächeln nicht.«

»Du genießt das hier tatsächlich.« Mit aller Macht drängte Larissa die aufsteigenden Tränen zurück. Diese Genugtuung würde sie ihm nicht gönnen. »Hasst du mich so sehr?«

»Du bist so wunderbar naiv.« Er lachte glucksend. »Sie schlafen miteinander, weißt du?« Wieder drehte er sie in Blickrichtung des Clanführers. »Deine Großmutter und mein Onkel. Es ist widerwärtig.«

»Sie ist nur zehn Jahre älter als er.« Larissa fühlte sich trotz allem verpflichtet, ihre Großmutter zu verteidigen. »Man sieht ihr das Alter nicht an.«

»Als ob das für mich von Belang wäre.« Gari schnaubte. »Was glaubst du, was geschieht, sollten sie beschließen, es amtlich zu machen? Sovihe wartet nur darauf.«

»Ich verstehe nicht …«

»Wie solltest du auch.« Er zog sie noch näher an sich und hauchte ihr einen Kuss auf die Wange. Die Wut in seiner Stimme stand im völligen Gegensatz zu seiner Geste. »Politik interessierte dich noch nie. Sollte mein Onkel erneut heiraten, besteht für ihn die Möglichkeit, legitime Kinder seiner Frau als die Seinen anzuerkennen.«

»Sovihe würde niemals …« Larissa stockte, als ihr die Bedeutung seiner Worte aufging. »Mein Vater?«

»Er ist Sovihes leibliches Kind. Somit könnte mein Onkel ihn offiziell zum Nachfolger ernennen. In dem Fall wäre mein Leben nichts mehr wert. Genau an dem Punkt kommst du ins Spiel.«

»Du brauchst einen Erben?«

»Oh bitte. Um einen Erben zu zeugen, benötige ich dich nicht. Im Grunde bist du mir völlig gleichgültig, Larissa. Genau wie Bishop.«

Larissas Herz setzte einen Schlag aus, um dann mit doppelter Wucht gegen ihre Rippen zu hämmern. »Was hast du Christopher angetan?«

»Ich?« Gari lachte glucksend. »Sein Verschwinden traf mich ebenfalls überraschend. Auch wenn ich zugebe, dass es meinen Plänen sehr gelegen kam.«

»Wozu dann diese Farce?«

»Du bist so entzückend, wenn du wütend bist.« Blitzschnell leckte er an ihrem Hals entlang. »Es war deine Unbeherrschtheit, die mir die Lösung zeigte.«

Sie zuckte zurück. »Wage so etwas noch einmal und ich mache dir eine Szene, über die man in zehn Jahren noch sprechen wird«, fauchte sie und versuchte, sich von ihm loszureißen.

Er hielt sie eisern fest. »Genau dieses Verhalten macht das Ganze so köstlich«, raunte er ihr ins Ohr. »Komm schon, mach mir eine Szene. Doch überlege dir vorher, wie du sie begründen wirst. Du sagtest selbst, jeder hier wüsste, dass du mich verabscheust. Ebenso wie sie wissen, du würdest alles sagen, um dieser Heirat zu entgehen. Egal wessen du mich beschuldigst, niemand wird dir glauben. Dein Vater nicht, deine Großmutter nicht, mein Onkel schon gar nicht. Der einzige Mensch, dem du wirklich vertrauen konntest, wurde versetzt. Du wirst keine Gelegenheit haben, je wieder mit ihm in Kontakt zu treten.«

»Du hast das alles genau geplant.«

Larissa war entsetzt über seine Heimtücke. Niemals hätte sie ihm eine derartige Raffinesse zugetraut.

»Seit Jahren schon«, gab er zu. »Bishop und deine alberne Vernarrtheit in ihn war alles, was ich noch benötigte.«

»Du hast mich benutzt.« Larissa bebte vor Abscheu. Zu ihrer grenzenlosen Erleichterung endete das Lied in diesem Moment. Sie versuchte erneut, sich von Gari zu lösen, aber noch immer ließ er es nicht zu.

»Die Klausel im Ehevertrag, die dir untersagt, die Clanbasis zu verlassen. Du erinnerst dich?«, flüsterte er.

Sie nickte. Als ob sie das hätte vergessen können.

»Sie dient dazu, dich in meiner Nähe zu halten. Sollte mein Onkel je deinen Vater zu seinem Nachfolger machen und er akzeptiert, töte ich dich auf der Stelle.«

13. September 336: Quan-Gebirge, Sperrgebiet

Im Schutz einer dichten Felsgruppe wartete Larissa auf die Patrouille. Funktionierte der Abwehrschirm ihres Schwebefahrzeugs so gut, wie allgemein behauptet wurde, sollte dies ausreichen, um der Ortung zu entgehen. Als sie die Staubwolke sah, die die Wachmänner ankündigte, stockte ihr der Atem.

Obwohl sie das Steuer fest umklammerte, begannen ihre Hände zu zittern. Doch die Patrouille passierte ihren Standort, ohne langsamer zu werden, und entfernte sich wieder.

Larissa zögerte noch einen Moment, bis sie sicher war, nicht entdeckt worden zu sein. Dann startete sie ihr Fahrzeug und raste auf die Absperrung zu.

»Höchstgeschwindigkeit überschritten! Höchstgeschwindigkeit überschritten.« Die mechanische Stimme des Coms überschlug sich fast.

Larissa ignorierte sie. Ebenso das Hämmern ihres Herzens und die innere Stimme, die ihr entgegen schrie, sie wäre gerade dabei, Selbstmord zu begehen. Das Schwebefahrzeug war dafür konstruiert, sanft über Unebenheiten zu gleiten, nicht aber für einen Sprung über meterhohe Hindernisse. Dennoch beschleunigte Larissa weiter und riss den Gleiter im letzten Moment hoch.

Das Gefährt stieg mit einem protestierenden Heulen in die Höhe, sackte dann ab, wobei es sich dem Zaun gefährlich näherte, und – flog darüber hinweg.

Mit einem harten Ruck schlug der Gleiter hinter der Umzäunung auf dem Boden auf.

Larissa keuchte vor Schmerz, als sie in die Gurte geschleudert wurde, beschleunigte aber sofort wieder. Entdeckte die Wachmannschaft sie jetzt, wäre alles aus.

Erst, als der Beginn der Sicherheitszone hinter ihr lag, drosselte Larissa ihr Tempo. Der Energieverbrauch war weitaus höher gewesen als erwartet. Wollte sie den Sprung zurück schaffen und zusätzlich den Abwehrschirm intakt halten, musste sie das Fahrzeug stehen lassen. Sie hielt an und blickte sich um.

Die ganze Gegend wirkte, als hätte ein Riese mit Steinen gespielt, sie dann achtlos zu Boden geworfen und liegen gelassen. Wohin sie auch blickte, sie sah nichts außer nacktem Fels, Geröll und trockenen Sträuchern.

Bis zu diesem Moment hatte sie noch geglaubt, die Strahlung wäre ihr gleichgültig. Denn was hatte sie schon zu verlieren? Also hatte sie den Gerüchten vertraut, die in der Mittelschicht umgingen. Es gäbe gar keine Strahlung hier. Alles nichts als eine große Lüge. Aus welchem Grund das so sein sollte, hatte niemand sagen können. Aber das war Larissa gleich gewesen. Sie glaubte daran, weil sie verzweifelt daran glauben *wollte*. Denn alles andere hätte bedeutet, es gäbe keine Hoffnung mehr für Chris. Doch nun die Fahrzeugtür zu öffnen, das Fahrzeug wirklich verlassen zu müssen ...?

Sie wusste nicht, ob sie sich wirklich dazu würde überwinden können. Ihr Blick wurde von einem riesigen Felsmassiv am Horizont angezogen. Für einen kurzen Moment sah sie die Absurdität ihres Vorhabens ein. Alles in ihr schrie danach, wieder von hier zu verschwinden.

Dann jedoch dachte sie an Gari und jeder Gedanke an Umkehr verflog. Seufzend schaltete Larissa den Motor ab und öffnete die Tür. Sofort waberte heiße Luft ins Innere des Fahrzeugs. Als sie den Wagen verließ, nahm ihr die Luft den Atem, so schwer schien sie. Die absolute Stille zerrte an ihren Nerven. Dennoch straffte sie entschlossen die Schultern, nahm den Rucksack vom Rücksitz und setzte sich in Bewegung.

Innerhalb kürzester Zeit war sie in Schweiß gebadet. Der dunkle Fels speicherte die Wärme der Sonne und gab sie mit doppelter Kraft zurück. Das Laufen auf dem losen Gestein erwies sich als schwierig. Immer wieder stürzte Larissa, wobei sie sich schmerzhafte Abschürfungen an Handflächen und Knien zuzog. Schon bald war sie so erschöpft, dass es sie alle Willenskraft und Konzentration kostete, einen Fuß vor den anderen zu setzen. Ihr Vorrat an Wasser schwand viel zu schnell. Sie würde es rationieren müssen. Dabei klebte ihr die Zunge bereits jetzt am Gaumen.

Auch der Bewegungsmelder, den sie am rechten Handgelenk trug, blieb stumm. Nicht einmal eine Echse hatte bisher ihren Weg gekreuzt. Diese Berge waren so tot, wie ein Ort nur sein konnte.

Ein bitteres Lachen stieg in ihrer Kehle empor.

Langsam begriff sie, weshalb nie jemand versucht hatte, die Quan-Berge zu erforschen. Das Gebirge war tödlich, auch ohne Strahlungsgefahr.

Der Fels schien sämtliche Energie aus ihrem Körper zu saugen, um nichts als eine leere Hülle zurückzulassen, die nur noch dazu imstande wäre, automatisch einen Fuß vor den anderen zu setzen.

Völlige Einsamkeit kann einen Menschen in den Irrsinn treiben.
Bisher hatte sie diese Aussage nicht verstanden. Nun spürte sie es am eigenen Leib. Sie begann mit sich selbst zu reden, nur um der totalen Stille zu entgehen. Sie würde umkehren, beschloss sie. Spätestens am nächsten Tag würde sie aufgeben und zurück in die Zivilisation gehen. Das Ganze hier war Wahnsinn.

Als die Abenddämmerung hereinbrach, suchte Larissa sich eine halbwegs geschützte Stelle, an der sie ihr Lager aufschlug. Sie zwang sich zu einer kargen Mahlzeit aus Trockennahrung, obwohl sie keinen Appetit hatte. Wenig später wälzte sie sich unruhig in ihrem Schlafsack umher. Obwohl sie in der vergangenen Nacht kein Auge zugetan hatte, wollte der Schlaf nicht kommen. Das Liegen auf dem harten Fels war ungewohnt. Bei jedem Geräusch zuckte sie zusammen, bis ihr klar wurde, dass es nur der Wind war, der lose Gesteinsbröckchen vor sich her schob. Keine etwaigen Verfolger, die sie im Auftrag Garis oder ihres Vaters zurückbringen sollten. Dass es ihr gelungen war, aus dem Clansitz zu entkommen, kam ihr im Nachhinein wie ein Wunder vor. Zu ihrem Glück hatte Gari darauf verzichtet sie im Gebäude bewachen zu lassen. Wäre Lance noch ihr Leibwächter gewesen, hätte sie sich niemals so einfach aus ihrem Zimmer schleichen können.

Jahrelang bewohnte er den Raum neben dem ihren, um jederzeit für ihre Sicherheit sorgen zu können.

Er hatte Ohren wie ein Luchs, dazu einen leichten Schlaf. Nichts war je seiner Aufmerksamkeit entgangen.

Larissas Kehle zog sich zusammen. Lance fehlte ihr mit fast schmerzlicher Intensität. Aber gestern Nacht war es gut, dass er nicht da gewesen war.

Da sie genau wusste, wo sich die Überwachungskameras im Gebäude befanden, hatte sie ohne Komplikationen in das Büro ihres Vaters eindringen können.

Furcht und Reue hatten Larissa ein letztes Mal zögern lassen, bevor sie eine kurze Nachricht auf dem Schreibtisch ihres Vaters hinterließ. Sie wusste, das war dumm und gefährlich obendrein. Doch sie konnte nicht anders. Vermutlich sah sie weder ihren Vater noch Lance noch einen ihrer Freunde je wieder. Larissa war es ihrem Vater einfach schuldig, ihm einige Worte des Abschieds zu hinterlassen. Er sollte wissen, dass er nicht die Schuld daran trug, dass sie fortgegangen war.

Danach hatte sie den versteckten Durchgang im Arbeitszimmer benutzt, der zu Wegen führte, die sich durch das halbe Gebäude zogen – unter anderem auch in den Fahrzeugpark des Clanführers. Das Schwebefahrzeug stand bereit, so wie sie es am Abend zuvor unter dem Namen ihres Vaters veranlasst hatte.

Mit dem Fahrzeug bis in die Berge zu kommen, war beinahe zu einfach gewesen.

Larissa blinzelte, als ein Lichtstrahl ihr Gesicht traf. Sie zuckte zusammen, fuhr in die Höhe und erkannte, dass es nur die Sonne war, die sie blendete.

Rasch sammelte sie ihre Utensilien zusammen, verstaute sie im Rucksack und setzte ihre, wie sie inzwischen selbst zugeben musste, reichlich sinnlose Suche fort.

In Gedanken verfluchte sie sich. Was hatte sie erwartet? Dass sie hier einfach über Christopher stolperte? Warum gab sie nicht wenigstens vor sich selbst zu, in Panik geraten zu sein? Sie wusste ja nicht einmal, ob er tatsächlich je hier gewesen war. Möglicherweise war er nur unterwegs, auf einer Zechtour mit seinen Freunden, und wunderte sich nun, warum sie nichts mehr von sich hören ließ.

Larissa war so in ihre finsteren Gedanken vertieft, dass sie einen steil abfallenden Hang übersah.

Sie stolperte und stürzte, sich mehrfach überschlagend, in die Tiefe. In einer Wolke aus Staub und losem Geröll blieb sie liegen.

Es dauerte einen Augenblick, bevor sie sich mühsam wieder aufsetzen konnte. Feiner Staub hatte sich in ihrem Mund und ihrer Nase festgesetzt, sodass sie im ersten Moment keine Luft mehr bekam. Ihr schwindelte, hinter ihren Schläfen setzte ein schmerzhaftes Pochen ein.

Etwas Warmes, Feuchtes lief ihr über das Gesicht. Automatisch wischte sie es weg. Als sie ihre Hand zurückzog, sah sie das Blut an ihren Fingern.

Sie wollte den Rucksack absetzen und schrie auf, als ihr der beißende Schmerz klarmachte, die Haut an der Außenseite ihres rechten Armes war abgeschürft.

Larissa biss die Zähne zusammen, während sie den Rucksack ihren unverletzten Arm entlanggleiten ließ, bis sie den Riemen vorsichtig über die Verletzung heben konnte. Mit zitternden Fingern suchte sie nach dem Verbandskasten, um ihre Verletzungen zu säubern.

Die kleine Anstrengung raubte ihr die letzten Kraftreserven. Es gelang Larissa gerade noch, unter einem schmalen Felsvorsprung Zuflucht zu suchen. Dann wurde es dunkel um sie herum.

Ein leiser, aber hartnäckiger Ton riss Larissa aus ihrem unruhigen Schlaf. Im ersten Moment wusste sie nicht, wo sie war, geschweige denn, was das Geräusch bedeutete. Als es ihr bewusst wurde, fuhr sie auf. Im gleichen Moment bereute sie die hastige Bewegung. Ein sengender Schmerz schoss durch ihren Schädel, jeder Muskel protestierte bei der kleinsten Bewegung. Dennoch schaltete sie eilig den Bewegungsmelder ab. Sie wich tiefer in den Schatten zurück, bevor sie vorsichtig aus ihrem Versteck spähte. Drei Personen kamen genau auf sie zu.

Larissa zuckte zurück, presste sich eng gegen die Felswand und lauschte mit angehaltenem Atem. Zuerst hörte sie nichts, zu laut rauschte das Blut in ihren Ohren. Erst nach ein paar Sekunden vernahm sie die Stimmen.

»… es in diesem Jahr außergewöhnlich heiß werden«, sagte einer der Unbekannten.

»Mag sein«, erwiderte eine zweite Stimme, »wäre nicht das erste Mal. Wir werden es überstehen.«

Die Stimmen entfernten sich und wurden wieder leiser. Larissa atmete erleichtert auf. Sie war noch einmal davongekommen. Erst dann bemerkte sie den Fehler in ihren Überlegungen. Bevor sie in Panik geraten konnte, flog eine große schemenhafte Gestalt auf sie zu und riss sie von den Beinen.

Larissa schrie auf, als sie hart auf dem Boden aufschlug. Sie fühlte einen schweren Körper auf sich. Spürte, wie ihr die Arme verdreht wurden, und nahm alle Kraft zusammen. Sich aufbäumend, trat sie wild um sich, um den Mann, der sich auf sie gestürzt hatte, abzuschütteln. Der Druck auf ihre Arme verstärkte sich, bis sie vor Schmerz nach Luft rang.

»Halt still«, herrschte der Fremde sie an. »Hör auf zu toben, oder ich breche dir den Arm.«

Die Drohung wirkte. Larissa gab ihren Widerstand auf.

»So ist es doch gleich viel besser. Jetzt lass dich erst einmal ansehen.«

Larissa warf ihrem Angreifer einen wütenden Blick zu, nutzte aber die Gelegenheit, ihren Gegner ebenfalls näher zu betrachten.

Er war etwa fünf Jahre älter als sie, hatte ein offenes Gesicht, auf dem jetzt allerdings ein harter Zug lag. Blonde, etwas zu lange Haare, wache, intelligente Augen.

»Nanu, was haben wir denn da?«, sagte der Blonde zynisch. »Ein kleines Mädchen. Hat dir niemand gesagt, dass es gefährlich ist, sich allein in einer fremden Gegend herum zu treiben?«

Was für eine Art Mädchen sie war, bewies ihm Larissa schon im nächsten Augenblick. Mit einem Ruck zog sie ein Bein an und rammte dem Blonden wuchtig ihr Knie in den Unterleib.

Der Spott auf seinem Gesicht verwandelte sich zu Schmerz, gepaart mit Überraschung. Sein Griff lockerte sich, während er sich zusammenkrümmte.

Larissa befreite ihre Arme, stieß den Blonden von sich, sprang auf und lief los. Hinter ihr erklang ein Fluch. Ein hastiger Blick über die Schulter zeigte Larissa, wie schnell sich der Fremde erholte.

Er bemühte sich bereits, wieder auf die Beine zu kommen. Schon bald vernahm sie seine kraftvollen Schritte hinter sich, hörte sein Keuchen, spürte, wie er sich hinter ihr abstieß, und warf sich noch im Laufen zur Seite. Es nutzte ihr nichts.

Der Fremde umklammerte ihre Beine, riss sie erneut zu Boden.

Larissa fing den Sturz mit den Händen ab, trat nach hinten aus, spürte, wie sie traf, hörte ein unterdrücktes Stöhnen, und versuchte sich aufzurichten. Aber ihr Gegner hielt sie noch immer fest. Sie wälzte sich auf den Rücken, bekam ein Bein frei, trat wieder und wieder nach dem Blonden, bis er sie endlich losließ, um ihren gezielten Tritten auszuweichen.

In seinen Augen blitzte es zornig, aber auch gelindes Erstaunen stand darin. Offenbar hatte er nicht mit solch heftigem Widerstand gerechnet.

Rückwärts kriechend versuchte Larissa, ihm zu entkommen. Er sprang vor, nahm einen harten Tritt gegen die Hüfte hin und prallte schmerzhaft auf sie.

Sie schrie, schlug nach ihrem Gegner, versuchte, ihm die Augen auszukratzen.

Er fing ihre Arme mit spielerischer Leichtigkeit ab, packte ihre Handgelenke und presste sie auf den Boden, bevor er sich kurzerhand auf ihre Beine setzte.

»So«, keuchte er außer Atem, »können wir jetzt wie normale Menschen miteinander reden?«

Larissa beantwortete seine Frage mit einer Flut von Beschimpfungen.

»Halt den Mund!«, zischte er, »oder muss ich dich erst verprügeln, damit du dich an deine Manieren erinnerst?«

Sie verstummte. Beschränkte sich darauf, alle Wut, die sie empfand, in den Blick zu legen, den sie ihm zuwarf. Um nichts auf der Welt wollte sie ihm zeigen, dass sie Angst hatte.

Der Blonde atmete erleichtert auf, als nur noch sein und Larissas heftiger Atem die Stille durchbrachen. Langsam lockerte er seinen Griff. Nicht so weit, dass Larissa sich hätte befreien können. Aber er schnürte ihr nicht länger das Blut ab.

»Ich fürchte, ich habe dich unterschätzt. Das passiert mir mit Sicherheit kein zweites Mal. Ich werde dich jetzt loslassen. Aber vorher versprich mir, dich nicht länger wie eine Furie zu benehmen.«

Larissa sah ihn nur schweigend an.

»Also gut, wie du willst.« Der Fremde seufzte. »Von mir aus können wir den Rest des Tages hier verbringen. Ich sitze eigentlich ganz bequem, weißt du?«

»Du widerliche Ratte. Geh runter von mir.«

»Du bist ja doch imstande, dich halbwegs zivilisiert auszudrücken.« Er zog in gespieltem Erstaunen eine Braue in die Höhe. »Das hätte ich nicht mehr für möglich gehalten.«

»Du tust mir weh.«

»Tut mir beinahe leid. Aber wenn ich mich richtig erinnere, war ich dazu gezwungen, weil du dich wie eine Wahnsinnige benommen hast.«

»Nachdem du mich von hinten angegriffen hast.«

»Richtig.« Er grinste. »Somit sind wir quitt. Schließen wir einen Kompromiss: Ich lasse dich los, du versuchst, dich zu benehmen. Kein Geschrei, kein erneuter Fluchtversuch, und vor allem keine weiteren Tritte.«

Larissa nickte ergeben.

»Ich warne dich«, knurrte der Blonde, während er von ihr abließ. »Hältst du mich nochmals zum Narren, werde ich dir noch viel größere Schmerzen zufügen.«

»Was glaubst du, was ich jetzt noch tun könnte?«, antwortete Larissa, die sich ihre brennenden Handgelenke massierte. »Mich in Luft auflösen?«

»Bei einer Furie wie dir rechne ich mit Allem.«

»Danke für das Kompliment.«

Der Blonde verdrehte die Augen, schüttelte den Kopf und atmete tief durch. »Das war keines«, entgegnete er mit sichtlich erzwungener Ruhe, »Ich habe nur keine Lust, mich noch länger mit dir zu streiten. Also nochmal: Was suchst du in diesen Bergen?«

»Warum sagst du mir nicht erst einmal, wer du bist?«, erwiderte Larissa. »Und wer sind diese Gestalten?«

Sie deutete auf die anderen beiden Männer, die sich langsam näherten. Einer von ihnen hatte ihren Rucksack dabei.

Der Blonde blickte sie warnend an. »So langsam verliere ich die Geduld mit dir.« Seine Stimme klang hart und ließ Larissa die geharnischte Antwort, die ihr auf der Zunge lag, vergessen. »Möglicherweise ist es dir noch nicht aufgefallen, aber die Fragen stelle ich. Du solltest dir einige gute Antworten einfallen lassen, bevor ich ernsthaft sauer werde.«

»Seid ihr von der SUT?« Larissas mühsam aufrechterhaltene Fassade aus Selbstsicherheit bröckelte, was dem Blonden offenbar auffiel, denn er warf ihr einen Blick zu, der sie in ihrer Annahme noch bestärkte.

»Also noch einmal. Wer bist du und was hast du hier verloren?«, fragte er dann erneut, in noch schärferem Ton.

Die anderen beiden Männer hatten sie inzwischen erreicht. Einer von ihnen deutete anklagend auf Larissa.

»Sie spioniert uns aus.« Es war eine Feststellung, keine Frage.

Erschien der Blonde Larissa wenigstens noch ein wenig vertrauenswürdig, so schürte der zweite Mann ihre Furcht. Tiefe Furchen und Linien hatten sich in seinem Gesicht eingegraben, was auf ein hartes, entbehrungsreiches Leben hinwies und es ihr unmöglich machte, sein Alter zu schätzen. Seine Stimme war hart, der Ausdruck in seinen Augen erschreckend kalt.

Larissas Blick irrte von dem Mann zu dem Blonden. Der forderte sie mit einer Geste zum Sprechen auf.

»Ich suche jemanden.«

»Ausgerechnet hier?«

Sie deutete ein Nicken an.

»Nun, ich würde sagen, du hast jemanden gefunden«, spottete der Blonde.

»Sie lügt, Dave.« Der zweite Fremde ließ nicht locker. »Sieh dir ihre Kleidung genauer an. Diese Fetzen waren nicht billig. Wir sollten sie eliminieren, bevor sie uns ernsthafte Schwierigkeiten machen kann.«

Larissa fuhr zusammen. »Ich lüge nicht. Bitte glaubt mir. Ich suche einen Freund. Er wurde zuletzt in der Nähe dieser Berge gesehen. Es ist wichtig, dass ich ihn finde. Ich muss ...« Sie verhaspelte sich und brach ab.

»Eine etwas dünne Ausrede, meinst du nicht auch?«, raunte Dave ihr leise zu. Laut sagte er: »Hör auf, ihr Angst zu machen, Ryan. Wäre sie eine Spionin, wäre sie kaum so töricht, mit einer derart lächerlichen Ausrüstung die Berge durchqueren zu wollen.«

»Ach nein? Dieses kleine Spielzeug hier ...«, Ryan riss Larissas rechten Arm in die Höhe und deutete auf den Bewegungsmelder an ihrem Handgelenk, »... ist nicht nur verdammt teuer, sondern auf normalen Weg auch gar nicht zu bekommen.«

Durch die unerwartete, grobe Bewegung ihres Armes explodierte eine Schmerzwelle in Larissas Schulter.

Sie schrie auf, war schlagartig in kalten Schweiß gebadet. Ihre Sicht verschwamm.

Sie verlor nicht das Bewusstsein, verfiel aber in eine Art Dämmerzustand, in dem sie zwar alles um sich herum wahrnahm, aber in keiner Weise darauf reagieren konnte. Sie sackte zusammen und spürte gerade noch, wie starke Arme sie auffingen, bevor es endgültig dunkel um sie herum wurde.

Kapitel 4

Larissa erwachte mit stechenden Kopfschmerzen und einem üblen Geschmack im Mund. Sie blinzelte, ächzte und kuschelte sich tiefer unter die warme Decke. Dann riss sie die Augen auf. Mit einem Mal war sie hellwach. Wo befand sie sich?

Ihr Blick fiel auf ein riesiges Regal. Direkt daneben, vor einer Leselampe, die den Raum in gedämpftes Licht tauchte, stand ein bequem aussehender Sessel. All das war ihr gänzlich fremd.

Langsam richtete sie sich auf und sah sich um. An jeder Stirnseite des Zimmers befand sich eine Tür, die Längsseite wurde von dem Regal eingenommen, seitlich davon standen hohe Wandschränke. Farbige Vorhänge, ein dicker Teppich sowie einige geschickt verteilte Bilder an den Wänden verliehen dem Zimmer den Anschein von Behaglichkeit.

Vorhänge, aber keine Fenster. Trotz der geschmackvollen Einrichtung konnte man nicht übersehen, was dieser Raum wirklich war: Eine Kammer in einem Schutzbunker.

Wie kam sie hierher? Larissa schüttelte den Kopf, um ihn freizubekommen, bedauerte die Bewegung aber sofort. Ihre Kopfschmerzen wuchsen zu einem dumpfen Hämmern an. Davon abgesehen, fühlte sie sich überraschend gut. Sie schlug die Decke zurück, setzte sich auf und stutzte.

Jemand hatte sie gewaschen, ihr ein weites Hemd übergezogen und ihre zahlreichen Abschürfungen und Prellungen versorgt. Sie legte die Frage, wer sich um sie gekümmert haben mochte, zu dem imaginären Stapel weiterer ungelöster Fragen. Wenn sie Antworten wollte, sollte sie anfangen danach zu suchen.

Entschlossen erhob sie sich, biss die Zähne zusammen, als sich das Zimmer um sie herum zu drehen begann, und ging langsam zu einer der Türen.

Dahinter lag nichts weiter als ein gewöhnliches Bad. Larissa konnte sich aber einen Blick in den Spiegel, der über dem Waschbecken hing, nicht verkneifen. Sie bereute es sofort. Ihr Gesicht war von der Sonne verbrannt, die Haare zerzaust, an der Schläfe eine unschöne Wunde im Anfangsstadium der Heilung. Einen Schönheitswettbewerb würde sie so nicht gewinnen, aber es hätte schlimmer kommen können.

Vorsichtig wusch sie sich das Gesicht, spülte sich den Mund gründlich mit Wasser aus und trank ein paar Schlucke aus der hohlen Hand. Dann fuhr sie sich mit den Fingern durch das Haar. Es änderte zwar nicht wirklich etwas an ihrer Verfassung, aber zumindest fühlte sie sich nun wieder halbwegs wie ein menschliches Wesen.

Larissa verließ das Bad und hielt in der Bewegung inne, als sie Stimmen aus Richtung der zweiten Tür hörte. Es klang, als fände im Nebenraum eine erregte Unterhaltung, fast schon ein Streit, statt. Sie konnte die Worte nicht verstehen, doch die Stimmen kamen ihr bekannt vor. Das Herz schlug ihr auf einmal bis zum Hals.

Unsicher, ob sie die Antworten, die sie im Zimmer nebenan zu finden hoffte, tatsächlich hören wollte, legte sie die Hand an die nur angelehnte Tür.

»... sie dort draußen lassen? Wäre das weniger gefährlich gewesen? Du weißt, was die SUT mit ihr gemacht hätte.«

»Ich sagte nicht, es war ein Fehler sie herzubringen. Sondern nur, dass sie möglichst schnell wieder verschwinden muss.«

Larissa erkannte die Stimme auf Anhieb. Ihre Atmung beschleunigte sich, ihr Puls begann zu rasen. Auf alles vorbereitet, öffnete sie die Tür. Sie sah ein Zimmer, ähnlich dem, in dem sie aufgewacht war. Vorhänge, Teppich, Bilder, eine gemütliche Sitzgruppe, die eine ganze Ecke des Raumes einnahm. Ein Holografiebildschirm davor. All das nahm sie nur am Rande wahr. Ihre Aufmerksamkeit richtete sich völlig auf den Mann, dem sie unvermittelt gegenüberstand.

Als er Larissa in der Tür stehen sah, unterdrückte Chris einen Fluch. Genau das hatte er vermeiden wollen.

»Na, das hat sich dann wohl erledigt«, meinte Dave lapidar. »Ich warte besser draußen?«

Er nickte, außerstande den Blick von Larissa abzuwenden. Nachdem Dave sie hergebracht hatte, hatte Chris dafür gesorgt, dass sie auf die Krankenstation kam. Dort hatte er gewartet bis die Behandlung ihrer Verletzungen abgeschlossen war, sie dann hochgehoben und in sein eigenes Zimmer getragen.

Sie war so erschöpft, dass sie sich dabei nicht einmal gerührt hatte.

Die nächsten Stunden hatte er damit verbracht, an der Bettkante zu sitzen, sie anzusehen und sich zu fragen, ob er nun ihren Leichtsinn verfluchen oder ihre Hartnäckigkeit bewundern sollte.

Sehr schlau, wirklich, beglückwünschte er sich nun dafür. *Das alles hättest du auf der Krankenstation ebenso tun und damit weniger Aufmerksamkeit erregen können. Mit dem Problem, ihr jetzt so unvermittelt gegenüberzustehen, wärst du dann mit Sicherheit auch nicht konfrontiert worden.*

Ihm fiel auf, dass er sie immer noch anstarrte.

»Es scheint dir besser zu gehen«, sagte er aus dem Gefühl heraus, etwas sagen zu müssen, um die angespannte Stille zwischen ihnen nicht noch dichter werden zu lassen. »Das freut mich.«

»Es geht mir auch besser, danke. Ich war wohl nur etwas übermüdet. Aber ich habe dich gefunden.«

»Etwas übermüdet?« Er beschloss, den letzten Satz zu ignorieren. »Du hast achtzehn Stunden geschlafen. Von deinem Zusammenbruch davor rede ich erst gar nicht. Setz dich bitte. Ich will nicht riskieren, dass das noch einmal passiert.«

»Achtzehn Stunden?«, wiederholte sie, sichtlich bestürzt, kam aber seiner Bitte nach. »Ich glaube, ich habe das Ganze ein wenig unterschätzt.«

»Ein wenig?«, spottete er. »Du bist beinahe zwei Tage durch die Berge geirrt. Ohne ausreichende Ausrüstung! Was hast du dir dabei gedacht?«

»Woher weißt du, dass ich zwei Tage lang dort draußen war?«

Er sah weg. Verdammt, er hätte einfach den Mund halten sollen.

»Du hast mich beobachtet?« Ihre Stimme war noch immer ruhig, aber es lag ein Ton darin, der ihn warnte. Er war dumm genug, diese Warnung nicht zu beachten.

»Nicht ich. Wir bemerkten dich erst am zweiten Morgen.«

»Aber du wusstest es?«

»Ich hatte keine Ahnung, dass du es bist.«

»Das macht es besser? Ich hatte Angst vor der Strahlung, fast kein Wasser mehr und verletzte mich. Und du schaust einfach zu?«

Zack, die Falle war zugeschnappt. Und er war wie ein blutiger Anfänger hineingetappt. Egal was er darauf antwortete, es konnte nur falsch sein.

»Habe ich dich gebeten, hierher zu kommen?«, fragte er daher lauernd.

Wie kam sie dazu, den Spieß einfach umzudrehen? Ihm die Schuld zu geben? *Weil du nun einmal Schuld bist,* meldete sich eine kleine, böse Stimme in ihm. Er ignorierte sie. »Habe ich dich in irgendeiner Hinsicht um Hilfe gebeten?«

»Nein, du bist einfach ohne ein Wort verschwunden. Ohne auch nur daran zu denken, dass es vielleicht jemanden gibt, der sich Sorgen um dich macht! Hätte es dich umgebracht, eine Nachricht zu hinterlassen? Ich hatte Angst, dir könnte etwas passiert sein!«

»Sollte das ziellose Herumirren etwa eine Rettungsmission sein? Rennst du immer sofort los, wenn jemand mal nicht zurückruft?«

»Benimmst du dich immer wie ein ignorantes Arschloch, wenn dir jemand helfen will?« Ihre Augen verengten sich. »Zu deiner Information: Du warst weg, Gari intrigierte gegen dich und die SUT suchte nach dir. Sollte ich da die Hände in den Schoß legen, Gari heiraten und in aller Ruhe zusehen, wie er ein Todesurteil gegen dich erwirkt?«

»Du wolltest Gari heiraten?«

Sie stieß einen Laut aus, der ein abfälliges Lachen, aber genauso gut etwas völlig anderes sein konnte.

»Von ›Wollen‹ kann keine Rede sein. Aber er hatte sehr überzeugende Argumente.«

»Hat er dir etwas getan?«

»Nein, er war nur nicht anspruchsvoll in der Wahl seiner Mittel, die dafür umso überzeugender. Eine Anklage gegen dich wegen mehrerer Entführungen, eine drohende Anklage gegen Lance wegen Befehlsverweigerung, ein lebenslanger Hausarrest für mich.« Ihr Lachen klang zynisch. »Ach, und er plante schon, mich umzubringen, sollte sein Onkel je auf die Idee kommen, meinen Vater als Nachfolger einzusetzen. Der Fairness halber muss ich zugeben, ich hätte ihn nicht ohrfeigen dürfen.«

Wut schoss in ihm empor. Heiß und so wild, dass er unwillkürlich die Hände zu Fäusten ballte. Mit der Anklage gegen sich konnte er leben. Schließlich hatte er gewusst, dass es nicht ungefährlich war, sich in Larissas Nähe aufzuhalten. Aber dass Gari sie unter Druck gesetzt hatte …

Chris begann unruhig im Zimmer umherzulaufen, um seine Emotionen unter Kontrolle zu behalten.

»Du hast ihn geschlagen?« Ihm war nicht klar, was ihn mehr beeindruckte, ihr Mut oder ihre Unvernunft.

»Ich weiß, es war unklug.«

»Unklug?« Er blieb stehen, zwang sich dazu, tief durchzuatmen und sicherheitshalber das Thema zu wechseln. »Wusstest du von dem Ortungschip?«

Sie senkte den Blick. »Die Ortung funktioniert in diesen Bergen nicht«, wich sie aus.

»Was mich zu der nächsten Frage führt: Warum bist du hergekommen, Larissa? Warum ausgerechnet in dieses Gebirge?«

»Es war der einzige Anhaltspunkt, den ich hatte. Wie gesagt, ich war dumm genug, mir Sorgen um dich zu machen. Völlig unnötig, wie ich sehe. Aber da ich aus Makaoh verschwinden musste, konnte ich auch ebenso gut nach dir suchen.«

»Und da bist du losgestürmt, ohne auch nur einmal richtig nachzudenken!«

»Ich sorgte vor!«

»Mit diesem Kleid in deinem Gepäck, das du auf der Rückbank gelassen hast und einem Fahrzeug? Was denkst du, wie weit du mit dieser glitzernden Scheußlichkeit gekommen wärst?«

»Ich hab mir das Kleid nicht selbst ausgesucht. Es war Garis Geschenk zu unserer Verlobung. Woher nimmst du eigentlich das Recht, mein Eigentum zu durchsuchen?«

»Dein Eigentum? Ein herrenloses Fahrzeug? Jeder, der es gefunden hätte, hätte das Recht gehabt, es zu durchsuchen.«

»Nicht dort, wo ich herkomme.«

»Du bist aber nicht mehr da, wo du herkommst. Hier kannst du dich nicht länger auf deinen Stand oder deine Herkunft berufen.«

»Dann verrate mir doch einfach, wo dieses HIER ist? Was machst du hier?«

»Ist dir schon aufgefallen, dass du jede meiner Fragen mit einer Gegenfrage beantwortest?«

Dieses Mal war es an ihr, einen verächtlichen Laut auszustoßen. »Müsste ich nicht, wenn du mir meine Fragen beantworten würdest. Ich dachte, da wäre etwas zwischen uns. Aber scheinbar habe ich mich geirrt.«

Er ignorierte die letzten beiden Sätze ebenso wie den verletzten Ton, der darin mitschwang. Es war weder der richtige Zeitpunkt noch der richtige Ort, um darauf einzugehen.

»Du möchtest Antworten?«, knurrte er stattdessen. »Gut, ich gebe sie dir. Erstens, egal wo du hingegangen wärst, Gari hätte dich gefunden. Die Steine in dem Kleid, wunderschön und kostbar – und jeder registriert. Sobald du versucht hättest, einen davon zu verkaufen, wärst du wegen schweren Raubs verurteilt worden.«

»Das Kleid gehört mir.«

»Sieht Gari das auch so?«

Als sie schwieg und den Blick senkte, nickte er. Genau wie er sich gedacht hatte. »Lord Hiereon stellte dir sein Fahrzeug sicher auch freiwillig zur Verfügung? Die einzige Antwort, die zählt, Larissa, die einzige, die für dich wichtig ist, wäre die, wie du aus diesem Scherbenhaufen wieder ein Leben machen möchtest.«

Sie zuckte zurück. »Zum Glück ist das nicht dein Problem«, zischte sie.

»Du hast es zu meinem Problem gemacht, indem du hier aufgetaucht bist. Also, was glaubst du, soll ich jetzt tun? Ich weiß, du bist nicht dumm. Darum weigere ich mich zu glauben, dass du so unüberlegt dein komplettes Leben zerstört hast.«

Larissa sprang auf. »Bevor ich einfach nur ein Problem« – das Wort ›Problem‹ spie sie ihm förmlich vor die Füße – »für dich bin, gehe ich wieder.«

Sie stürmte zu der Tür, durch die auch Dave das Zimmer verlassen hatte. Es wäre sicher ein reichlich wirkungsvoller Abgang gewesen, wäre sie nicht mit einem Zahlencode gesichert gewesen.

»Ist es das, was du tust, Larissa? Weglaufen, wenn dir nichts anderes mehr einfällt? Was glaubst du, wie weit du in diesem Aufzug kommst?«

Sie fuhr zu ihm herum, sah dann an sich herab, als erinnerte sie sich erst in diesem Moment wieder an das dünne Hemd, das ihr gerade bis zu den Oberschenkeln reichte.

Die Tränen, die in ihren Augen glitzerten, schmerzten. Auch wenn sie diese rasch wegblinzelte, hatte Chris sie wahrgenommen. Als er den Ausdruck in ihren Augen sah, kam er sich vor wie ein Stück Dreck.

Aber er musste es wissen. So sehr ihm die Vorstellung gefiel – und auch beunruhigte –, sie wäre wegen ihm hier, musste er jeden anderen Grund zweifelsfrei ausschließen können.

»Das ist mir vollkommen egal«, fauchte sie, »mach die Tür auf!«

Er ging auf sie zu, beinahe erleichtert über ihren Zorn. Mit Wut konnte er umgehen. Mit ihren Tränen nicht.

Anstatt die Tür zu öffnen, baute er sich mit verschränkten Armen davor auf. »Wo willst du hingehen?« Larissa wich seinem Blick aus und schwieg.

»Dachte ich mir.« Er nickte. »Theatralik ist so ziemlich das Letzte, was du dir im Augenblick leisten kannst, meinst du nicht auch?«

»Was ich mir leisten kann und was nicht, lass meine Sorge sein. Lieber schlafe ich im Freien, als mit so einem anmaßenden Lügner wie dir noch länger in einem Raum zu bleiben.«

»Lügner?« Chris hob überrascht eine Braue.

»Falls du dich nicht mehr daran erinnerst, vor zwei Wochen noch hast du gesagt, du würdest mich niemals allein lassen. Und ich Närrin glaubte dir. Ich vertraute dir! Nun allerdings frage ich mich, was das an dem Abend war. Eine Lüge, weil die Situation so passte? Oder hatte Gari recht? Wolltest du mich nur benutzen?«

Ihre Worte bohrten sich wie glühende Eisenhaken in seine Eingeweide. Er hatte sie verletzt, und nun zahlte sie es ihm mit gleicher Münze heim.

»Was an diesem Abend geschehen ist, tut mir leid«, entgegnete er. »Es war mein Fehler. Ich wollte es nie so weit kommen lassen.«

»Das war es für dich? Nichts weiter als ein lausiger Fehler, den du am liebsten ungeschehen machen würdest?«

»Larissa...« Gott, er klang so erbärmlich, wie er sich fühlte. Er schloss die Augen, atmete tief durch und zwang sich zur Ruhe. Es gab unendlich viel, was er ihr sagen wollte. Aber es gab nur eine richtige Antwort.

Als er sie wieder ansah, hatte er jegliche Emotion aus seinem Blick gezwungen. »Genau das war es.«

Sie schlug ihn. Zumindest versuchte sie es. Er fing ihre Hand mitten in der Bewegung ab, drehte sofort den Unterleib zur Seite, sodass ihr Knie lediglich seinen Oberschenkel traf. Dave hatte sie unterschätzt. Ihm würde das nicht passieren. Zu gut erinnerte er sich daran, wer sie ausgebildet hatte. Er gab ihr keine Möglichkeit, sein eigenes Körpergewicht gegen ihn einzusetzen.

Es war nur ein Schritt sowie eine schnelle Drehung nötig, um seinen Körper so gegen ihren zu pressen, dass sie zwischen ihm und der Wand festgenagelt war. Ihre Handgelenke umklammerte er dabei nach wie vor.

»Lass mich los«, zischte sie, während sie gegen ihn ankämpfte. »Es ist alles gesagt. Also lass mich gehen!«

»Larissa hör auf! Halt still und hör mir zu.«

Gott, er konnte nicht denken, solange sie so an ihn gepresst war. Ihre Brüste drückten gegen seinen Oberkörper.

Die Erinnerung, wie sich diese weichen Rundungen unter seinen Händen anfühlten, schoss ihm durch den Kopf.

In dem Versuch, sich von ihm loszureißen, rieb sie sich überall an seinem Körper. Ihr heftiger Atem an seinem Ohr brachte seinen Schwanz dazu, sich aufzubäumen.

Er wollte sie. Wollte ihr die Kleider vom Leib reißen und sie nackt unter sich spüren, sie küssen, streicheln, lecken, bis sie aus ganz anderen Gründen keuchte. Er stöhnte auf.

Der Laut ließ sie innehalten. Reglos stand sie da und sah ihm in die Augen. Dieser Blick ... Wut, Schmerz, aber auch noch etwas Anderes lag darin. *Erkenntnis.* Sie wusste, er hatte sie belogen.

Natürlich weiß sie das, du Idiot! Innere Stimmen waren etwas Nettes. Besonders, wenn sie vor Spott geradezu trieften. *Den Beweis dafür presst du ja auch gerade eindrucksvoll gegen ihren Bauch.*

»Ich meinte jedes einzelne Wort an dem Abend vollkommen ernst«, sagte er rau. »Es war keine Lüge. Auch kein Spiel.«

»Gerade sagtest du...«

»Dass es ein Fehler war. Genau das war es.« Er ließ ihre Handgelenke los, ergriff ihr Kinn und hob es an. Mit seinem Daumen strich er sanft daran entlang. Ein Schauer rann über sie.

»Diese Nacht hätte es niemals geben dürfen«, fuhr er heiser fort. »Doch um nichts auf der Welt würde ich die Erinnerung daran hergeben.« Er sehnte sich nach ihrer Nähe. Doch zu viel stand zwischen ihnen.

Sie war dort draußen beinahe gestorben, nur weil sie ihn suchte. Noch immer schnürte es ihm die Luft ab, wenn er daran dachte. Es war sein Fehler. Er hatte nicht vor, ihn zu wiederholen. Abrupt ließ er sie los und trat einen Schritt zurück.

»Es ist meine Schuld, dass du nicht zurück kannst. Also werde ich dafür sorgen, dass du sicher untergebracht wirst. Weit genug von Gari entfernt, um von ihm nichts mehr befürchten zu müssen. Aber ich kann dich nicht gehen lassen.«

Larissa hatte die Kälte in seinem Blick gesehen und beobachtet, wie sie innerhalb einer Minute zu etwas anderem wurde. Wie Christopher sich wieder in den Mann zurückverwandelte, bei dem sie sich sicher gefühlt hatte, dem sie glaubte vertrauen zu können, und der sie zweifelsfrei begehrte.

»Du willst mich nicht gehen lassen, oder du kannst es nicht?«, erkundigte sie sich atemlos.

»Ich kann es nicht.«

»Warum nicht?«

Er zuckte mit den Schultern. Wieder wurde sein Blick kühl, während er sich von ihr abwandte. Seine ganze Haltung strahlte Abwehr aus.

»Tu das nicht, Christopher. Bitte, lass mich nicht schon wieder ohne ein Wort der Erklärung stehen.«

Er reagierte nicht. Nachdem er anfangs so kühl auf ihre Anwesenheit regiert hatte, war seine jetzige Reaktion mehr, als sie ertragen konnte.

»Christopher, bitte.« Sie versuchte, ihn am Arm zurückzuhalten. »Rede mit mir.«

Er schüttelte ihre Hand ab. »Chris«, sagt er tonlos, »nicht Christopher. Und mein Name ist Collins, nicht Bishop.«

Ihre Brust zog sich zusammen. Dort, wo gerade noch ihr Magen gewesen war, bildete sich eine Kugel aus Eis.

»Aber Lance hat dich überprüft. Das wäre ihm niemals entgangen.«

»Larissa, ich ...«

»Nein!« Sie hob die Hand und schüttelte den Kopf. »Lass mich einfach nachdenken.«

So wie zuvor Chris, ging nun sie ruhelos im Raum umher. »Lance sagte, es wäre möglich«, murmelte sie, mehr zu sich selbst, als an Chris gewandt. »Wenn du Beziehungen ...« Sie stockte, fuhr zu ihm herum und starrte ihn an. »Wer bist du? Was bist du? Ich dachte, es wäre nur eine weitere Intrige, aber ... Gari hat recht.«

»Das hat er nicht. Oder vielleicht doch, aber anders, als du denkst.«

»Dann erkläre es mir. Ich versuche zu begreifen, wie ich so unvernünftig sein konnte, dir zu vertrauen. Also erklär es mir. Warum?«

»Ich schulde dir keinerlei Erklärung.«

»Und ob du das tust. Deinetwegen bin ich hier. Deinetwegen irrte ich durch diese Wüste, habe ich es mir mit Lord Hiereon verdorben, mit meinem Vater, mit Lance. Deinetwegen ...«

»Habe ich dich um irgendetwas davon gebeten?«, brüllte er unvermittelt. »Habe ich dich ermutigt, Gari zu schlagen? Sagte ich dir, du sollst mir nach ...« Chris brach ab, als sie vor ihm zurückwich. Er schloss die Augen, atmete tief durch und schüttelte den Kopf. Seine Schultern sackten herab. »So kommen wir nicht weiter«, stellte er, sehr viel ruhiger, fest. »Möglicherweise schulde dir tatsächlich eine Erklärung. Setz dich, bitte.«

Larissa war sich nicht sicher, ob sie noch hören wollte, was er zu sagen hatte. Aber dann setzte sie sich doch auf einen der Sessel, die Arme abwehrend vor der Brust verschränkt. Sie wollte die ganze Wahrheit. Zum Teil aus simpler Neugier, zum Teil aus dem Verlangen heraus, ihn zu verstehen.

Chris zögerte, bevor er sich ebenfalls setzte. Sie registrierte, er war klug genug, ihr nicht zu nahe zu kommen und den Sessel ihr gegenüber zu wählen. Mit einer fahrigen Bewegung fuhr er sich über die Augen, bevor er sich einen Ruck gab.

»Wie ich dir bereits sagte, sind meine Eltern bereits vor langer Zeit gestorben«, begann er. Larissa nickte nur.

»Sie starben nicht bei einem Unfall, sondern wurden ermordet. Ausgelöscht von einem Clan, dessen Führer so hohe Abgaben forderte, dass wir sie einfach nicht zahlen konnten."

Chris sprach stockend und zögernd. Er hatte das Erlebte bisher nur wenigen Menschen erzählt, bevor er die Ereignisse von damals tief in sich vergrub. Gott, das Ganze lag über zwanzig Jahre zurück. Die Erinnerung hätte längst nicht mehr so wehtun dürfen.

Dennoch, wie immer, wenn er davon sprechen musste, tat er es so, als redete er über einen Fremden. Trotzdem krümmte sich etwas in ihm zusammen, als er zu erzählen begann.

Plötzlich war er wieder vier Jahre alt und saß vor der Hütte seiner Eltern. Es war ein schöner Tag, warm und sonnig. Er freute sich darüber, heute nicht mit hinaus auf die Felder zu müssen. Es kam selten vor, dass er die Gelegenheit hatte, unbesorgt in der Sonne zu sitzen um zu spielen. Umso mehr genoss er diese kostbaren Augenblicke.

Das dumpfe Grollen, das am Horizont erklang, störte sein konzentriertes Spiel kaum. Erst als er Schreie hörte, die aus Richtung der Felder kamen, sah er auf.

Er konnte nicht erkennen, woher die Laute stammten. Aber sie machten ihm Angst. Langsam stand er auf und wich zurück, bis er an die Hüttenwand stieß. Die Schreie hielten an, wurden lauter, als käme das, was auch immer sie verursachte, direkt auf ihn zu.

Wäre er doch nur nicht zuhause geblieben, sondern in der Früh mit seinen Eltern gegangen. Dann würde er sich jetzt nicht so fühlen, als müsse er sich gleich übergeben. In seinem Bauch war ein ganz merkwürdiges Gefühl. Sein Herz klopfte so schnell und hart, dass er es bis zum Hals hinauf spüren konnte. Larn würde ihn für einen Feigling halten, aber vielleicht war er das ja auch, denn er drehte sich um und rannte in die Hütte. Lief durch den Wohnraum und die angrenzende Küche bis in den kleinen Vorratsraum, in dem er sich in eine Ecke kauerte. Den Rücken gegen die Wand gedrückt, die Knie angezogen, saß er da und presste die Augen fest zusammen. Vielleicht würde ihn das Böse, das dort draußen war und Menschen zum Schreien brachte, hier nicht finden. Vielleicht sah es ihn nicht, wenn er es selbst nicht anschaute. Aber es half nicht. Es knallte einmal laut, dann waren die Schreie so nahe, dass er sie deutlich hörte, obwohl er sich jetzt die Hände auf die Ohren presste. Er fing an zu weinen, weil es so klang, als wäre es seine Mutter, die da schrie.

Manchmal half es ihm zu singen, wenn er Angst hatte, aber er konnte nicht, weil sein Hals so eng war. Also begann er sich vor und zurück zu schaukeln, wie er es getan hatte, als er noch ganz klein war und die Dunkelheit so furchteinflößend.

Als die Tür seines Verstecks aufgestoßen wurde, entfuhr ihm ein Laut, wie ihn die jungen Hunde des Nachbarn immer machten, wenn die große Hündin sie allein ließ. Er schämte sich entsetzlich deswegen. War überzeugt, das Böse hatte ihn nun gefunden, weil er ein solches Geräusch gemacht hatte.

Erschrocken riss er die Augen auf. Erleichterung flutete über ihn hinweg, als er seinen Bruder erkannte.

Er hielt Larn das kleine, rote Auto entgegen, das er so liebte.

»Ich wollte es retten«, versuchte er zu erklären.

Larn fuhr zu ihm herum. Herrschte ihn an, leise zu sein.

Er klang, als hätte auch er Angst, aber das konnte nicht sein. Larn hatte vor nichts Angst. Er war so stark, dass er Chris mit nur einer Hand in der Luft herum wirbeln konnte, bis ihm schwindelig wurde. Er hatte sich auch nicht gefürchtet, als er den großen Hund des Nachbarn verjagte, der immer so laut kläffte.

Unwillkürlich gehorchte Chris. Seinen Bruder so zu sehen, verstörte ihn zutiefst.

Wie zur Belohnung nahm Larn ihn auf den Arm. So konnte er, durch einen schmalen Spalt in der Holztür, in den Wohnraum spähen. Was Chris dort sah, bewies ihm, dass das Böse vollkommen real war.

Vater lag am Boden. Blut sickerte unter seinem Körper hervor. Dennoch versuchte er, zu Mutter zu gelangen, die von zwei fremden Männern festgehalten wurde und schrie.

Vater hatte die Männer mittlerweile erreicht. Mit verzweifelter Anstrengung zerrte er an dem Bein des einen. Der schüttelte ihn ab, wie ein lästiges Insekt. Dann ging er einen Schritt zurück, trat Vater ins Gesicht, beugte sich über ihn und nahm dessen Kopf in beide Hände. Die ruckartig ausgeführte harte Drehung des Schädels dauerte nur eine Sekunde. Der Anblick der gebrochenen Augen seines Vaters, die ihn direkt anzusehen schienen, prägte sich unauslöschlich in Chris' Gedächtnis ein. Die Albträume, die ihn von da an verfolgten, dauerten über zwei Jahrzehnte an.

Larn gab einen entsetzten Laut von sich und trat weg von der Tür.

An den mühsamen, immer wieder unterbrochenen Atemzügen seines Bruders erkannte Chris, dass Larn nun auch weinte. Aber Chris weinte nicht. Etwas in ihm starb, während noch immer die Schreie seiner Mutter in seinen Ohren gellten.

Noch Jahre später starrten ihn die toten Augen seines Vaters vorwurfsvoll im Traum an, während ihm die Stimme seiner Mutter sagte, dass sie beide noch am Leben wären, hätte er sich nicht in dieser Kammer versteckt.

Nach Chris' Bericht herrschte Schweigen. Erst als sie Salz auf ihren Lippen schmeckte, bemerkte Larissa die Tränen, die ihr über die Wangen liefen. Wie konnte er leben mit dieser Erinnerung? Sie wünschte, ihm sagen zu können, dass sie ihn verstand. Aber wie sollte sie solch ein Erlebnis nachempfinden können?

»Es tut mir so unendlich leid.«

Ihre Stimme schien den Bann zu brechen, der Chris umgab. Langsam sah er auf und blinzelte die Tränen fort, die in seinen Augen standen, ohne dass er sich von ihnen beschämt zeigte. »Es ist lange her«, stieß er rau hervor. »Sehr lange.«

»Zog der Großherrscher den verantwortlichen Clanführer zur Rechenschaft?«

Chris schüttelte den Kopf. »Solange die Macht des Großherrschers und des Weltrates unantastbar bleiben, kümmern sie sich nicht um solche Dinge. Diese Narren merken nicht einmal, dass es in Wirklichkeit die Clanführer sind, die über Terra herrschen.« Seine Lippen verzogen sich zu der Karikatur eines Lächelns, das Larissas Kehle eng werden ließ

»Was passierte dann?«, brachte sie unter Mühen hervor.

Sein Blick richtete sich erneut in die Ferne. »Nach der Ermordung unserer Eltern brachte mich mein Bruder zu einer befreundeten Familie, die mich versteckte und schloss sich dem Widerstand an. Er entdeckte diese Basis, die noch aus der Zeit der Besiedelung stammt.« Prüfend blickte er sie an, als überlege er, wieviel er ihr sagen durfte. Also bat sie ihm mit einem Nicken fortzufahren.

»Die Summen, die zu ihrem Wiederaufbau erforderlich waren, kamen von privaten Spendern. Larn und seine Mitstreiter sammelten die Spenden ein, ohne den Geldgebern den genauen Standort der Basis verraten zu müssen. Die bloße Ankündigung, das Geld würden für den Kampf gegen die Clans verwendet werden, reichte aus, um die Geldbeutel zu öffnen. Vielleicht kannst du daran erkennen, wie groß die Unterstützung ist, die wir erhalten.« Er fuhr fort, ohne Larissa Gelegenheit zur Antwort zu geben. »Von hier aus organisierte Larn den Widerstand gegen die Clans. Im Laufe der Zeit kamen immer mehr Menschen in dieses Gebirge, um sich meinem Bruder und seinem Kampf anzuschließen. Menschen, die nichts mehr zu verlieren hatten. Alles, was ihnen blieb, war ein gemeinsames Ziel. Der Hass auf die Clans und den Willen, sie zu bekämpfen. Das vereint sie bis heute.«

Es klang ein so intensiver Hass aus seinen Worten, dass Larissa unwillkürlich ein Schauer über den Rücken lief.

»Gegen die Clans zu kämpfen bedeutet, einen Kampf gegen ganz Terra zu führen. Das ist unmöglich.«

»Larn hat mehr erreicht, als du dir vorstellen kannst.«
Chris lächelte nachsichtig. »Er gab den Menschen etwas
zurück, wofür sich das Kämpfen lohnt. Die Hoffnung,
wenigstens ihre Kinder oder Kindeskinder könnten in
einer Welt aufwachsen, in der die Schreckensherrschaft
der Clans nicht mehr existiert.« Chris' Stimme wurde
immer leiser, sodass Larissa sich anstrengen musste,
um ihn zu verstehen. Nun, da er einmal angefangen
hatte zu sprechen, schien es, als müsse er all das, was
sich seit Jahren in ihm angestaut hatte, endlich
loswerden.

Unvermittelt hob er den Blick und sah Larissa direkt
an. Eine stumme Bitte um Verständnis lag in seinen
Augen. »Larn wollte sichergehen, dass all das, was er
aufbaute, erhalten bleibt. Deshalb bereitete er mich
darauf vor, seine Nachfolge anzutreten, sollte ihm
etwas zustoßen. Das lag für mich noch in weiter Ferne.
Doch dann erreichte mich die Nachricht, dass Larn der
SUT in die Hände gefallen war und an den Clanführer
des dortigen Bezirkes ausgeliefert wurde. Ein GD-
Blocker, den Larn sich hatte einsetzen lassen,
verhinderte zwar, dass er etwas von Wert verriet, aber
sein Leben konnte er damit nicht retten.«

»Ich bedauere deinen Verlust. Nicht einmal annähernd
kann ich das Ausmaß deiner Trauer erfassen«, begann
Larissa zögernd, wobei sie mehrmals schlucken musste,
um den dicken Kloß in ihrer Kehle loszuwerden. »Aber
ich kann auch deinen Hass nicht nachempfinden.
Gerade der Tod deines Bruders muss dir doch klar
gemacht haben, dass du dich hier an einem reinen
Selbstmordkommando beteiligst.«

»Ich bin es ihm schuldig.« Nur dieser eine Satz, doch er erklärte alles.

»Aber du musst trotzdem nicht ....« Weiter kam sie nicht, denn die Tür wurde geöffnet und Dave betrat den Raum.

Als er Larissa sah, zögerte er kurz, beschloss dann aber offenbar, ihre Anwesenheit zu ignorieren. »Wir haben ihn«, sagte er nur.

Chris spannte sich. »Willis?«

Dave nickte. »Ich warte draußen auf dich.«

Chris sprang auf, schien ihm folgen zu wollen, und erinnerte sich erst dann wieder an Larissa. Als er sie nun ansah, schien er ein völlig anderer zu sein. Ein harter Zug lag um seinen Mund, alle seine Muskeln waren angespannt, der Ausdruck in seinen Augen kalt und leblos.

»Chris?« Larissa war versucht, ihm erneut eine Hand auf den Arm zu legen, schreckte aber davor zurück. Zu fremd, zu unnahbar erschien er ihr mit einem Mal. Mit Daves Erscheinen war alles Vertrauen, alles Verständnis zwischen ihnen verschwunden.

»Du wartest hier«, wies er sie tonlos an.

»Was ist denn los?« Sie wollte ihn nicht gehen lassen. Nicht so. Nicht nach all dem, was er ihr gerade gesagt hatte, nicht nachdem, was zwischen ihnen vorgefallen war.

»Ich erkläre es dir nachher. Bleib solange hier«, sagte er, bevor er zur Tür hinausstürmte.

Kapitel 5

Larissa stand für einen Moment wie erstarrt. Dann sprintete sie los. Auf keinen Fall wollte sie hier festsitzen, bis sich irgendwann wieder jemand an ihre Existenz erinnerte. Sie erreichte die Tür eine Sekunde, bevor sie ins Schloss fiel, und spähte vorsichtig auf den Gang hinaus.

Sie konnte gerade noch einen Blick auf Chris erhaschen, der in Daves Begleitung um die nächste Biegung verschwand. Larissa wollte ihnen schon folgen, als ihr ihre unangemessene Kleidung einfiel.

Auch wenn es eine überschaubare Personenanzahl war, die geschäftig in dem Gang umherlief, würde sie nur mit dem kurzen Hemd bekleidet, unweigerlich Aufmerksamkeit erregen.

Seufzend zog Larissa den Kopf zurück und sah sich suchend im Zimmer um. Sie brauchte etwas, um die Tür offen zu halten, bis sie öffentlichkeitstauglich war.

Sie fand genug, was dafür geeignet wäre, aber nichts davon befand sich in ihrer Reichweite.

Kurzentschlossen zog sie sich das Hemd über den Kopf, knüllte es zusammen und blockierte damit die Tür. Dann lief sie zurück in den Raum, indem sie aufgewacht war.

Glücklicherweise fand sie dort ihre eigene Kleidung auf dem Stuhl vor dem Schreibtisch. Rasch schlüpfte Larissa hinein und stellte erleichtert fest, dass sowohl Hose als auch Shirt gewaschen und geflickt worden waren.

Schnell zog sie auch die Stiefel an und hetzte zurück zu der angelehnten Tür. Noch einmal tief durchatmend, straffte sie die Schultern, bevor sie auf den langen Gang hinaus trat.

Ein grauer Fußboden, weiß verkleidete Wände, unzählige Türen sowie in regelmäßigen Abständen an der Decke angebrachte Lampen, wiesen darauf hin, dass sie sich tatsächlich unter der Erde befand.

Ihr Herz klopfte ihr bis zum Hals, als sie wie selbstverständlich auf die Biegung zuging, hinter der Chris verschwunden war. Sie spürte überraschte Blicke auf sich, ignorierte sie aber. Nicht umsonst war sie im Hause eines Clanführers herangewachsen. Sie wusste um die Wirkung natürlicher Autorität. Würde sie sich unsicher zeigen, könnte sie sich genauso gut »*Unbefugter Eindringling*« auf die Stirn schreiben.

»Entschuldigung?«, hielt sie einen ihr mit raschen Schritten entgegenkommenden Mann an.

Er schaute so konzentriert auf sein Memoboard, dass er erschrocken zusammenfuhr, als sie ihn ansprach.

»Können Sie mir sagen, wo ich Collins finde? Ich sollte nachkommen, aber«, sie zuckte verlegen die Schultern, »das alles hier ist noch ein wenig unübersichtlich für mich.«

Der junge Mann blickte von seinem Memoboard auf und runzelte die Stirn. »Sind sie nicht...?« Er stockte. Offenbar hatte er sie als die Frau erkannt, die im Gebirge aufgegriffen worden war. Diesen Umstand zu erwähnen, schien ihm jedoch unangenehm.

»Ich bin auf persönliche Einladung von Mr. Collins ... Chris ... hier.« Im letzten Moment verzichtete sie darauf, dem armen Kerl zuzuzwinkern und ihn dadurch in Verlegenheit zu bringen. Zu leicht konnte man sich verdächtig machen, wenn man es übertrieb.

Der Mann nickte verständig, sah auf sein Memoboard und wischte ein paarmal darüber. »Chris ist im Hangar Eins«, sagte er dann. »Einfach rechts, dann immer geradeaus bis zum Schott.«

Noch bevor Larissa sich höflich bedanken konnte, war er wieder unterwegs. Sie folgte der Beschreibung und hatte weiterhin Glück. Das Schott stand offen. Langsam ging sie näher heran, bis der Hangar direkt unter ihr lag. Bei dem Wort dachte Larissa unwillkürlich an eine kleine Parkbucht für die üblichen Schwebefahrzeuge. Was sie nun vor sich sah, verschlug ihr den Atem.

Die Galerie, auf der sie stand, umgab den Hangar auf der kompletten Längsseite. An beiden Seiten befand sich eine Treppe, die nach unten führte. Auf der gegenüberliegenden Seite gab es ein riesiges Einflugschott. Im Anschluss daran lagen die Buchten für die Gleiter. Larissa zählte vierundzwanzig davon, in denen sich gepanzerte, mit Blastern und Laserkanonen bewaffnete Kampfgleiter unterschiedlicher Klassen, befanden. Dazu ein Angriffstransporter und zwei Shuttles. Vier, verbesserte sie sich, als sie die anderen beiden Shuttles erblickte, die im Einflugbereich des Hangars standen. Offenbar waren sie eben erst angekommen.

Vor dem größeren hatte sich eine Traube von etwa zwei Dutzend Mädchen gebildet. Sie standen aneinandergedrängt und sahen sich mit großen Augen um. Manche trugen Lumpen, andere schienen nur in eine Decke gehüllt, wieder andere trugen knappe, aufreizende Kleidung, die für ihr Alter völlig unangemessen war. Begleitet wurde die Gruppe von zwei bewaffneten Männern, die ihre Blastergewehre zu Boden gerichtet hatten. Larissa konnte nicht sagen, ob es sich dabei um Wachen handelte.

Beim zweiten, kleineren Shuttle hingegen war sie sich dessen sicher. Sechs Männern in schwarzen Kampfanzügen umstellten es. Ihre Haltung, leicht gespreizte Beine, Waffen im Anschlag, erinnerten sie an Lance. Genauso hatte er ausgesehen, wenn er alarmiert war. Zum ersten Mal fragte sie sich, ob Chris nicht doch einen guten Grund hatte, wenn er sie bat, im Zimmer zu bleiben.

Er stand ein Stück entfernt, in Nähe der Treppe. Mit steinernem Gesicht starrte er zu den Shuttles hinab und beobachtete die sich nähernde Gruppe. Dave stand ebenso stoisch neben ihm.

Larissa hielt sich im Schatten der Wand und beschloss, sich das Ganze aus sicherer Entfernung anzusehen.

Eines der Mädchen fiel ihr auf. Sie wirkte ein wenig entschlossener als die Anderen. Ihre Kleidung, obwohl verschlissen und fadenscheinig, strahlte eine gewisse Eleganz aus. Das dunkle Haar trug sie geflochten und am Hinterkopf festgesteckt, was es schwer machte, ihr Alter zu schätzen. Sie konnte sechzehn sein, aber genauso gut bereits über zwanzig.

Als sich die Gruppe in Bewegung setzte, blieb sie etwas zurück. In dem Moment, als sie an Chris vorbei ging, scherte sie aus der Menge aus und hielt auf ihn zu.

Männer spannten sich, Waffen wurden gehoben. Es bedurfte nur einer Handbewegung von Chris, damit sich die Männer wieder entspannten.

Mit unbewegter Miene sah er der Dunkelhaarigen entgegen. Sie blieb in respektvollen Abstand zu ihm stehen und versank in einen unbeholfenen Knicks.

Was zum Teufel...?

Larissa hatte so etwas schon unzählige Male beobachtet. So eine Respektsbekundung war durchaus üblich – vor einem Clanführer.

Das Mädchen verharrte in der unbequemen Haltung. Sie hielt die Augen gesenkt, als sie das Wort an ihn richtete.»Mein Name ist Irehna. Auf ein Wort, Sir?«

Chris nickte.»Bitte, steh auf. Wir legen hier keinen Wert auf solche Gesten des Respekts.«

Sie schien erleichtert, als sie sich erhob. »Darf ich Euch um etwas bitten?«

»Natürlich.« Er schenkte ihr ein Lächeln in der Hoffnung, ihr so ein wenig Vertrauen in sich vermitteln zu können.»Wenn du etwas benötigst, sag es nur.«

Die anderen Mädchen waren ebenfalls stehen geblieben. Angespanntes Schweigen umgab sie. Irehna sah sich zu ihnen um, wirkte für einen Augenblick noch befangener als zuvor, und biss sich auf die Lippen.

»Du hast hier nichts zu befürchten«, versuchte Chris weiterhin, sie zu beruhigen.»Was wolltest du mich fragen?«

Sie räusperte sich und hob den Blick. »Unter Euren Gefangenen befindet sich ein junger Krieger. Ich möchte für ihn um Gnade bitten.«

»Gnade?« Chris hob eine Braue. »Ich weiß nicht, was du denkst, aber es gehört nicht zu unseren Angewohnheiten, unsere Gefangenen zu foltern.«

»Nein, aber es heißt, ihr tötet sie. Auch das verdient er nicht.«

»Sagt man das über uns?« Chris hatte Mühe, sich seine Überraschung nicht anmerken zu lassen. »Der Krieger gehört zu Batistés Clan«, wandte er ein.

»Doch er führte nur Befehle aus.«

»So wie jeder andere Folterknecht auch! Was macht ihn so besonders?«

»Er war immer gut zu uns. Hat geholfen, wo er konnte. Beinahe täglich riskierte er sein Leben, um uns Medikamente zu besorgen, zusätzliche Nahrung, Decken für die Kleinen. Ohne ihn wären einige der Jüngeren heute nicht hier.«

Chris entging nicht der Ausdruck in ihren Augen. Sie empfand etwas für diesen Krieger, das weit über Dankbarkeit hinausging. Verdammt, er hatte weder Zeit noch Lust auf eine weitere Diskussion.

Das Gespräch mit Larissa hatte ihn aufgewühlt, ihn bis an die Grenzen seiner Selbst gebracht. Er fühlte sich entblößt und schutzlos nach diesem seelischen Striptease. Darauf war er nicht vorbereitet gewesen.

Dazu die Ankunft der Kinder. Das Wissen, was hinter ihnen lag, zehrte jedes Mal an ihm. Gleichgültig, ob sie aus den Bordellen des Clans oder aus den Minen kamen.

Sie alle hatten es verdient, dass er ihnen den Respekt erwies, sie persönlich in Empfang zu nehmen. Aus demselben Grund war er es Irehna schuldig, ihre Worte zu überprüfen. Es war ungewöhnlich, aber hin und wieder kam es vor, dass sich einer der Clankrieger tatsächlich einen Rest Menschlichkeit bewahrt hatte.

»Wie ist der Name des Kriegers?«, erkundigte er sich.

Hoffnung blitzte in den Augen der jungen Frau auf.

»Kyle.«

Chris sah hinüber zu dem zweiten Shuttle, in dem sich die Gefangenen befanden, und nickte Dave zu. Dieser gab die Anweisung sofort weiter. Zwei der Wachen setzten sich augenblicklich in Bewegung und verschwanden im Inneren des Gefährts.

Der Mann, den sie zwischen sich führten, als sie wieder zum Vorschein kamen, war kaum größer als Irehna, aber seine Schultern waren so breit, dass es beinahe missgestaltet wirkte. Obwohl er Handfesseln trug, die durch eine etwa dreißig Zentimeter lange Kette miteinander verbunden waren, hielt er seine Hände vor dem Bauch verschränkt. Diese Position ließ ihn noch kompakter wirken und unterstrich seine angespannte Haltung. Während er näher kam, hielt er seinen Blick fest auf Chris gerichtet. Weder spähte er seine Umgebung aus, noch nahm er Notiz von den anderen Menschen um sich herum. Er wirkte wie ein Mann, der wusste, was ihn erwartete. Und der sein Schicksal akzeptiert hatte. Bis zu dem Moment, in dem sein Blick zu Irehna huschte. Durch die Gestalt des jungen Kriegers ging ein Ruck.

Doch erst als Irehna zu ihm laufen wollte und von Dave zurückgehalten wurde, zeigte sich eine deutlichere Reaktion. Kyle spannte sich, seine Augen verengten sich, sein Blick wurde kalt und hart.

»Lass sie los.« Seine Worte klangen wie ein wütendes Knurren. »Egal, was sie wieder angestellt hat, sie meint es nicht so, also gebt sie frei!«

»Ihr wird nichts geschehen«, erwiderte Dave ruhig. »Aber wir werden nicht riskieren, sie in deine Nähe zu lassen.«

Kyle ballte die Hände zu Fäusten, während sein Blick nacheinander zu Irehna, Dave und Chris huschte.

»Was genau habt ihr mit ihr vor?«

Chris war dem Clankrieger keine Rechenschaft schuldig. Wohl aber den Mädchen, die aufmerksam zuhörten. »Wir stellen ihnen allen Unterkunft, bieten ihnen Nahrung und medizinische Versorgung«, erwiderte er deshalb. »Sie werden zur Schule gehen. Und lernen, zu verarbeiten, was ihnen angetan wurde.«

Dass sie auch lernen würden, die Clans zu bekämpfen, sollte das ihr Wunsch sein, brauchte der Clankrieger nicht zu erfahren.

»Was verlangt ihr als Gegenleistung dafür?«

»Nichts.«

Kyle schnaubte. »Auch auf die Gefahr hin, respektlos zu erscheinen«, seinem Tonfall zufolge hatte er momentan ungefähr so viel Respekt für Chris wie für eine Küchenschabe, »ich glaube dir nicht. Niemand tut irgendetwas umsonst. Welche Hintergedanken habt ihr?«

Dumm war er nicht, das musste Chris ihm lassen. Kyle fragte nicht für sich. Chris' Antwort würde darüber entscheiden, ob die Eingliederung der Mädchen geordnet verlief oder in einem Chaos endete.

»Sollten sie noch Familie haben, die in Sicherheit leben, bringen wir sie dort hin. Wenn nicht, haben sie die Wahl, ob sie bleiben oder gehen wollen. Bleiben sie, sorgen wir für Betreuung der Jüngeren und erwarten von den Älteren, nach Fähigkeit und Alter, ihre Mitarbeit.«

»Ihr schickt sie also von einer Sklaverei in die andere?«

»Nein. Wir zwingen sie nicht, fordern nichts von ihnen, was sie nicht geben können.«

»Aber ihr könnt ihren Schutz garantieren?«

»Das kann ich.«

»Und die Ortungschips?«

Aus den Augenwinkeln registrierte Chris, wie sich einige der Mädchen unwillkürlich an den Nacken fassten, an die Stelle, wo ihnen der Chip eingepflanzt worden war, mit denen der Clan sie aufspüren konnte.

Früher wurde er einfach in den Oberarm injiziert, wo er sich selbsttätig über ein neuronales Geflecht mit den Sklavenkörpern verknüpfte und dort allerlei Unheil anrichtete.

»Macht euch keine Sorgen. Wir haben die Technik und die Erfahrung, um euch von den Chips zu befreien. Hier muss niemand mehr seinen Arm opfern – oder seinen Kopf.« Chris brachte ein schiefes Lächeln zustande. Humor war in einer kritischen Situation oft hilfreich, um die Stimmung nicht gefährlich kippen zu lassen.

Doch Kyle ließ nicht locker. »Und wie wollt ihr verhindern, dass die Clans sie hier aufspüren?«

Genauso, wie wir es seit Jahren tun, dachte Chris. *Mit Schutzfeldern für die Basis und die Fahrzeuge, mit falschen, aber ungemein glaubwürdigen Positionsdaten, die wir erzeugen können, aber das werde ich einem Clankrieger bestimmt nicht sagen.*

»Du stellst eine Menge Fragen, deren Antworten dich nichts angehen«, sagte er laut.

»So wie ich die Sache sehe, nutzen mir die Antworten nichts«, erwiderte Kyle unbeeindruckt. »Meine Lebenserwartung messe ich in Stunden, bestenfalls in Tagen. Aber die Mädchen in Sicherheit zu wissen, erleichtert das Ganze.«

Irehna schluchzte bei diesen Worten auf. Sie versuchte, sich von Dave loszureißen, doch er hielt sie eisern fest.

»Ich kann nicht zulassen, dass du dich ihm näherst.«

Die Mädchen um sie herum wurden unruhig. Es ging keine Gefahr von ihnen aus, aber Hysterie konnte Chris jetzt nicht gebrauchen.

»Bitte«, flehte Irehna, »tut ihm nichts.«

»Ihm wird nichts geschehen«, versicherte Chris, wobei er sich das *vorerst* schenkte. Er wandte sich an die Männer, die Kyle flankierten. »Bringt ihn in Verhörraum zwei. Wir werden uns später um ihn kümmern.« An Irehna gewandt sagte er: »Wir werden die Situation eingehend prüfen und dabei euer aller Meinung berücksichtigen. Aber im Moment hilfst du ihm am meisten, wenn du dich zusammen mit den Anderen auf die Krankenstation begibst. Vorläufig hast du mein Wort, dass dein Kyle in Sicherheit sein wird.«

Der Blick des Mädchens blieb unbeirrt auf den jungen Krieger gerichtet, bis er aus ihrem Sichtfeld verschwand. Erst dann schüttelte sie Daves Hände ab, der sie gewähren ließ.

»Lass es mich nicht bereuen, mit deinen Männern gegangen zu sein«, wandte sich Irehna wieder an Chris. »Einige von uns sind außerstande, noch mehr zu ertragen.«

Dass sie dazu gehörte, musste sie nicht extra erwähnen. Chris sah es in ihren Augen. Er nickte ernst.

Sie sah ihn noch einen Moment forschend an, bevor sie sich abwandte. Gemessenen Schrittes folgte sie den Wachen, umgeben von den andern Mädchen.

»Ich hasse das Ganze«, raunte Chris Dave zu. »Sie behandeln mich wie einen verdammten Gott. Schlimmer noch. Wie einen *Clanführer*.«

»Sie verehrten deinen Bruder. Nun verehren sie dich. Die Clans beginnen uns zu fürchten. Nutzen wir das zu unserem Vorteil.«

»Wenn sie uns fürchten, erregen wir zu viel Aufmerksamkeit. Ich weiß nicht, ob wir schon so weit sind, das riskieren zu können.«

»Irgendwann werden wir soweit sein müssen.«

»Es ist zu früh. Larn ist gerade...« Chris brach ab und schüttelte den Kopf. »Die Clans sind nicht dumm. Sie wissen, dass wir uns irgendwo in den Bergen versteckt halten müssen. Wenn wir es übertreiben, könnten sie sich doch noch entschließen, genauer nachzuschauen, trotz des Daliths und unserer Schutzfelder. Was, wenn sie uns dann angreifen?«

»Das werden sie nicht. Nicht, solange sie die Aufmerksamkeit des Großherrschers und des Weltenrates nicht auf die Missstände lenken wollen, die auf Terra Zwei herrschen. Die Clans betrachten uns als Ärgernis, aber Zerros ist derjenige, der sie zerschlagen könnte. Sie werden es nicht riskieren, ihm einen Grund dafür zu geben.«

Chris sagte nichts dazu. Solange sich der Großherrscher auf dem zweiten Mond Terras aufhielt und nichts davon mitbekam, welche Zustände auf dem Hauptplaneten herrschten, würde die Kluft zwischen unermesslichem Reichtum und tiefstem Elend immer größer werden. Zerros führte ein Leben in Luxus und Sicherheit. Abgeschottet von seinen Untertanen, blind gegen ihr Leid, taub gegenüber ihren Beschwerden, gab es für ihn keinen Anlass sich einzumischen. Nicht, solange es nicht zu offenen Konfrontationen zwischen den Clans und den Rebellen kam.

Manchmal war Chris versucht, es zu riskieren. Einfach alle Gruppen zusammenzurufen, sie zu vereinen und einen direkten Angriff gegen die Clans zu führen. Er war das ewige Katz-und-Maus-Spiel so leid. Doch sahen es zu wenige auch so. Lieber lebten sie versteckt im Untergrund, in dem Versuch, das zu schützen, was sie liebten. Die Verluste eines Krieges wollten die Wenigsten riskieren. Chris verzog das Gesicht, als er sich fragte, was noch alles passieren musste, bis sie endlich so weit waren. Wie groß sollte der Leidensdruck noch werden, bis sich alle Führer bereit erklärten, sich zu vereinen und dem Unheil ein Ende zu setzten?

Bisher scheiterten Treffen oft schon am gegenseitigen Misstrauen. Durch Larissas Erscheinen in der Basis hatte sich nochmals alles geändert. Soweit Chris wusste, war sie die Erste aus der Oberschicht, die je geflohen war. Was er allerdings nicht wusste war, ob er ihr trauen konnte. Oh, er wollte es, wollte es mehr als alles andere. Aber konnte es wirklich möglich sein? Konnte jemand freiwillig einem Leben in Sicherheit und Luxus entfliehen wollen? Oder steckten ganz andere Gründe dahinter?

Selbst wenn nicht, welche Konsequenzen würde ihr Tun haben? Chris konnte nicht einschätzen, wie Gari oder sein Onkel auf Larissas Verschwinden reagieren würden. Was, wenn sie den Clan Hiereon direkt zu ihnen führte? Ob nun beabsichtigt oder nicht, die Gefahr ließ sich nicht leugnen. Wie lange würde der Clan stillhalten? Wie lange, bis es die Clanführer leid waren, sich auf der Nase herumtanzen zu lassen und es ihnen egal war, ob der Großherrscher seinen Blick auf Terra Zwei richtete? Waren sie wirklich bereit für einen Krieg? Er wusste es nicht, und das zermürbte ihn.

»Manchmal bin ich das alles wirklich leid«, gab er zu.

Dave sah ihn forschend an. »Es wäre leichter, wenn du aufhören würdest, dich für jeden quer sitzenden Furz hier verantwortlich zu fühlen. Du hast Leute für jeden Aufgabenbereich. Also gib auch mal einen Teil der Verantwortung ab. So unglaublich es klingt, wir kommen sogar zurecht, falls du mal schläfst.« Sein Grinsen nahm seinen Worten die Schärfe. Dennoch konnte er die Besorgnis in seinen Augen nicht gänzlich verbergen.

»Das weiß ich.« Chris hielt es für klüger, seinen Freund nicht darauf hinzuweisen, wie wenig er tatsächlich schlief. Warum sollte er sich ruhelos im Bett umher wälzen, wenn er in dieser Zeit auch Sinnvolleres erledigen konnte? Inwieweit es wirklich sinnvoll war, nachts Bestandsaufnahmen zu machen oder endlose Listen anzulegen, stand auf einem anderen Blatt.

Vielleicht hatte das wirklich etwas damit zu tun, dass er nicht zur Ruhe kommen wollte. Er wollte nicht nachdenken. Nicht über Verantwortung, nicht über Larissa, die ihm in den vergangenen Wochen nicht aus dem Kopf gegangen war, nicht über Larn. Ganz besonders nicht über Larn.

»Können wir darüber zu einen anderen Zeitpunkt reden?« *Der nicht kommen würde, wenn es nach ihm ging.* »Jetzt solltest du zuerst in der Krankenstation Bescheid geben. Tania soll Irehna im Auge behalten. Das Letzte, was wir hier gebrauchen können, ist ein Mädchen, das irgendwann etwas Dummes tut, nur weil sie meint, Kyle etwas schuldig zu sein.«

»Wird sofort erledigt«, sagte Dave, zögerte jedoch, während er Chris nachdenklich ansah. »Du bist der Begegnung mit Willis gewachsen? Ich meine«, er stockte und schien seine nächsten Worte mit Bedacht zu wählen, »du schindest Zeit. Das gefällt mir nicht. Du kannst mich das erledigen lassen und dich währenddessen um den hübschen Wildfang kümmern, den du in deinem Zimmer zurückgelassen hast. Schien mir, als hättet ihr noch das Eine oder Andere zu klären.«

Chris warf ihm einen Blick der Sorte *Leck mich* zu. »Ich hab das im Griff.«

»Wenn du das sagst. Können wir dann? Mich erwartet da noch so ein niedliches Appetithäppchen in meinem Zimmer. Zum Anbeißen süß. Ich würde zu gern herausfinden, ob sie naturblond ist.«

Chris verdrehte die Augen. »Gibt es hier überhaupt noch eine Frau, die du noch nicht auf ihre natürliche Haarfarbe überprüft hast?«

»Ein paar.« Dave zuckte mit den Schultern, »Ich kann nichts dafür, dass sie mich lieben.«

»Ich warte auf den Tag, an dem deine Ex-Freundinnen versammelt vor deiner Tür auftauchen.«

»Könnte interessant werden.« Dave grinste. »Wird aber nicht passieren. Wie gesagt, Ex oder nicht, sie lieben mich. Weißt du, ich würde wirklich gerne noch weiter mit dir über mein Liebesleben plaudern. Scheint mir, als könntest du da so ein paar Tipps gebrauchen. Aber irgendetwas war da doch noch ...« Er tat, als würde er überlegen. »Ich hab's: Zeit schinden.«

»Gott, du nervst. Lass ihn schon holen.«

Dave nickte, unvermittelt ernst, sagte etwas in seinen Kommunikator und nahm sofort danach mit der Krankenstation Kontakt auf.

Chris' Blick wanderte derweil zu dem Gleiter, aus dem zuvor Kyle gestiegen war. Der Mann, der diesen nun verließ, wurde gleich von vier Männern eskortiert. Jeder von ihnen hielt das Gewehr auf den Gefangenen gerichtet, obwohl er, genau wie Kyle, gefesselt war. Aber Willis war kein Mann, bei dem Chris auch nur das kleinste Risiko einging.

Die trügerische Gelassenheit, die ihm das Geplänkel mit Dave vermittelt hatte, schwand schlagartig.

Chris registrierte die Rußflecken auf dem mitternachtsblauen Maßanzug des Mannes, erkannte die Spur rotbrauner Blutspritzer auf seinem hellem Hemd, bemerkte mit grimmiger Befriedigung den schillernden Bluterguss auf seinem Wangenknochen. All diese Kleinigkeiten nahm er begierig auf, nur um dem Mann nicht in die Augen sehen zu müssen.

Feigling, spottete die Stimme in seinem Inneren. *Fürchtest du den Kontrollverlust so sehr, dass du lieber schwach erscheinst? Du kannst es beenden. Du musst nur die Waffe heben. Eine winzige Bewegung des Zeigefingers, und es ist vorbei.*

Chris löste seinen Blick von der Wange des Gefangenen und zwang sich, Willis in die blassblauen Augen zu sehen. Er hatte geglaubt, dafür bereit zu sein. Nun wünschte er, er hätte Zeit gehabt, sich besser auf die Begegnung mit dem Mörder seines Bruders vorzubereiten.

»Willis«, knurrte er, sobald die Männer in Hörweite waren.

Der Mann im Zentrum des Kreises aus Blasterwaffen musterte Chris mit unbewegtem Gesicht. Trotz seines angeschlagenen Zustandes und der Handfesseln ging eine Welle der Autorität von ihm aus.

»Du bist entweder mutiger, als ich dachte, oder ein vollkommener Narr«, sagte er ruhig. »Diebstahl von Claneigentum und Entführung? Du glaubst nicht wirklich, damit davonkommen zu können?«

»In der Vergangenheit funktionierte das recht gut.«

Willis verzog die Lippen zu einem abfälligen Lächeln. »Deine Arroganz wird euren Untergang nur beschleunigen.«

»Das bleibt abzuwarten. Aber selbst wenn, wirst du das nicht mehr erleben.«

Es gelang Chris, ebenso kühl und gelassen zu klingen, wie sein Gegenüber. Aber er spürte das Zucken eines Nervs unter seinem rechten Auge. Ein verräterisches Zeichen seiner Anspannung.

»Mord an einem Adjutanten des Clans? Ich hätte euch eher eine Lösegeldforderung zugetraut. Trotzdem werde ich euch eine Botschaft Lord Batistés ausrichten. In Zukunft wird er für jede Person, die ihr entführt, zwei andere hinrichten.«

Chris erstarrte. Ein Fausthieb hätte ihn nicht härter treffen können. Er hatte geahnt, dass sich die Clanführer nicht ewig ungestraft provozieren lassen würden. Aber jetzt die Bestätigung zu bekommen, erschütterte ihn bis auf den Grund seiner Seele.

Willis entging seine Reaktion nicht.

»Nun?«, fragte er, während sich seine Lippen zu einem herablassenden Lächeln verzogen. »Wie fühlt es sich an, allein heute für den Tod von über fünfzig Menschen verantwortlich zu sein? Lord Batisté hat spezielle Vorlieben. Ich kann dir also versichern, sie werden nicht schnell sterben. All das nur, weil ihr euch wie feige Ratten in diesem Loch verkriecht. Was glaubst du, wie lange es noch dauern wird, bis Lord Batisté die Probleme der Ortung egal sein werden?«

Als Chris ihn nur schweigend ansah, lachte er gehässig. »Töte mich ruhig, du Narr. Aber sei gewiss, dass mein Lord jeden Stein in diesen Bergen umdrehen wird auf der Suche nach dir. Nun rate, wen er dann für deine Frechheiten büßen lassen wird?«

Die Waffe war in Chris' Händen, ohne dass er hätte sagen können, wie sie dorthin gekommen war.

»Lass dich nicht von ihm provozieren«, warnte Dave. »Genau das beabsichtigt er. Er ist nicht umsonst Batistés Adjutant.«

»Ich weiß sehr genau, was er beabsichtigt. Und deshalb wird sein Plan nicht aufgehen.« Vor unterdrückter Wut zitterten seine Hände, als Chris den Blaster langsam wieder ins Halfter steckte.

Willis hingegen hatte sich sehr viel besser unter Kontrolle.

»Provozieren? Alles was euch noch schützt, ist das Gesetz des Großherrschers, diese Berge unangetastet zu lassen. Nur weil der alte Tölpel sich seine Räume mit Dalith auskleiden will, um sie abhörsicher zu machen.« Er hob eine Braue. »Wie merkwürdig, dass ich keinerlei Anzeichen von Dalithminen oder dem Abbau des Minerals entdecken konnte. Beauftragte der Großherrscher Euch vielleicht damit? Weiß er, dass ihr diesen Auftrag nutzt für eure kleine, sinnlose Rebellion?«

Willis lag dermaßen daneben, dass es fast schon komisch war, aber das würde Chris ihm nicht auf die Nase binden.

Trotz seiner Besorgnis darüber, dass der Clan Batisté oder ein anderer irgendwann tatsächlich auf die Idee kommen könnte, das Gebirge zu durchstöbern, verzog er die Lippen zu einem herablassenden Grinsen.

»Der Gedanke muss euch Furcht einjagen. Wo Sklavenhandel laut Gesetz des Großherrschers verboten ist.«

»Sklavenhandel?« Willis stieß ein bellendes Lachen aus. »Du verwechselst mich. Ich bin Geschäftsmann.«

»Der mit Menschen handelt.«

Willis zuckte die Schultern. Er stritt es nicht einmal ab. »Die Art meiner Ware ist nicht relevant. Wohl aber, dass ihr mich bestohlen habt. Ein feiger Überfall aus dem Hinterhalt. Diebstahl, Entführung, Verletzte, Tote...«

Er verzog verächtlich das Gesicht. »Eure Art Geschäfte zu machen, erscheint mir ungleich grausamer, als es die meine ist.«

Bastard, aalglatter, verfluchter arroganter Bastard schoss es Chris durch den Kopf. Allein für die Geringschätzigkeit seiner Worte hasste er Willis noch mehr. Laut sagte er: »Ich betrachte es eher als Befreiung, denn als Geschäft.«

»Befreiung? Wie viel hat euch diese *Befreiung*« – er spuckte das Wort förmlich aus – »gekostet? Wie viele eurer Männer verloren dabei das Leben? Wie viele wurden verletzt?«

Die Antwort lautete eindeutig *zu viele*. Aber das würde Chris ihm auch nicht verraten.

Willis erwartete auch keine Antwort. »Wofür das alles?«, fuhr er fort. »Für eine Handvoll Huren?«

Innerhalb eines Sekundenbruchteils war Chris vorgesprungen. Seine Faust traf das Gesicht des anderen Mannes mit ungebremster Wucht.

Willis taumelte und fiel auf die Knie.

»Nenn sie nie wieder so«, keuchte Chris. »Es sind Kinder. Kinder, deren Eltern ihr ermordet habt. Die ihr aus ihrem vertrauten Umfeld gerissen und deren Leben ihr zerstört habt.«

Für einen kurzen Moment blitze es in Willis Augen auf. Aber er hatte sich sofort wieder unter Kontrolle. Mit sehr langsamen, vorsichtigen Bewegungen hob er die Hände und wischte sich das Blut aus dem Mundwinkel.

»Das war unnötig.«

»War es das?« Chris fixierte ihn kalt. »Wie oft war es unnötig, dass du wehrlose Menschen geschlagen und umgebracht hast? Einmal? Zehnmal? Hundert Mal?«

»Ich habe getötet, das ist richtig. Aber das hat ein jeder von euch schon getan. Bei mir geschah es zum Wohl des Clans. Bei euch aus Habgier.«

Chris schüttelte den Kopf. »Ich weiß nicht, wie viele Menschen ich getötet habe«, gab er zu. »Aber ich weiß, warum jeder einzelne durch meine Hand starb. Ich schützte so diejenigen, die mir wichtig sind.«

»Rede dir das nur weiter ein. Du rechtfertigst kaltblütigen Mord, Gewalt und Entführung mit was? Mit Schutz? Mit Rettung? Ist es nicht eher simple Rache, die dich antreibt? Ist es nicht so, dass es persönlich ist, Collins?«

Anscheinend konnte Chris seine Überraschung nicht völlig verbergen, denn Willis lächelte. Es war ein kaltes, hämisches Lächeln.

»Ganz richtig, ich weiß genau, wer du bist. Dein Bruder war äußerst gesprächig bei unserem letzten Zusammentreffen. Schade, dass er es nicht überlebte.«

Mit einer Bewegung, die fast zu schnell war, um sie bewusst zu sehen, sprang Chris vor und krallte eine Hand in Willis Haar. Mit hartem Ruck riss er seinen Kopf in die Höhe. Seine geballte Faust schwebte vor dem Gesicht des Mannes. Aber er schlug nicht zu. Er wollte es. Wollte nichts mehr, als seine Faust immer wieder in die verhasste Visage zu rammen, bis nichts mehr davon übrig blieb. Doch um nichts auf der Welt wollte er es den Clans gleichtun. Stattdessen verzog Chris ebenfalls die Lippen zu einem kalten, herablassenden Grinsen.

»Da du dich ja noch so gut an das Gespräch mit meinem Bruder erinnerst, hast du sicher nichts dagegen, ein eben solches auch mit mir zu führen?«

Willis hob eine Braue. »Wenn du mir mit Folter drohen willst, nur zu. Ich bin mit einem GD-Blocker ausgestattet. Ihr werdet nichts von mir erfahren.«

»Wahrscheinlich nicht. Aber hast du mir nicht niedrige Beweggründe vorgeworfen? Persönliche Gründe? Vielleicht lasse ich dich ebenso schreien, wie du meinen Bruder hast schreien lassen. Einzig, um diese niedrigen Gelüste zu befriedigen.«

»Tu, was du nicht lassen kannst. Aber dein Bruder … er schrie nicht. Am Schluss quiekte er wie ein Schwein.«

Chris Faust traf Willis' Kinn mit vernichtender Wucht, bevor er ihn in die Höhe riss, nachsetzte, als Willis gegen die Wand taumelte, und erneut zuschlug. Noch einmal und noch einmal …

Chris hörte Daves Fluchen, registrierte die Warnung in der Stimme seines Freundes, aber er konnte nicht aufhören. Nicht, nachdem er einmal diese Grenze überschritten hatte.

»Chris, hör auf! Hör endlich auf damit!«

Der Schrei ertönte seitlich von ihm, nicht hinter ihm. Larissa? Chris riss den Kopf herum. Sie stürzte aus Richtung des Schotts auf ihn zu. Aus den Augenwinkeln bemerkte er, wie Dave sich spannte, die Wachposten rissen ihre Blastergewehre in die Höhe.

»Nein!«, schrie Chris, »Waffen runter!«

Zeitgleich beobachtete er, wie Dave vorsprang, um Larissa abzufangen.

Auch sie schien Daves Absicht zu erkennen, denn sie ließ sich, noch im Lauf, in die Hocke fallen, drehte sich aus der Bewegung heraus mit ausgestrecktem Bein um die eigene Achse und fegte Dave so die Beine unter dem Körper weg.

Sie sprang wieder auf, überwand die Entfernung zu Chris mit zwei, drei großen Sätzen und baute sich mit ausgestreckten Armen vor Willis auf.

»Ich lasse nicht zu, dass du weiterhin auf einen wehrlosen Mann einprügelst«, keuchte sie.

Kurz fragte sich Chris, wie sie aus dem Zimmer herausgekommen und den Weg hierher gefunden hatte. Aber im Grunde war das unwichtig. Relevant war, dass sie hier war. Hier, in Gefahr.

»Geh weg von ihm!«

Er machte einen Schritt auf sie zu, sie wich vor ihm zurück, was sie automatisch näher an Willis heranbrachte, der seine Chance sofort ergriff.

Mit einer einzigen, fließenden Bewegung richtete er sich auf und schlang Larissa die Kette um den Hals, die seine Handfesseln verband.

Ihre Augen wurden groß, als ihr Kopf ruckartig nach hinten gerissen wurde. Sie riss die Arme hoch, versuchte, die Finger unter die Kette zu schieben, bevor Willis sie weiter zuziehen konnte, war aber nicht schnell genug.

Chris beobachtete entsetzt, wie sich Willis Daumen an ihre Halsschlagader legten, während er mit der übrigen Hand den Druck auf Larissas Kopf verstärkte.

Sie versuchte, nach hinten auszutreten, aber Willis drehte sich geschickt zur Seite.

Waffen wurden entsichert, doch Chris hielt die Männer mit einer Geste zurück. Mit dem Rücken zur Wand, Larissa als lebenden Schutzschild vor sich, waren Willis die Blaster, die auf ihn zielten, gleichgültig.

»Und nun, du Narr? Ich könnte ihr das Genick brechen, schneller als du auch nur blinzelst.«

Eiskalte, lähmende Angst schoss in Chris empor. Er war unfähig, den Blick von Larissa abzuwenden.

Ihr Gesicht war rot angelaufen und schmerzverzerrt, ihre Augen weit vor Panik. Gott, er konnte nicht denken, wenn er sie so vor sich sah. Er zwang sich, Willis anzusehen.

»Lass sie los!« Seiner Stimme war nicht anzumerken, welche Gefühle in Chris tobten.

»Sicher, sobald ich hier raus bin. Schaff deine Leute von hier weg. Jetzt!« Willis verstärkte den Druck auf Larissas Genick. Sie biss sich auf die Lippen, schien aber entschlossen, keinen Laut von sich zu geben.

Chris' Gedanken überschlugen sich. Er konnte Willis auf keinen Fall entkommen lassen. Sie würden niemals so schnell evakuieren können, wie sie den Clan am Hals hätten. Aber er konnte auch nicht zulassen, dass Larissa etwas zustieß. Ein Leben gegen Hunderte von Leben. Die Entscheidung hätte klar sein müssen. Dennoch...

»In Ordnung« Chris hob besänftigend die Hände, bevor er den Männern auf der Galerie zunickte.

»Chris, das ist ...«

Er riss den Kopf herum. Was auch immer Dave in seinen Augen sah, es brachte ihn zum Verstummen.

Ohne ein weiteres Wort hob er den Arm, sehr langsam, um Willis nicht zu provozieren, und gab seine Anweisungen in den Kommunikator.

Die verbliebenen Männer im Hangar setzten sich sofort in Bewegung und zogen sich von Willis zurück.

So viel Autorität, so viel Macht, schoss es Chris durch den Kopf. *Sie vertrauen dir, obwohl sie wissen, dass ihrer aller Sicherheit gefährdet ist. Glaubst du, dieses Vertrauen ist gerechtfertigt?* Die Schritte der Männer, die die Treppe hoch stiegen, dröhnten in der angespannten Stille. Sie halfen Chris seine Gedanken zum Schweigen zu bringen. Er durfte sich jetzt keinen Fehler erlauben. Im großen Bogen gingen die Männer an ihnen vorbei und verließen die Galerie durch das Schott, dass sich schließlich mit einem Zischen schloss.

Chris gestattete sich unterdessen einen kurzen Blick zu Larissa. Willis hatte den Griff um ihre Halsschlagader gelöst. Bewusstlos wäre sie ihm eher eine Last, denn eine Hilfe. Dafür lag die Kette so eng um ihren Hals, dass sie tief einschnitt.

»Verriegele das Schott von außen«, befahl Willis an Dave gewandt. »Dann sorg dafür, dass der Gang draußen leer bleibt.«

Dave schüttelte den Kopf. »Du brauchst uns beide, um es hier raus zu schaffen.«

»Verarscht mich nicht!«

»Wir verarschen dich nicht.« Chris zwang jede Emotion aus seiner Stimme. »Einer von uns muss das Einflugschott öffnen. Den Code kann man nur vom Hangar aus eingeben. Zusätzlich starten die Gleiter nur mit Fingerabdruckscan. Sie«, er deutete mit dem Kinn auf Larissa, »hat derlei Befugnisse nicht. Sie weiß nicht einmal, wie man hier raus kommt. Dein Pech, dass du dir die einzige Person als Geisel ausgesucht hast, die hier entbehrlich ist.«

»Das wird sich zeigen. Stellt euch nebeneinander. Ich will euch beide im Auge behalten können. Werft die Waffen weg. Du nicht«, wandte er sich an Dave. Er wartete, bis Chris seine Waffe in Richtung Treppe geworfen hatte. »Jetzt du«, sagte er dann zu Dave. »Leg den Blaster auf den Boden und schieb ihn langsam zu mir rüber.«

Bedächtig befolgte Dave die Anweisung. Dass er dabei sein Gewicht verlagerte bemerkte Chris nur, weil er direkt neben ihm stand.

»Heb ihn auf. Aber ganz langsam«, wies Willis Larissa an. Auch als sie niederkniete, benutze er sie noch als Deckung. Larissa griff nach dem Blaster.

Im selben Moment stieß Dave sich ab. Gleichzeitig zog Chris die kleine Blasterpistole aus dem Schulterhalfter.

Er schoss noch aus der Bewegung heraus.

Der ionisierte Plasmastrahl bohrte sich in Willis rechtes Auge und kauterisierte es, ebenso wie Teile seines Gehirns. Er war tot, noch bevor er vollends am Boden aufschlug.

»Das war knapp«, sagte Dave. Daves Atem hatte sich noch nicht einmal beschleunigt. »Guter Schuss.«

»Nicht unbedingt. Ich wollte ihn genau zwischen die Augen treffen. Danke für das Ablenkungsmanöver.«

»Kein Ding.« Dave bückte sich und sah nach Larissa.

Chris schloss die Augen. Er würde nicht hinsehen. Um nichts auf der Welt, würde er sich jetzt zu Larissa herunterbeugen, um zu entdecken, dass sie nicht mehr atmete. Also blieb er, wo er war. Alle Muskeln angespannt, die Hände so fest zu Fäusten geballt, dass seine Knöchel weiß hervortraten.

So war es Dave, der Larissa half, die Kette um ihren Hals abzustreifen, und der sie unter Willis hervorzog.

»Bist du verletzt?«

»Nein.«

Chris stieß den Atem aus. Mit einem Satz war er bei ihr und riss sie an sich. »Nie wieder«, stieß er hervor, »stellst du dich in die Schusslinie eines Blasters. Niemals wieder wirst du dich so in Gefahr bringen. Nie, wieder wirst du eine meiner Anordnungen ignorieren. Wenn ich sage, du sollst irgendwo bleiben, dann wirst du das gefälligst auch tun. Ohne Wenn und Aber.«

Sie starrte ihn an, mit völlig verstörtem Blick, der erst langsam wieder fokussierte. Chris bemerkte, dass das Weiß in ihren Augen sich rosa gefärbt hatte. Ein Teil seiner Wut löste sich in Luft auf. Was sich sofort wieder änderte, als sie sagte: »Du hast auf mich geschossen.«

»Nein verdammt! Ich habe dich gerettet. Was glaubst du, hätte Willis mit dir gemacht, wäre er nicht ausgeschaltet worden? Zum Glück trage ich immer mehr als eine Waffe bei mir.«

»Darauf bist du auch noch stolz?« Ihre Stimme war so heiser, dass sie mehr krächzte als sprach. »Du hast die verdammte Plasmaladung nur Zentimeter an meinem Gesicht vorbei gejagt.«

»Du hast überlebt, oder?« Dave sah es pragmatischer.

»Es war nicht seine schuld«, beharrte sie. »Dieser Mann wurde entführt und verprügelt, obwohl er wehrlos war.«

»Wehrlos? Das hat er dir ja deutlich bewiesen, nicht wahr?« Es war genug Zorn in Chris, dass er sich zügeln musste, um nicht laut zu werden. »Er hätte dich töten können. Wäre es nur ein bisschen anders gekommen, hätte ich dabei zusehen müssen und nichts, rein gar nichts, dagegen tun können.«

»Dafür hast du ihn ja jetzt umgebracht.«

Chris Augen verengten sich. Abrupt ließ er sie los. Seine Stimme klang völlig ausdruckslos, als er fragte: »Was hätte ich sonst tun sollen? Zusehen, wie er dich ermordet?«

»Ihn nicht trotz seiner Fesseln zusammenschlagen!«

Chris öffnete den Mund zu einer heftigen Antwort, schloss ihn aber sofort wieder. Er wollte sie nicht anbrüllen. Nicht, nachdem sie gerade noch als lebendiges Schutzschild missbraucht worden war.

Aber er würde es tun, wenn er jetzt das Wort an sie richtete. Also schwieg er und versuch, das bisschen Geduld zusammen zu kratzen, was er noch besaß.

Dave hatte derlei Probleme nicht. Er gab einen warnenden Laut von sich. »Hüte deine Zunge, Prinzessin. Sonst verlierst du sie am Ende noch.«

Larissa schreckte zusammen, funkelte Dave aber zornig an, während sie langsam aufstand.

Chris wollte ihr helfen, aber sie schlug seine Hand zur Seite.

»Fass mich nicht an.«

Er zuckte zurück.

Dave allerdings musterte sie auf die Art, wie sie einen besonders hässlichen Käfer betrachtet hätte.

»Eine eindrucksvolle Vorstellung hast du da gerade abgeliefert, Prinzessin.«

»Ich? Bin ich etwa auf einen wehrlosen Mann losgegangen? Hab ich dieses verdammte Zielschießen auf meinen Kopf geübt?«

»Nein«, knurrte er, »aber du hast dich voller Arroganz in Dinge eingemischt, die du nicht verstehen kannst, und die dich auch nicht das Geringste angehen.«

»Wenn du andeuten willst, dass ich nicht damit einverstanden bin, wenn man einen hilflosen Mann beinahe totschlägt, dann ...«

»Du tust es schon wieder. Du weißt nichts über diesen Mann oder über das, was er alles getan hat. Dennoch verteidigst du ihn, nur weil er offensichtlich der Oberschicht angehörte. Was wäre gewesen, wenn er in Lumpen vor dir gestanden hätte? Hättest du dich dann auch so für ihn eingesetzt, Prinzessin? Bei dir gibt es nur Gut oder Böse, nicht wahr? Und uns hast du ganz automatisch den letzteren Part zugewiesen.«

»Ach, ihr seid also die Guten in diesem Spiel? Dann entschuldige ich mich natürlich. Wie dumm von mir. Ich dachte doch tatsächlich, ich wäre gerade bei einem Mord dabei gewesen.«

»Ein Spiel? Nein Prinzessin, das ist es ganz sicher nicht. Du weißt nichts über uns, hast keine Ahnung wie es ist, Hunger zu haben. Nicht zu wissen, ob du das nächste Jahr noch erlebst. Und dennoch nimmst du dir das Recht heraus zu urteilen.«

»Dieser Mann war Adjutant eines Clanführers. So wie mein Vater einer ist. Damit weiß ich genug über ihn, um urteilen zu können.«

»Dieser Mann«, schaltete Chris sich ein, »wäre jetzt nicht tot, wenn du dich nicht eingemischt hättest. Du hast die Sicherheit dieser Basis riskiert, meine Männer gefährdet, Daves Leben aufs Spiel gesetzt, und dein eigenes dazu. Das alles für einen Mann, der Menschen foltern ließ. Der Kinder entführte, um sie in Bordelle und in die Berylliumminen zu schicken. Er hätte uns dringend benötigte Informationen geben können.«

»Die du wie genau von ihm bekommen hättest? Indem du ihn nett gebeten hättest? Oder ebenfalls durch Folter? Du misst mit zweierlei Maß. Was du tust, ist in Ordnung, während es bei anderen, die dasselbe tun, ein verwerfliches Verbrechen ist?«

»Er war der Mörder meines Bruders. Es steht dir nicht zu, über uns zu urteilen!«

Larissas Augen weiteten sich. Sie öffnete den Mund, schloss ihn aber sofort wieder. Schlagartig verlor ihr Gesicht alle Farbe und sie begann zu zittern.

Chris bemerkte den feinen Schweißfilm, der unvermittelt auf ihrer Stirn stand.

Typische Schockreaktion, dachte er. *Du hättest vielleicht einmal daran denken sollen, dass sie es nicht gewohnt ist, als Geisel genommen zu werden und jemanden sterben zu sehen, du verdammter Idiot.*

Ihre Proteste ignorierend, fasste er ihr unter Schulter und Knie und hob sie hoch.

»Lass mich runter.« Selbst ihre Stimme zitterte.

Chris schüttelte den Kopf. »Du hast genau zwei Möglichkeiten. Entweder ich trage dich, oder ich lasse eine Bahre kommen und schiebe dich durch die verdammte Basis. Aber laufen wirst du nicht.«

Kapitel 6

Larissa hatte bereits den Mund zu einem weiteren Protest geöffnet, schloss ihn aber wieder. Sie wollte weder von Chris durch die Basis getragen werden – und damit noch weiter ins Zentrum der Aufmerksamkeit geraten – noch wollte sie auf einer Bahre geschoben werden. Aber sie musste die Zähne fest zusammenbeißen, damit sie nicht aufeinander schlugen, weil es ihr nicht gelang, das Zittern ihrer Glieder unter Kontrolle zu bekommen. Ob es ihr nun gefiel oder nicht, Schweigen war – für den Moment – ihre beste Option. Zudem rasten ihre Gedanken in wüster Unordnung durch den Kopf. Sie war viel zu durcheinander, um noch länger gegen Chris aufzubegehren. So ergab sie sich ihrer Schwäche, gestattete es sich, den Kopf gegen seine Schultern sinken zu lassen und die Augen zu schließen. Tief atmete sie seinen beruhigenden Duft ein. Er roch nach einem Hauch Zitrus, nach Wärme und Vertrautheit, was sie dazu brachte, sich sicher zu fühlen.

Himmel, schalt sie sich selbst, *er hat gerade einen Menschen erschossen. Wie kommst du dazu, zu denken, er könne dir Schutz bieten? Weil er es tat, um dich zu schützen,* antwortete die leise Stimme ihres Verstandes. *Er hat Recht, weißt du? Es wäre nicht nötig gewesen, den Mann zu töten, hättest du dich nicht eingemischt.*

Dann hätte er ihn gefoltert um an Informationen zu gelangen. Wäre das besser gewesen, widersprach sie sich selbst.

Als ihr klar wurde, dass sie gerade mit sich selbst stritt, riss sie die Augen wieder auf.

Gott, dachte sie, *ich verliere den Verstand.*

Alles was passiert war, erschien ihr so entsetzlich falsch. Und gleichzeitig dennoch schien es richtig zu sein. Sie wusste einfach nicht mehr, was sie denken sollte. Also weigerte sie sich, weiter darüber nachzugrübeln. Stattdessen musterte sie Chris. Er hatte die Zähne so fest zusammengebissen, dass sich die ausgeprägte Linie seines Kiefers scharf abzeichnete, was sein Gesicht hart wirken ließ. Auf eine unerklärliche Art machte ihn das noch attraktiver.

Seine angespannten Muskeln, die fest zusammengepressten Lippen, die Tatsache, dass er sie nicht ansah. Er verbarg seine Wut nicht, aber er bemühte sich offensichtlich um Beherrschung. Nachdem er Dave angewiesen hatte, sich um die restlichen Gefangenen zu kümmern, hatte er nicht ein einziges Wort mehr gesagt. Wortlos trug er sie durch den Gang, so mühelos, als hätte er ein Kind auf den Armen. Als sie bei seinem Zimmer ankamen und er das zusammengeknüllte Hemd bemerkte, wurde sein Blick noch finsterer. Mit einem unterdrückten Fluch schob er es mit dem Fuß zur Seite.

Erst als sie in dem Raum angekommen waren, in dem Larissa erwacht war und er sie auf dem Bett absetzte, brach er sein Schweigen.

»Hinlegen.«

»Das ist nicht nötig.«

»Spar dir das. Du klapperst derart mit den Zähnen, dass ich dich sowieso kaum verstehe. Also, entweder legst du dich jetzt hier hin, oder ich schaffe dich zur Beobachtung auf die Krankenstation.«

An der Entschlossenheit in seinem Blick erkannte Larissa, dass er es ernst meinte. Sie hatte keine Energie zum Streiten, also beschränkte sie sich darauf, ihm einen missmutigen Blick zuzuwerfen, während sie gehorchte.

»Ist dir kalt?«

Als sie nickte, deckte er sie zu, als wäre sie ein Kind. Zog ihr die Decke hinauf bis zum Hals und achtete darauf, dass sie es warm hatte. Dann ging er nach nebenan und kam mit einem zweiten Kissen in der einen Hand und einer Flasche in der anderen zurück.

»Alkohol hilft nicht bei Schockreaktion nach einem traumatischen Erlebnis«, krächzte sie zähneklappernd.

»Der ist für mich. Heb die Beine an.«

Sie tat es und er legte ihr das Kissen darunter, bevor er zu dem Sessel in der Ecke ging, sich setzte und einen großen Schluck aus der Flasche nahm. Währenddessen sah er sie nicht ein einziges Mal an.

»Alkohol löst auch keine Probleme.«

Er spannte sich und atmete tief durch. »Ich weiß«, knurrte er.

Da er offensichtlich nicht reden wollte, genau wie sie auch, drehte sie sich auf die Seite, bettete den Kopf auf ihre Armbeuge und schloss die Augen.

Das Kissen roch nach ihm. Sie kuschelte sich tiefer hinein und atmete seinen Duft ein. Als ihr auffiel, was sie da tat, riss sie die Augen wieder auf. Und erwischte Chris dabei, wie er sie anstarrte. Rasch wandte er den Blick ab. Was sie dazu nutzte, ihn ihrerseits zu mustern.

Im Grunde war nichts Besonderes an ihm. Sicher, er war durchtrainiert, aber das waren andere auch.

Aber nur bei ihm wusste sie, wie sich seine Muskeln unter ihren Händen anfühlten, wenn er sie anspannte. Ihr Blick wanderte weiter zu seinen Händen, mit denen er so sanft sein konnte, verweilte auf seinem dunkelblonden Haar, das sich so weich anfühlte, wenn man hineingriff. Huschte weiter zum Schwung seiner Oberlippe, blieb an seiner vollen Unterlippe hängen, die dazu verführte, ihn küssen zu wollen. Sie dachte zurück an das Gefühl seines Mundes an ihrer Haut ...

Du tust es schon wieder, dachte sie. *Schwärmst von ihm wie ein Schulmädchen. Trotz allem, was du mittlerweile über ihn weißt. Er versteckt sich hinter einer Maske aus Eisen und du wirst von ihm angezogen wie ein Magnet. Nur vergisst du dabei, wie gefährlich er ist.*

Als hätte er ihre Gedanken gelesen, hob er den Blick und sah sie an. Schnell schloss sie die Augen. Öffnete sie aber kurz darauf wieder und bemerkte, dass er sie noch immer ansah. Dieses Mal blickte er nicht weg.

Sie erkannte deutlich, dass er seine Mauern gesenkt hatte. Alles, was er empfand, schien in seinem Blick zu liegen. Trauer, Sehnsucht, Scham, Trotz, Begierde ...

Larissa konnte ihre Augen nicht von ihm abwenden.

Plötzlich hatte sie Schwierigkeiten, zu atmen. Was ganz sicher nichts mit der Verletzung ihres Halses zu tun hatte.

Was immer er auf ihrem Gesicht sah, es brachte ihn dazu, aufzustehen. Mit langsamen, vorsichtigen Bewegungen, als näherte er sich einem scheuen Tier, kam er auf sie zu..

Die Matratze senkte sich unter seinem Gewicht, als er sich setzte, wobei er seinen Blick von ihr abwandte.

Larissa hätte am liebsten geschrien. Allein dadurch, dass er sie nicht ansah, kam ihr alles ein wenig leerer, ein wenig kälter vor. Dann legte er sich neben sie und ihr Atem entwich ihr mit einem einzigen, zittrigen Seufzen.

Der Hauch eines Lächelns huschte über sein Gesicht, während er, auf dem Rücken liegend, die Arme hinter seinem Kopf verschränkte.

Larissa war sicher, Chris wusste genau, was für eine Wirkung er auf sie hatte. Sie wusste nur nicht, ob ihr das gefiel. Allerdings, es war ihr wichtig, was er von ihr hielt. Ja, er war gefährlich, er war düster, er war unbeherrscht. Und sie war hoffnungslos in ihn verliebt. Als ob das alles hier nicht schon kompliziert genug wäre.

Sieh mich an, dachte sie, *bitte sieh mich an.* Aber er tat es nicht. Er lag so nahe bei ihr, dass sie die Wärme seines Körpers spüren konnte. Doch schien er darauf zu achten, sie nicht zu berühren. Genauso gut hätte er noch auf dem blöden Sessel in der anderen Ecke des Zimmers sitzen können. Oder auf der anderen Seite des Planeten. Vorsichtig streckte sie die Hand aus, bis sie die Seine berührte. Rieb, nur mit dem kleinen Finger, an seiner Haut.

Er nahm ihre Hand, ohne zu zögern.

Larissa ließ ihn nicht aus den Augen, als er sich umdrehte.

Er imitierte ihre Haltung, indem er den Kopf auf seinen Oberarm legte. Langsam hob er die andere Hand und strich ihr sacht über die Wange.

»Du zitterst immer noch«, stellte Chris leise fest.

Seine Finger wanderten weiter, strichen sanft über ihre Lippen, glitten tiefer zu ihrem Hals. Er runzelte die Stirn. »Dein Puls rast.«

Und ob er das tat! Zusätzlich zu dem schwindelerregenden Gefühl der Atemnot, das das Ziehen in ihrem Unterleib noch verstärkte. Sie würde schreien, wenn er jetzt aufhörte. Also beugte sie sich vor und küsste ihn.

Er stöhnte auf. Das Geräusch erweckte ihr Innerstes zum Leben, vertrieb die Kälte durch Hitze und Verlangen. Genau das wollte sie. Sie wollte ihn spüren, hören, schmecken. Wollte sehen wie er sie begehrte, seine Leidenschaft erleben, sich lebendig fühlen.

Er knabberte leicht an ihren Lippen, doch als sie den Mund für ihn öffnete, drang er nicht mit der Zunge in sie ein. Stattdessen zog er sich ein kleines Stück zurück. Sein Blick suchte den ihren. »Wir sollten das hier nicht tun.«

Ihre Hand wanderte zu seinem Bauch, strich leicht darüber, glitt tiefer. Als ihre Finger seine Erektion durch die Hose hindurch berührten zuckten seine Hüften.

»Nein, sollten wir nicht«, stimmte Larissa ihm mit belegter Stimme zu.

Sie konnte nicht sagen, wann genau seine Hand unter ihr Shirt gelangt war. Aber mit einem Mal war sie da, arbeitete sich mit quälender Langsamkeit von ihrer Hüfte aus nach oben. Umkreiste ihre Brüste mit federleichten Berührungen, bevor sein Daumen über ihre Brustwarze strich. Vor und zurück, bis sie sich unter seinen Berührungen wand.

»Willst du mich Larissa?« Sein Mund, ganz dicht an ihrem Ohr, sein Atem schnell und heiß auf ihrer Haut. »Sag es mir.«

»Ja«, hauchte sie, »ja, ich will dich. Jetzt.«

Seine Berührungen blieben weiterhin sacht. Ebenso behutsam strichen seine Lippen über die ihren. Was sich aber bald änderte: Fordernd, verlangend, eroberte er ihren Mund.

»Ich will dich nackt unter mir. Lass mich dich ausziehen«, keuchte Chris.

Sie schüttelte den Kopf. »Du zuerst.«

Er ließ sich nicht zweimal bitten. Innerhalb von Sekunden hatte er sich seiner Kleidung entledigt. Bei den Boxershorts hielt er inne. Schob einen Daumen unter den Bund und zog ihn, Millimeter für Millimeter, tiefer. Ihr Blick sog sich an der Rundung seines Hüftknochens fest, der den Übergang zu dem bildete, wonach es sie verlangte. Als sie ihre Augen weiter wandern ließ, zu dem straff gespannten Stoff vor seiner Mitte, schluckte sie schwer. Sie streckte die Hand nach ihm aus, sehnte sich danach, ihn zu berühren, wollte die straffen Muskeln, den flachen Bauch, die Wölbung seiner Hüfte unter ihren Fingern spüren.

Aber er zog sich zurück. Die Boxer noch immer ein Stück weit hinunter geschoben. Sein Grinsen war diabolisch. »Später ...«

Im nächsten Moment lag Larissa auf dem Rücken, Chris mit aufgerichtetem Oberkörper über ihr. Er drückte sie mit seinem Gewicht in die Matratze, küsste sie erneut, stieß seine Zunge tief in ihren Mund, bis sie vor Verlangen nach Luft schnappte.

Währenddessen glitt seine Hand erneut unter ihr Shirt. Langsam schob er es höher. Als er ihre Brüste freigelegt hatte, unterbrach er seinen Kuss, hob Larissa leicht an und zog ihr den Stoff geschickt über den Kopf. Behutsam ließ er sie zurücksinken, senkte seinen Kopf und sah sie an.

Sie beobachtete sein Gesicht. Die Lippen halb geöffnet, die Augen glänzend, die Brauen konzentriert zusammen gezogen, schien er sich jede Einzelheit ihres Körpers einzuprägen. Unübersehbares Verlangen lag in seiner Miene. Aber auch so etwas wie Ehrfurcht, ebenso wie ein Hauch von Verletzlichkeit, den sie schon zuvor an ihm bemerkt hatte.

Nun zog er sich gerade so weit zurück, dass er ihren Hals küssen konnte. Unendlich behutsam strich er mit seinen Lippen über ihre Blutergüsse, als wolle er sie so heilen.

In diesem Moment hätte Larissa schwören können, dass er genau das tat. Seine Berührungen schickten winzige Stromstöße durch ihren Körper, ließen ihre Hüften zucken.

Sie rieb sich an ihm, nur durch den Stoff seiner Boxer und ihrer Hose von dem entfernt, was sie so begehrte.

Als er seine Lippen tiefer gleiten ließ, krallte sie die Finger in sein Haar. Ihr Atem verließ ihre Lungen in kurzen, heftigen Stößen.

Sein Mund umschloss eine ihrer Brustwarzen und streichelte sie mit der Zunge. Das tiefe Stöhnen, das er dabei ausstieß, trieb sie fast an den Rand des Höhepunktes. Aber Chris war noch nicht fertig mit ihr. Noch lange nicht.

Unter Berührungen, Küssen, Streicheln, öffnete er ihre Hose. Langsam zog er den Stoff an ihren Beinen entlang nach unten. Der Slip folgte. Seine Lippen nahmen denselben Weg. Küssten, knabberten, neckten bis hinunter zu ihrem Fußknöchel und wieder hinauf.

Wieder hielt er inne. Sah, zwischen ihren Beinen kniend, aus halb gesenkten Lidern zu ihr hinauf. Er ließ sie nicht aus den Augen, als er seine Hände neben ihre Hüften legte und sich zu ihrem Geschlecht hinab beugte. Sein Mund senkte sich auf sie ...

Heiliger Gott im Himmel, er wusste genau, was er tat. Sie hörte auf zu denken.

»Ich will dich in mir«, flüsterte sie Stunden später.

Vielleicht waren es auch nur Minuten, sie konnte es nicht mit Gewissheit sagen.

Chris hob den Kopf, lächelte wissend, als er sich langsam höher schob.

Sie küsste ihn voller Leidenschaft, während sie zwischen ihrer beiden Körper fasste. Zufrieden stellte sie fest, dass seine Boxer verschwunden war. Lächelnd führte sie ihn dorthin, wo sie ihn haben wollte.

Er zuckte unter ihrer Berührung, stöhnte auf und sie mit ihm, als er in sie hineinglitt.

Larissa strich über seinen Rücken, genoss das Spiel seiner Muskeln, die sich spannten, entspannten, erneut anspannten. Wölbte ihm ihre Hüften entgegen, bewegte sich mit ihm. Verschränkte die Fußknöchel hinter seinen Schenkeln, um ihm noch tiefer in sich aufzunehmen.

Er stützte die Hände auf die Matratze und hob den Oberkörper. Sein Anblick war pure Erotik.

Als er das Tempo erhöhte, vergaß sie alles um sich herum. Ihr heiserer Schrei hallte laut durch den Raum, als er sie über den Rand dieser Welt trieb.

Hinterher lag sie ermattet halb auf seiner Brust. Er hatte den Arm um sie geschlungen, streichelte träge ihren Rücken. Die feinen Haare an ihren Armen richteten sich auf, als eine Gänsehaut über sie hinweg lief. Chris bemerkte es, langte nach der Decke und zog sie über Larissa.

»Verzeih«, sagte er leise, fast als wäre er darauf bedacht die brüchige Illusion von Behaglichkeit nicht zu zerstören, die sie beide einhüllte. »Ich vergaß, dass du es nicht gewohnt bist, wie kühl es hier unten sein kann.«

Hier unten ... Die Worte hallten in Larissas Kopf wieder. Sie wollte nicht an »Hier unten« denken. Nicht daran erinnert werden, wo sie sich befand. Zudem stieg ihre Verlegenheit im selben Maße, wie sich ihr Atem beruhigte.

Diese Verlegenheit schien Chris wahrzunehmen, denn er drehte sich auf die Seite, sodass sie ihn ansehen musste.

»Du weißt, dass du wunderschön bist?«

Sie lächelte leicht. »Du musst blind sein, wenn du das wirklich denkst.« Verflixt, sie wusste nur zu gut, dass er das nicht war. Die Erinnerung, wie zielsicher er Willis erschoss, stieg erneut in ihr auf.

»Erzähl mir etwas«, bat sie ihn. Sie war nicht bereit, sich den Moment mit Chris selbst zu verderben, indem sie zuließ, dass ihre Gedanken ständig um etwas kreisten, woran sie einfach nicht denken wollte.

»Was willst du denn hören?«

»Egal, irgendetwas.«

Er schwieg, schien aber ihre veränderte Stimmung zu spüren, denn seine Umarmung wurde um eine Nuance fester. Seine Finger strichen mit ruhigen, gleichmäßigen Bewegungen durch ihr Haar. Tatsächlich bemerkte sie, wie sie sich unter seinen Berührungen wieder entspannte.

»Wann hast du dich das letzte Mal frei gefühlt. Wirklich frei?«, fragte er leise.

Larissa überlegte einen Moment. »Als meine Mutter noch lebte« Sie lächelte bei der Erinnerung. »Gebildet, warmherzig, wusste sich stets zu benehmen. Ich hab sie selten gesehen, ohne dass sie gelächelt hat. Obwohl die Mutter meines Vaters sie nicht ausstehen konnte.«

»Warum das?«

»Meine Mutter stammt aus einer Familie, die weit unter der meines Vaters stand. Meine Großmutter hätte meinen Vater am liebsten mit einer Frau verheiratet, die in der Gesellschaft hoch angesehen war. Soweit ich gehört habe, hatte sie schon alles arrangiert.«

»Aber?«

»Der Tag der Verlobung mit dieser anderen Frau stand bereits fest, als mein Vater meiner Mutter begegnete. Es soll Liebe auf den ersten Blick gewesen sein. Musste es wohl auch, denn nicht einmal zwei Wochen später waren meine Eltern verheiratet. Sie brannten durch und stellten meine Großmutter vor vollendete Tatsachen. Es war ein ziemlicher Skandal, aber das war meinem Vater gleichgültig. Er kann ziemlich stur sein, wenn er sich erst einmal etwas in den Kopf gesetzt hat.«

»Kommt mir bekannt vor«, neckte Chris.

Sie schlug ihm spielerisch gegen die Brust. »Nun, wenn ich meiner Großmutter Glauben schenken kann, bin ich zumindest nicht nach meiner Mutter geraten. Mein Benehmen fand Sovihe schon immer empörend.« Sie seufzte. »Ich erinnere mich noch an eine Sache, da war ich sechs oder sieben Jahre alt. Ich hatte einen furchtbaren Streit mit Gari, der es lustig fand, meine Lieblingspuppe zu köpfen.« Als er den Namen hörte, spannte Chris sich, aber sie ignorierte es. »Ich war todunglücklich. Meine Mutter versuchte mich abzulenken und kam auf die Idee zu backen. Sie meinte, es hätte ihr immer viel Freude gemacht und sie beruhigt. Ich wusste überhaupt nicht, wie so etwas geht. Also nahm sie mich mit hinunter in die Küche, scheuchte die Bediensteten hinaus und suchte die Zutaten zusammen. Wir hatten so viel Spaß und ich vergaß meinen Kummer. Bis …« Sie verstummte, biss sich auf die Unterlippe und schwieg.

»Bis was?«

»Sovihe hatte gehört, was wir taten. Einer der Bediensteten musste zu ihr gelaufen, so empörend wie sie das Vorhaben meiner Mutter fanden. Meine Großmutter kam sofort hinunter in die Küche. Ich war voller Mehl, meine Mutter steckte bis zu den Unterarmen im Teig. Es wurde sehr unschön. Zwar schickten sie mich hinaus, doch ich blieb lauschend hinter der Tür stehen. Es fielen sehr harte Worte. Zum ersten Mal sah ich meine Mutter weinen. Kurz darauf wurde sie krank und alles änderte sich.«

»Was genau?«

»Meine Mutter starb, ebenso wie Leon, Lord Hiereons Sohn. Damit veränderte sich auch Gari. Wir durften immer nur zusammen spielen, nie mit anderen Kindern. Dazu standen wir zu weit über ihnen.« Sie verstummte, erneut in der Erinnerung versunken. »Durch den Tod meiner Mutter verlor ich also meine wichtigste Bezugsperson. Dank der Ernennung Garis zum zukünftigen Clanführer meinen einzigen Freund. Sovihe übernahm meine Erziehung. Mit einem Mal durfte ich nicht mehr laut lachen – nicht, dass mir zu dem Zeitpunkt danach zumute gewesen wäre – nicht mehr rennen, nicht mehr spielen. Statt dessen Lektionen in Benehmen, Tanz, Politik, Clangeschichte. Es hat mich nicht ansatzweise interessiert.«

»Du musst sehr einsam gewesen sein.«

Sie zuckte die Schultern. »Das war ich.«

»Wie kommt es, dass du dann Freunde hattest, die nicht der Oberschicht angehörten?«

»Lance.« Sie grinste, »Sovihe war der Meinung, mit vierzehn bräuchte ich einen Leibwächter. Da ich laut ihr als schwierig, dickköpfig und unbelehrbar galt, besorgte mein Vater jemanden, der seiner Meinung nach mit meinem Temperament umgehen könne.«

»Scheint so, als wäre Lance genau der Richtige für den Job gewesen?«

»Das sah er vollkommen anders. Aber ja, im Nachhinein hast du wohl recht. Er sorgte dafür, dass ich Kontakt zu anderen in meinem Alters bekam und half mir, meine Wünsche bei meinem Vater durchzusetzen. Er ermöglichte es mir, meinen Bewegungsdrang im Training auszuleben, nicht bei steifen Tänzen.«

»Vermisst du ihn?«

Sie nickte, schob aber den Gedanken an Lance sofort zur Seite. Sie wollte nicht über ihn nachdenken. Nicht über ihn, nicht über alles andere, was sie verloren hatte.

»Wie war es bei dir?«, fragte sie Chris, um sich abzulenken.

»Bei meinen Eltern war es ähnlich. Sie liebten sich ebenso, wie sie Larn und mich liebten. Natürlich war es auch ganz anders als bei dir. Wir hatten immer jemanden zum Spielen, sofern wir Zeit dazu hatten«, begann er zögernd.

»Das klingt schön.«

»Das war es. In unserer Schicht ist es üblich, dass die Kinder zusammen mit ihren Eltern, hinaus auf die Felder gehen, sobald sie vier Jahre alt sind. Manche mussten in diesem Alter tatsächlich schon arbeiten. Aber ich hatte Larn. Er hielt mir immer den Rücken frei, indem er einige meiner Aufgaben übernahm. Auch meine Eltern achteten darauf, dass ich nur leichte Arbeiten verrichtete. Überhaupt nahmen sich meine Eltern Zeit für uns, wann immer es möglich war. Meine Mutter las uns abends vor und mein Vater baute kleine Spielzeuge aus Holz.« Er lächelte wehmütig. »Einmal schnitzte er mir ein Auto. So eines, wie in den alten Geschichtsbüchern. Es war rot und die Räder drehten sich richtig. Ich liebte es sehr und besitze es immer noch.«

Sein Gesichtsausdruck veränderte sich. Die Wehmut in seinen Augen wich einer Härte, die Larissa bereits kannte. Aber ebenso schnell wie sie gekommen war, verschwand sie auch wieder.

Er zuckte mit den Schulterm. »Wir spielten Verstecken im Wald, bauten uns Höhlen in Büschen. Ich hielt es für ein Spiel. Aber im Grunde war es das nicht. Diese Verstecke retteten uns am Ende das Leben.«

Larissa sah ihn bestürzt an. Sie redete von Lieblingspuppen und Keksen, ohne auch nur daran zu denken, wie viel weniger er besessen und wie viel mehr er verloren hatte. »Es tut mir leid.«

»Das muss es nicht.« Chris versuchte zu lächeln, aber es gelang ihm nicht ganz. »Es war ein gutes Leben. Zumindest bis zu dem Tag an dem ...«

Er brach ab und sie spürte die Anspannung seines Körpers, die ihn unvermittelt überkam. Vorsichtig legte sie ihm die Hand an die Wange, brachte ihn so dazu, sie anzusehen. »Was passierte danach? Wie wurdest du mit all dem fertig? Du warst ein Kind ...« Sie schluckte und musste gegen die Tränen ankämpfen, die ihr plötzlich in die Augen stiegen, »... das plötzlich völlig allein dastand.«

Wieder zuckte er die Schultern. »Ich weiß, dass Larn mich irgendwann von den Leuten abholte, die mich versteckten, aber ich erinnere mich daran nicht wirklich. Ebenso wenig an die Ärzte, zu denen er mich schleppte. Nur eine davon ist mir in Erinnerung geblieben. Tania.« Er lächelt. »Du wirst sie mögen. Sie ist eine beeindruckende Frau. Mitfühlend, geduldig, aber auch energisch. Sie war es, die mir letztendlich geholfen hat. Larn brachte mich hierher ...« Vorsicht lag mit einem Mal in seiner Stimme, so als wüsste er, dass er sich auf gefährliches Terrain begab, »... als ich elf oder zwölf Jahre alt war. Seitdem geht es mir gut.«

Ihrer Meinung nach ging es ihm alles andere als gut, aber sie nahm es hin. »Du bist seit vierzehn Jahren ...« Sie stockte, suchte sichtlich nach Worten, »... hier unten?«

Er runzelte die Stirn. »Ich bin hier nicht gefangen«, stellte er klar. »Wir verlassen die Basis auch mal.«

Wir..., dachte sie. *Galten alle seine Taten einem Wir? Dachte er jemals an sich selbst? Außer natürlich, wenn er jemanden erschoss?*

»Um was zu tun?« Larissas Stimme klang schärfer, als sie es beabsichtigte. »Um Menschen zu entführen?«

»Larissa, bitte ... fang nicht wieder davon an.«

Wie sollte sie nicht. Das was er tat, das, wofür er sich einsetzte, war so fern von allem, was sie kannte und woran sie glaubte. Plötzlich nahm ihr seine Nähe die Luft zum Atmen. Sie rückte von ihm ab. »Mein Vater ist Adjutant, so wie er es war.« Sie brachte es nicht über sich, den Namen von Willis auszusprechen.

Sofort war er angespannt. Wachsamkeit stand in seinen Augen, als er sagte: »Ich weiß.«

»Hättest du ihn auch erschossen?«

Er ließ sich Zeit mit der Antwort, während er sich aufsetzte. »Der Clan Hiereon ist gemäßigt«, sagte er dann bedächtig. »Weit entfernt von dem Machtstreben des Clans Batisté.«

»Macht es das besser?«

»Antony Batisté ist vom Streben nach Macht zerfressen. So wie viele Clanführer. Aber keiner geht so rücksichtslos vor wie Batisté. Er lässt ganze Dörfer enteignen. Zwingt die Bewohner Fronarbeit zu verrichten.«

»Das ist doch dumm. Wie sollen die Leute so ihre Abgaben zahlen?«

Chris verzog die Lippen zu einem bitteren Lächeln.

»Batistés Minen, seine Fabriken, fast seine gesamte Produktion werden nicht von Arbeitern betrieben. Er hält sich Sklaven. Praktischerweise verfügt er über ein riesiges Vermögen, was es ihm ermöglicht seinen Herrschaftsbereich immer weiter auszudehnen. Das bedeutet ständigen Nachschub an Sklaven.«

»Aber der Weltenrat, der Großherrscher ...«

»Erfahren nur das, was sie auch erfahren sollen. Du unterschätzt die Macht der Clans.«

»Unsinn.«

»Denkst du das wirklich? Die Mädchen, die heute ankamen ... du hast sie gesehen?« Er ließ ihr gerade genug Zeit, um zu nicken. »Weißt du, wer sie waren? Was sie waren? Wozu man sie gemacht hat? Sie wurden gezwungen, ihren Körper zu verkaufen. Sie schreien vor Schmerz, wimmern vor Hunger, während ihre Peiniger nur darüber lachen und Wetten abschließen, welches der Mädchen zuerst stirbt. Manchmal organisieren sie auch ein nettes kleines Spiel. Es nennt sich ...«

»Hör auf!«, rief Larissa. »Das ist krank.«

»Stimmt«, gab er ihr Recht. »Dennoch geschieht es täglich. In jeder größeren Stadt gibt es die sogenannten *Spielstraßen*. Sie sind ausschließlich einigen Angehörigen der Oberschicht zugänglich, während ...«

»Du lügst.« Ihre Kehle fühlte sich so eng an, dass sie sich zwingen musste, die Worte hervor zu pressen. »Der Großherrscher würde so etwas niemals dulden.«

»Zerros erfährt nur, was er auch erfahren soll. Versuch wenigstens, das zu verstehen.«

»Verstehen?« Sie lachte, Hysterie dicht unter der Oberfläche ihres Denkens. »Alles was ich verstehe ist, dass dir jeder Grund recht ist, einen aussichtslosen, selbstmörderischen Krieg anzuzetteln, den du nicht gewinnen kannst. Die Herrschaft der Clans mag hart sein. Aber sie ist auch gerecht.«

»Gerecht?« Sein Lachen hatte etwas Verletzendes. »Die Clans sind grausam und menschenverachtend, aber bestimmt nicht gerecht. Sie betreiben eine reine Gewaltherrschaft. Du hast nie erlebt, wie Frauen ihre Töchter an die Clans verkaufen und wie Männer ihre Kinder töten, um ihnen ein solches Schicksal zu ersparen. Kannst du dir auch nur im Entferntesten vorstellen, wie verzweifelt ein Mensch sein muss, um so etwas zu tun? Hast du jemals zusehen müssen, wie Menschen sich wegen eines Stückes Brot an die Kehle gehen, und sich zwölfjährige Kinder wegen einer toten Ratte gegenseitig umbringen?«

»Nein!« Ihr Aufschrei klang wie ein Hilferuf.

Er stockte, sah ihr in die Augen, und was auch immer er dort sah, es brachte ihn zum Seufzen. »Es tut mir leid. Ich dachte, du wüsstest über die Zustände besser Bescheid, wärst genauer über die Machtverhältnisse der Clans informiert. Sowie auch über deren Geheimnisse.«

Sie erstarrte.

»Die Geheimnisse der Clans?«, wiederholte sie. »Wenn du mich deshalb hierbehalten willst, muss ich dich enttäuschen. Politik hat mich noch nie interessiert.«

»Dich deshalb hierbehalten?«, fuhr er auf. »Ich behalte dich nicht …« Er brach ab, schüttelte den Kopf, während er sich sichtlich zusammenriss. »Wie kannst du das glauben, nach all dem, was wir gerade …«

»Nachdem wir *was*? Nachdem du eine Situation ausgenutzt hast?« Sie bereute ihre Worte im selben Augenblick, als sie ihr über die Lippen kamen. Als sie seinen Gesichtsausdruck sah, kam sie sich erbärmlich vor.

»Wenn du es so siehst …« Er sprang förmlich aus dem Bett. Seine Nacktheit in einer natürlichen Anmut ignorierend, wandte er sich der Tür zu.

Sie sprang ebenfalls auf, rafft die Decke an sich und schlang sie sich um die Schultern. Blöße erschien ihr alles andere als angemessen.

»Chris, bitte«, rief sie. »Es tut mir leid. Ich hab es nicht so gemeint.«

Er blieb kopfschüttelnd stehen. »Du kannst erst einmal in diesem Zimmer bleiben, bis wir etwas anderes für dich gefunden haben. Was etwas dauern kann. Der Platz hier ist begrenzt«, sagte er, ohne sie anzusehen. Dann ging er.

Larissa stand einen Moment lang regungslos, dann rannte sie ihm hinterher. Sie kam bis zur Tür, die sich nicht öffnen ließ. Er hatte es tatsächlich erneut gewagt, sie wie ein ungehorsames Kind einzuschließen?

Das Kissen gegen die Wand zu schleudern, brachte keine Befriedigung. Das laute Klirren der Flasche, die er auf dem Tisch vergessen hatte und die als Nächstes flog, hingegen schon. Aber nicht annähernd genug.

Was bildete er sich ein? Was glaubte er, wer er war? Erst tischte er ihr einen Haufen Lügen auf, um sie dann einfach stehen zu lassen? Wich der Auseinandersetzung aus, anstatt sich zu erklären?

Nur mit Mühe widerstand sie dem Drang, weitere Gegenstände gegen die Wand zu werfen.

Erwartete dieser verdammte, selbstverliebte Idiot etwa, dass sie es gutheißen könnte, dass er gegen die Clans kämpfte? Dass er unter Umständen ihre Freunde, ihre Bekannten, ihre Familie abschlachtete? Dass er es riskierte, selbst verletzt, vielleicht sogar getötet zu werden? Was er tat, grenzte an Selbstmord. Einen Kampf gegen die Clanherrschaft konnte er nicht gewinnen. Dieses System existierte seit Jahrhunderten. Nur wegen ein paar unzufriedenen Bauern sollte es plötzlich nicht mehr richtig sein? Gut, vielleicht hatten sich mit der Zeit Mängel in die Idee des Friedens, die dahinter stand, eingeschlichen. Aber im Großen und Ganzen funktionierte es doch, oder?

Auch wenn ihr ebenfalls Gerüchte zu Ohren gekommen waren, wie ihr jetzt einfiel.

Einige ihrer Freunde an der Uni hatten Andeutungen gemacht. Mal ein beiläufiger Satz hier, mal eine Bemerkung dort. Sie redeten von Spenden an Armenküchen, von Menschen, die nicht einmal die nötigen Credits für die Abgaben aufbringen konnten. Von Kindern, die niemals die Schule besucht hatten und ja, auch von den Bordellen der Clans.

Larissa verharrte mitten in der Bewegung. Konnte es wirklich sein, dass all das mehr als nur Gerede war?

Mehr als Spekulationen, die sie einfach nicht hatte hören wollen? Vor gerade einmal zwei Stunden hatte sie diese Mädchen mit eigenen Augen gesehen. Hatte mit eigenen Ohren die Worte Irehnas gehört.

Ebenso wie sie von den öffentlichen Hinrichtungen wusste, an denen teilzunehmen sie sich seit Jahren weigerte. Die drakonischen Strafen und die Willkür der Verurteilungen hatten sie schon von je her abgestoßen. Sie war gezwungen ein, zwei Mal bei den Treffen der Oberschicht dabei zu sein, die solchen Ereignissen mit Zusammenkünften huldigten, die einem Fest gleichkamen. Danach hatte sie Ausreden erfunden, um nicht mehr daran teilnehmen zu müssen. Die Verurteilung eines anderen Menschen zu feiern, seinen Tod oder die Verstümmelung seines Körpers öffentlich als riesige Holografie übertragen zu sehen, empfand sie als grausam.

Langsam ließ sich Larissa auf die Bettkante sinken. Mit einem Mal fühlte sie sich erschöpft und ausgelaugt. Der Alkoholdunst aus der zerbrochenen Flasche lag schwer im Raum, was weder ihre Stimmung noch ihre Kopfschmerzen verbesserte.

Was hast du erwartet?, schalt sie sich. *Ein Heer an Dienstboten die dir ein Frühstück servieren, während sie den Schaden beseitigen, den du angerichtet hast?*

Sie wischte den Gedanken beiseite, ebenso wie all die anderen Grübeleien, die sie nicht weiter brachten.

Entschlossen schüttelte sie den Kopf. Es widerstrebte ihr, die ganzen Gerüchte auch nur andeutungsweise als wahr zu betrachten. Es *konnte* einfach nicht sein.

Unvermittelt schossen ihr Tränen in die Augen. Sie vermisste ihre Freunde, vermisste Lance, ja selbst ihren Vater mit all seinen Vorhaltungen.

Sie wünschte sich einen Menschen, der sie verstand. Irgendjemanden, der ihr zuhörte und ihr sagen würde, dass alles hier nur ein Albtraum war, der endete, sobald sie erwachte. Wie wunderbar wäre es, die letzten Tage einfach aus ihrem Leben herausschneiden zu können.

Da dies leider nicht möglich war, zwang sie sich dazu, sich zu beruhigen. Sie würde jetzt nicht weinen.

Seufzend stand sie vom Bett auf, verbannte jeden Gedanken daran, wer normalerweise darin schlief, und ging ins Bad. Zuerst brauchte sie eine Dusche, danach würde sie versuchen, die Scherben zusammenzukehren, die sie hinterlassen hatte. In mehr als einer Hinsicht.

Das Erste, was ihr im Bad auffiel, war ein Stapel saubere Handtücher und eine Garnitur derselben Kleidung, die alle in der Basis trugen. Einfache Unterwäsche, eng anliegende aber trotzdem bequeme Hosen, ein lockeres Shirt. Dann erst erblickte sie die Flasche des Erdbeer-Vanille-Shampoos, das sie so liebte. Energisch blinzelte sie die Tränen weg, die ihr erneut in die Augen traten. Weder ihre Heulerei noch ihre Schuldgefühle halfen ihr weiter.

Das warme Wasser der Dusche lockerte die Anspannung in ihren Schultern, sodass sie in der Lage war, über ihr weiteres Vorgehen nachzudenken. Sie würde noch einmal mit Chris reden. Er verdiente eine Entschuldigung. Vielleicht gelang es ihr sogar, ihn von seinen selbstmörderischen Plänen abzubringen.

Nur dazu musste sie aus diesem Zimmer raus, dann aus der Basis. Später würde sie eine Unterkunft finden müssen sowie eine Arbeit, um sich ihren Lebensunterhalt zu verdienen.

Halt, bremste sie sich selbst. *Einen Schritt nach dem anderen.* Sie zwang sich, die irrwitzige Karussellfahrt ihrer Gedanken zu beenden, indem sie sich nur auf das Naheliegende konzentrierte.

Wasser abstellen, aus der Dusche treten, abtrocknen – unglaublich, wie sie in diesem Moment den bescheidenen Luxus ihrer Warmluftdusche vermisste.

Sie wickelte sich in eines der Handtücher, nahm sich ein weiteres und ging nach nebenan, um das Chaos, das sie dort angerichtet hatte, zu beseitigen.

Nur um festzustellen, dass sie sich zumindest darüber keine Gedanken mehr zu machen brauchte.

Chris kniete neben der Tür und saugte die Überreste der zerbrochenen Flasche auf. Er musste sie gehört haben, aber er hob weder den Kopf, noch reagierte er in irgendeiner Form auf sie.

Nun, sie hatte Mist gebaut, also war es auch an ihr, den ersten Schritt zu tun.

»Es tut mir leid«, sagte sie leise.

Schweigen. Abgesehen von dem leisen Klirren der Glassplitter, die in den Tiefen des Saugschlauches verschwanden.

»Würdest du bitte mit mir reden?«

Chris ignorierte sie weiterhin und bearbeitete den Fußboden so konzentriert, als wäre es lebensnotwendig jeden einzelnen Splitter zu entfernen.

Larissa setze sich schwungvoll auf das Bett und wartete. Früher oder später musste er mit ihr reden. Er konnte nicht ewig so tun, als gäbe es noch irgendwas auf dem mittlerweile blitzsauberen Boden, das er noch reinigen könnte.

Es dauerte eine gefühlte Ewigkeit, bis er den Schlauch weglegte und aufstand.

»Es gibt nichts, wofür du dich entschuldigen müsstest«, sagte er, während er den Schlauch zurück in das dafür vorgesehene Loch in der Wand schob. »Hör auf, mich so anzustarren.«

Nun, zumindest hatte er das wahrgenommen.

»Ich wollte nur ...« Sie brach ab und strich sich frustriert mit der Hand das Haar zurück. »Ich weiß nicht, was ich sagen soll, damit du mir zuhörst. Ich bin zu weit gegangen, aber ich weiß nicht, wie ich es wieder gut machen kann.«

»Nicht nötig. Ich kann nichts daran ändern, wie du mich siehst.«

»Du weißt gar nicht, wie ich dich sehe.« Sein neutraler Tonfall machte sie verrückt.

»Nicht?« Mit funkelnden Augen fuhr er zu ihr herum. »Ich glaube, du warst sehr deutlich. *Mörder*, *wahnsinnig* und ...« Seine Stimme wurde ätzend, »... ich nutze jede Situation aus, um an einen Fick zu kommen.«

»Das habe ich so nicht gesagt!«

»Aber gemeint.«

»Nein! Es tut mir leid, so etwas auch nur angedeutet zu haben.«

»Wirklich? Du hast deine Meinung über mich grundlegend geändert? So schnell?« Er schüttelte den Kopf. »Denk genau über deine Antwort nach. Denn wenn es nicht so ist, dann halt einfach deinen Mund.«

»Ich weiß nicht, ob ich dir glaube«, entfuhr es ihr. »Ich weiß ja nicht einmal, was ich denken soll.«

»Damit wären wir schon zu zweit. Ich denke, es ist besser, wenn wir so tun, als wäre vorhin nichts passiert.«

»Ich will …«

»Es war ein Fehler«, unterbrach er sie rüde. »Was du genauso gut weißt wie ich.«

Merkwürdig, vor ein paar Minuten hatte sie noch Pläne geschmiedet, wie sie am schnellsten aus der Basis verschwinden könnte. Doch nun trafen seine Worte sie mit einer Heftigkeit, die ihr den Atem nahm.

»War es das wirklich?«, zwang sie sich zu fragen. »Ich habe nachgedacht über das, was du mir gesagt hast …«

»Ich habe dir viel zu viel erzählt. Es wäre schön, wenn ich es ungeschehen machen könnte.«

»Ich fand es gut, dass du mir so viel mitgeteilt hast.«

»Das kann ich mir vorstellen. Ein paar mehr Informationen sind immer nützlich, nicht wahr?«

»Was denn für Informationen?« Sie verdrehte die Augen und stieß genervt den Atem aus. »Was ist so falsch daran, dass ich dich besser kennenlernen möchte? Ich hatte den Eindruck, dass das auf Gegenseitigkeit beruht. Wenn du vernünftig mit mir reden würdest, anstatt mir die Worte im Mund umzudrehen, könnten wir vielleicht …«

»Könnten wir was? Miteinander reden? Weitere Geheimnisse austauschen? Noch ein paar Mal miteinander schlafen, weil es sich danach so gut plaudern lässt?«

Larissa wurde sich vage bewusst, dass sich seine Brust hastig hob und senkte. Es war so viel Wut in ihm, die sie nicht verstand. »Du hast jedes Recht, sauer zu sein. Ich habe dich verletzt und das tut mir Leid. Aber kannst du nicht wenigstens versuchen, auch mich zu verstehen?«

»Verstehen?« Er lachte verächtlich auf. »Ich glaube, ich verstehe mittlerweile ganz genau. Du kommst hierher, mit einer wahnwitzigen Geschichte im Gepäck, widersetzt dich meinen Anweisungen, gefährdest dadurch das Leben meiner Leute. Woher weiß ich, dass nicht genau das deine Absicht war?«

»Darum geht es immer noch? Herrgott noch mal Chris, du hast auf einen hilflosen ...«

»Darum geht es nicht!«, brüllte er, was sie erschrocken zusammenzucken ließ. »Mich provozieren zu lassen war falsch. Aber bei allem, was danach geschah, habe ich richtig gehandelt. Willis aufzuhalten war die einzige Möglichkeit, die Basis und alle darin zu schützen!«

»Ganz Recht«, stimmte sie ihm ebenso zornig zu. »Es geht nicht darum, was du getan hast. Es geht darum, wie du es getan hast. Du hast nicht eine Sekunde gezögert, ihn zu töten. Deine Reaktion war so präzise, so eiskalt.«

Er atmete tief durch, sah ihr direkt in die Augen und sagte erheblich ruhiger: »Ich konnte es mir nicht leisten, zu zögern. Für solche Situationen wurde ich ausgebildet. Dafür solltest du dankbar sein. Denn das ist der einzige Grund, warum du noch am Leben bist!«

»Ich bin dir dankbar, aber ….« Sie brach ab, schüttelte den Kopf, da sie nicht wusste, wie sie es ihm erklären sollte. Wie ihm begreiflich machen, dass es ihr schlicht und einfach Angst machte, ihn so gesehen zu haben. Es ihm sagen? Er hörte ihr ja nicht einmal wirklich zu. *Vielleicht weil du ihm auch nicht zuhören wolltest*, drängte sich eine innere Stimme in ihre Gedanken, doch Larissa ignorierte sie. Sie hatte ihm die Hand zur Versöhnung entgegengestreckt, doch er hatte sie beiseite geschlagen. Warum also sollte sie es sein, die jetzt nachgab? Um sich weitere Vorwürfe von ihm anzuhören?

»Du bist dankbar?«, fuhr er auch schon fort. »Dann hast du eine merkwürdige Art, das zu zeigen. Deswegen frage ich dich ein letztes Mal: Was wolltest du mit dieser wahnwitzigen Aktion erreichen? Ihn schützen? Oder verhindern, dass wir durch ihn an wichtige Informationen kommen?«

»Was?«, fragte sie verwirrt. »Warum hätte ich das tun sollen?«

»Genau das verstehe ich eben nicht. Allein die Tatsache, dass wir … dass *ich* dich hier aufgenommen habe, könnte einen Krieg auslösen. Seitdem du hier bist, sorgst du für Unruhe! Woher also soll ich wissen, dass du nicht genau das beabsichtigst? Für Aufruhr sorgen, um uns dann leichter ausspionieren zu können.«

Seine leisen, ruhigen Worte erschienen ihr lauter, als wenn er sie weiterhin angebrüllt hätte. Sie sprang auf, stürmte auf ihn zu und hob die Hand.

Er fing sie mit spielerisch anmutender Leichtigkeit ab. Sein Blick bohrte sich in den ihren. Alles, was sie darin erkennen konnte, war Kälte.

»Ich gehe davon aus, dass du deine andere Hand lieber dafür benutzen willst, das Handtuch an Ort und Stelle zu halten«, zischte er mit zusammengebissenen Zähnen. »Falls nicht, tu dir keinen Zwang an. Erreichen wirst du damit nichts. Ich kenne die unsägliche Angewohnheit der Oberschicht, ihre Untergebenen für jeden kleinen Fehler zu ohrfeigen. Aber ich bin nicht dein Untergebener. Keiner hier ist das.«

Er gab ihre Hand frei und trat einen Schritt zurück.

»Merk dir also gut, was ich dir jetzt sage. Erlebe ich noch einmal, ein einziges Mal nur, dass du die Hand gegen mich oder einen anderen hier erhebst, binde ich sie dir so lange an der Hüfte fest, bis du Anstand gelernt hast.«

»Du arrogantes Arschloch«, flüsterte sie, atemlos durch die Demütigung.

Was bildete er sich ein, sie so zu behandeln? Sie wollte es ihm heimzahlen, und so tat sie es mit der einzigen verbliebenen Möglichkeit: mit Worten.

»Du drohst mir? Du besitzt tatsächlich die Unverfrorenheit? Gleichzeitig bist du so feige, dass du mir die Schuld am Tod dieses Mannes geben willst? Was ist es, womit du nicht zurechtkommst? Dass du ihn nicht foltern konntest, bevor du ihn umgebracht hast?«

Er erstarrte. Seine Augen verengten sich.

»So viel dazu, dass du deine Meinung über mich geändert hast.«

Es gelang ihm, allein durch das Verziehen seiner Lippen pure Verachtung auszudrücken.

»Ich bin es leid, mich vor dir zu rechtfertigen«, fuhr er fort. »Dennoch werde ich es ein letztes Mal tun. Also hör genau zu, was ich dir jetzt sage. Wir. Foltern. Hier. Niemanden. Niemals!« Er betonte jedes Wort so überdeutlich, als spräche er mit einem begriffsstutzigen Kind. »Es ist unumgänglich, dass es zu Gefangennahmen kommt. Aber ein Jeder bekommt eine Verhandlung. Ja, ich bin gezwungen, einige töten zu lassen. Aber nicht, weil es mir gefällt oder mir dabei einer abgeht. Ich habe keine andere Wahl. Nein!«, fauchte er, als sie etwas erwidern wollte. »Sag jetzt nichts. Um unser beider Willen, schweig einfach. Ich kann es mir nun einmal nicht leisten, Dutzende von Clankriegern einzusperren und durchzufüttern. Die paar Zellen, die uns zur Verfügung stehen, sind bereits voll. Was auch der Grund ist, warum ich dich nicht auf die Gefängnisebene verlegen lasse. Doch solltest du dich noch ein weiteres Mal meinen Anweisungen widersetzen, werde ich das tun. Bis dahin kannst du dich in diesen beiden Zimmer frei bewegen, aber du wirst sie nicht verlassen.«

Larissa glaubte, sich verhört zu haben. Sie spürte, wie ihre Knie weich wurden, taumelte zurück, bis sie gegen die Bettkante stieß. Fassungslos ließ sie sich darauf nieder.

»Du musst mich nicht sehen«, fuhr er beinahe sanft fort. »Aber du wirst in diesen Räumen bleiben. Ebenso wie in dieser Basis. Die Strahlung draußen würde dich sowieso binnen weniger Tage töten. Glaub mir, du würdest zu lange brauchen, um aus dem Gebirge wieder rauszukommen.«

»Ich bin also deine Gefangene?« Sie musste sich zwingen, die Worte laut auszusprechen. Hoffte verzweifelt, er würde es abstreiten.

Aber er sagte: »Bis ich sicher bin, dass du nicht das bist, wofür ich dich halte, ja.«

Kapitel 7

Dave öffnete nach dem ersten Klopfen. Ohne ein Wort drängte sich Chris zu ihm ins Zimmer, den Becher, in dem die Zahnbürste steckte, in der Hand. Er warf Dave einen Blick von der Sorte *Kein Wort. Denk nicht mal dran zu.*

Sein Freund, der den Mund schon geöffnet hatte, klappte ihn brav wieder zu, während Chris ins Bad ging, um den blöden Becher loszuwerden.

»Fühl dich ganz wie zu Hause.« Dave grinste. »Dein Bad belegt?«

»Nein«, knurrte Chris. »Nur der Weg dorthin ist blockiert.«

»Nur damit keine Missverständnisse aufkommen. Du schläfst auf dem Sofa. Die Kuschelnummer liegt mir nicht.«

»Leck mich.«

»Stehe ich auch nicht drauf, aber danke.«

Chris warf ihm seinen *Bitte, fall einfach tot um* Blick zu. »Auch wenn es dich nichts angeht. Ich schlafe auf dem Sofa. In meinem Zimmer.«

Dave nickte. »Hockt ein Drache in deinem Schlafzimmer und lässt dich nicht ins Bad?«

Chris ging zu dem Tisch mit den Karaffen. Ungefragt goss er eine klare Flüssigkeit in ein Glas. Er trank kaum, aber in den letzten Tagen brauchte er öfter etwas Hochprozentiges. Larissa machte ihn wahnsinnig.

Sie so nahe bei sich zu wissen, aber sie nur zu sehen, wenn er ihr die Mahlzeiten brachte, war reine Folter. Doch er hatte ihr ja gesagt, sie müsse ihn gar nicht sehen. Daran versuchte er sich zu halten.

Seit vier Tagen duschte er in den Gemeinschaftsbädern des Trainingsraumes, lagerte seine Klamotten im Spind, verbrachte seine knappe Freizeit im Konferenzraum, schlief auf dem Möbelungetüm in seinem Wohnbereich, das sich *Sitzecke* nannte. Nun, er wollte nicht unfair sein. Sitzen konnte man darauf. Ganz bequem sogar. Schlafen allerdings …

Sein Nacken war verspannt, seine Schultern marterte ein stetes, unangenehmes Ziehen, und seine Kopfschmerzen hatten gute Chancen, ihn wirklich und wahrhaftig umzubringen.

Okay, vielleicht war an Letzterem auch der gesteigerte Konsum synthetischen Fusels schuld. Aber zumindest half ihm das Zeug beim Einschlafen.

Chris bemerkte, dass sein Glas schon wieder leer war, und genehmigte sich einen gehörigen Nachschub. Dann ließ er sich auf einen Sessel fallen und rieb sich müde die Augen.

»Ich habe versucht, mit ihr zu reden«, begann er zögernd, wobei er Daves missbilligenden Blick auf das Glas in seinen Händen ignorierte. »Damit sie sich nicht langweilt, habe ich ihr medizinisches Lernmaterial gebracht. Sie hat es nicht angerührt. Ich hab ihr sogar ein richtiges Buch besorgt, eine dieser Raritäten aus Papier. Sie hat es mir nachgeworfen. Und als ich ihr heute das Essen brachte«, er zuckte betont gleichmütig mit den Schultern, »flog das Tablett gegen die Wand.«

»Einzelhaft gefällt ihr wohl nicht so gut, wie du gehofft hattest«, meinte Dave und grinste.

Chris rieb sich frustriert übers Gesicht. »Ich weiß nicht, was ich mit ihr anfangen soll«, murmelte er dann. »Wenn es wahr ist, was sie sagt, ist es falsch, sie einzusperren. Lügt sie, wäre es leichtsinnig, sie unbeaufsichtigt herumlaufen zu lassen.«

»Du kannst sie aber auch nicht die nächsten Jahre in diesem Zimmer einsperren.«

»Ich kann sie nicht umquartieren. Sie nach unten in die Wohnebene zu bringen, verrät ihr zu viel. Sie in eine Zelle zu sperren, wäre einfach nicht angemessen.«

Außerdem würde sie ihm das wahrscheinlich nie verzeihen, was ihm gleichgültig sein sollte.

Dave schnaubte. »Genau genommen hättest du sie bereits in eine der Arrestzellen bringen müssen, nachdem sie in den Bergen aufgegriffen wurde. Dass du das nicht getan hast, ist bereits riskant genug.« Er schwieg einen Moment. »Sie bedeutet dir was«, fuhr er dann fort. »Der Mann, den ich kenne, würde sich nicht dermaßen von einer Frau auf der Nase herumtanzen lassen, die ihm nichts bedeutet.«

»Ich lasse mir nicht auf der Nase herumtanzen«, knurrte Chris.

Dave verzog das Gesicht. »Gut, das war etwas hart ausgedrückt. Aber du lässt ihr einiges durchgehen. Selbst auf die Gefahr hin, dadurch an Ansehen in der Basis zu verlieren. Werd dir darüber klar, warum du das tust. Genau genommen hast du sowieso nicht vor, sie wieder gehen zu lassen«, brachte Dave es auf den Punkt. »Also was spielt es für eine Rolle, was sie hier sieht?«

»Es wäre ein Risiko.«

»Ist nicht das ganze Leben hier riskant?« Dave lachte. »Du wirst die Wahrheit nie herausfinden, wenn du nichts wagst. Ich persönlich glaube nicht daran, dass sie uns ausspionieren will.«

»Schön für dich.«

»Jetzt mal ehrlich. Was ist das denn für ein Plan? Einfach so in die Berge rennen, ohne Vorbereitung, ohne Ausrüstung, ohne genug Vorräte. Nur das Verbot des Großherrschers hilft seit Ewigkeiten dabei, dass die Clans dieses Gebiet nicht zu genau durchforsten. Der angebliche Dalithabbau und das Gerücht über gesundheitsgefährdende Strahlung tun ein Übriges. Und nun denkst du ernsthaft, man würde eine Angehörige der Oberschicht einfach so hierher schicken? Sie opfern? Meiner Meinung nach war dieser Trip nichts weiter als eine verzweifelte Flucht.«

»Ausgerechnet du glaubst ihr?«

»Ich habe lange darüber nachgedacht.« Dave zuckte mit den Schultern. »Mir scheint, der Grund, warum sie da draußen fast draufgegangen ist, war der, dass sie dich unbedingt finden wollte.«

»Ja sicher.«

»Nur, weil du es nicht glauben willst, muss es nicht falsch sein.«

»Würdest du es glauben?«

»An dem Tag, an dem du Makaoh verlassen musstest«, begann Dave mit ungewohnter Vorsicht in der Stimme, »hatte ich das Gefühl, du wolltest nicht gehen.«

»Und?«.

»Du bist jahrelang darauf vorbereitet worden, diese Basis zu leiten. Larn hat dich ausgebildet, mit den Kontaktleuten bekannt gemacht, hat dich gelehrt, die Führung zu übernehmen, sollte ihm etwas zustoßen. Und niemals, nicht eine einzige Sekunde, hatte irgendjemand Zweifel daran, dass du genau dies tun wolltest. Bis zu dem Moment, in dem du dieser Frau begegnet bist. Also frage ich dich jetzt ganz direkt: Wären die Umstände anders gewesen, wärst du hierher zurückgekommen?«

»Ich tue, was ich tun muss.«

»Das war nicht die Frage.«

»Sie gehört der Oberschicht an«, schnappte Chris. »Was glaubst du denn, was ich ihr bieten kann?«

»Falsch. Sie *gehörte* der Oberschicht an. Durch ihre Flucht hat sie diesen Status aufgegeben. Sie hat sich einem Angehörigen der Clanfamilie widersetzt. Du weißt, welche Strafe ihr dafür droht. Sie ist entrechtet. Also bietest du ihr dasselbe, was du jedem Mann, jeder Frau und jedem Kind in der Basis bietest: Unterschlupf, Nahrung, Sicherheit.«

»Sicherheit?«, echote Chris verächtlich. »Sich unter der Erde zu verstecken ist nicht unbedingt das, was sie unter Sicherheit versteht. Und Nahrung? Wenn ich mich recht erinnere, hat sie mir das Tablett hinterhergeworfen.«

»Was vielleicht nicht an der Qualität des Essens lag, sondern an dem Kellner.«

Chris verdrehte die Augen und stieß die Luft aus.

»Ich kann nicht für ihre Sicherheit garantieren! Nicht in dieser Umgebung. Nicht solange uns das Ganze hier jederzeit um die Ohren fliegen kann, weil die Clans sich nicht mehr zurückhalten lassen. Mag sein, dass der Großherrscher uns schützt. Ob bewusst oder unbewusst. Aber ich kann sie dem Risiko einfach nicht aussetzen.«

»Dann schick sie weg. Sie und jede andere Person, die hergekommen ist, um einen sicheren Unterschlupf zu finden.«

»Wohin sollten sie denn gehen? Es ist nirgends wirklich sicher.« Die Wahrheit war, er konnte sich keinen Ort vorstellen, der sicher genug für Larissa wäre. Doch in seiner Nähe, wäre sie der Gefahr am nächsten.

»Was glaubst du, was man ihr hier antun könnte?«

»Sie steht für all das, was die Menschen hier zu fürchten gelernt haben. Was sie hassen.«

»Und du glaubst, sie würden auch sie hassen?«

»Du nicht? Rayen wollte sie umbringen, nur weil sie der Oberschicht angehört.«

»Rayen ist ein Idiot.« Dave verzog geringschätzig die Lippen. »Es sind nicht alle so.«

»Einer von der Sorte reicht ja auch.«

»Und darum sperrst du sie ein? Isolierst sie? Was willst du erreichen? Dass sie dich hasst? Du bist auf dem besten Weg dahin.«

»Was soll ich denn sonst tun? Wie soll ich sie schützen und gleichzeitig die Sicherheit der Basis garantieren, falls sie doch eine Spionin ist?«

»Jedenfalls nicht, indem du wie ein gereizter Stier durch die Gänge rennst. Du bist unausgeglichen, unkonzentriert und du wirst leichtsinnig während der Einsätze. Nichts davon können wir uns leisten.«

»Willst du mir sagen, ich gefährde unsere Sicherheit?« Chris ballte die Hände zu Fäusten und starrte Dave wütend an.

»Nicht nur unsere. Auch deine eigene! Sieh dich doch nur mal an! Jetzt, in diesem Moment: Wo ist der Mann geblieben, der stets alles unter Kontrolle hatte? Der sich beherrschen konnte? Kühl und überlegt handelte? Wie viel Stunden schläfst du täglich? Vier, fünf?«

Weniger, aber das würde er Dave bestimmt nicht auf die Nase binden. »Hältst du mich nicht länger für geeignet, die Basis zu führen?«, fragte er stattdessen gefährlich leise.

»Blödsinn. Sicher bist du das. Aber du zahlst aktuell einen sehr hohen Preis dafür. Bring die Sache mit ihr in Ordnung, sonst ...«

Chris hob abwehrend die Hand. »Ich will es nicht hören, Dave. Ich hab im Moment nicht den Nerv dazu.«

»Scheiße, Mann...«

»Ja, das trifft es ziemlich genau. Lass es gut sein.« Er vermied Daves Blick. Er ertrug ihn einfach nicht. Außerdem hatte er kein Interesse daran, über diese ganze unerquickliche Situation zu reden.

Aber Dave ließ nicht locker. »Gib ihr zumindest etwas zu tun. Lass sie sich ihren Unterhalt hier verdienen wie jeden anderen auch.«

»Sie ist nicht wie jeder andere.«

»Du kannst sie nicht ewig vor der Welt verstecken. Wenn du schon deinen eigenen Gefühlen nicht mehr trauen kannst, dann vertrau wenigstens mir.«

Für einen Moment hatte Chris das Bedürfnis, auf seinen Freund loszugehen. Wenn man auf beengtem Raum mit über sechshundert Menschen zusammen lebte, wusste jeder über jeden Bescheid. Gerüchte verbreiteten sich in so einem Umfeld schneller als Flöhe auf einem Rudel wilder Hunde. Diese Tatsache ging ihm aktuell tierisch auf die Nerven. Da tat er doch lieber so, als wäre alles bestens. Wenn *er* das hinbekam, dann konnte er doch, gottverdammt nochmal, von seinem besten Freund erwarten, dass der das *auch* schaffte. Stattdessen kam er ihm mit diesem Genörgel. Chris hatte genug von Aussprachen. Sie brachten ohnehin nichts!

Doch nach einer Weile ließ er die Schultern hängen. Er fühlte sich tatsächlich verantwortlich für jeden einzelnen Menschen in der Basis. Er hatte dafür zu sorgen, dass sie Kleidung, Nahrung und Schutz bekamen. Eine Aufgabe, die schwer auf seinen Schultern lastete. Die Angst, dem Andenken seines Bruders nicht gerecht zu werden, die Erwartungen nicht erfüllen zu können, die man in ihn setzte, nahm ihm manchmal die Luft zum Atmen. Probleme mit einer wie auch immer gearteten Beziehung zu einer Frau waren das Letzte, das er im Augenblick gebrauchen konnte. Erst recht nicht, wenn sie ihm nicht mehr aus dem Kopf ging. Dave lag vollkommen richtig.

Larissa brachte ihn dazu, auf eine ihm völlig fremde Art zu reagieren. Ihretwegen ging er Risiken ein, die er sich einfach nicht leisten konnte. Vielleicht war es wirklich an der Zeit, einige Dinge in andere Hände zu geben.

»In Ordnung«, sagte er deshalb nach einer Weile. »Hol sie aus dem Zimmer raus. Aber du bist für sie verantwortlich. Für ihre Sicherheit, wie auch dafür, dass sie uns nicht verrät.«

Dave kannte Chris gut genug, um seine Anweisung weder in Frage zu stellen, noch ihm seine Worte übelzunehmen. Seit dem Tag, an dem Larn Dave gefunden und hierher gebracht hatte, war er mit Chris befreundet. Von Anfang an waren sie zusammen durch Dick und Dünn gegangen. Er wusste genau, wie Chris tickte. Er war großartig im Einsatz, vorausschauend, clever, ein exzellenter Schütze, und seine Loyalität kannte keine Grenzen. Aber er konnte einfach nicht mit Gefühlen umgehen.

Mehr als einmal hatte Dave mitbekommen, wie Chris dicht machte, sobald etwas auch nur ein wenig tiefer ging. Er konnte vor einem sitzen, nicken und reden, aber sobald es um Emotionen ging, machte er dicht.

Sicher, er saß noch immer vor einem, atmete, sprach, bewegte sich, aber all das war nur eine Hülle, die innen leer war. Wer Chris zwingen wollte, sich mit seinen Gefühlen auseinanderzusetzen, der biss auf Granit.

Chris ließ sich zu nichts zwingen. Egal von wem, egal wozu. Klar, es gab eine Menge guter Gründe dafür.

Mitanzusehen wie seine Eltern umgebracht wurden, um gleich darauf von seinem Bruder bei Fremden abgesetzt zu werden, hatte Vieles zerstört. Dann Larns Tod und nun die völlige Vernarrtheit in diese unbeherrschte, oberflächliche Zicke aus der Upperclass.

Auch wenn Dave nicht verstand wieso, bestand kein Zweifel daran, dass Chris für Larissa McIngless mehr empfand, als gut war.

Für Gefühle gab es aber keinen Platz in dem Spiel, das sie spielten. Niemand wusste das besser als Dave. Dennoch, wenn es nötig sein sollte, diese Frau zu beschützen, damit Chris wieder etwas mehr Ruhe fand, dann würde er eben genau das tun.

Larissa wusste nicht genau, ob es nun drei oder vier Tage her war, seitdem Chris sie zurückgelassen hatte.

Im Grunde war es auch egal. Die Langeweile unter der sie litt, blieb dieselbe, gleichgültig ob nun einige Stunden vergingen oder Tage. Sicher, Chris versuchte ihr Ablenkung zu bieten, aber sie war entschlossen, nicht mehr von ihm anzunehmen als unbedingt nötig. Warum sollte sie auch? Damit er ihr das im Nachhinein vorwerfen konnte? Er hatte ihr unmissverständlich klar gemacht, dass er ihr nicht traute. Sicher würde sie nicht noch einmal den Fehler begehen, sich ihm aufzudrängen. Auf eine weitere Zurückweisung konnte sie gut verzichten.

Also verbrachte sie ihre Zeit damit, wie ein gereiztes Tier durch das schmale Zimmer zu streifen, ein Fitnessprogramm durchzuziehen, um sich zu beschäftigen, während sie sich überlegte, was sie Chris sagen könnte, wenn er das nächste Mal mit dem Essen kam. Sie führte wunderbare Gespräche mit ihm. Gespräche voller gegenseitigem Verständnis, bei denen der eine dem anderen wirklich zuhörte.

Leider fand all das nur in ihrem Kopf statt. Sobald er kam, um ihr das Essen zu bringen und sie in sein verschlossenes Gesicht blickte, lösten sich all ihre guten Vorsätze in Luft auf. Er war so verdammt rechthaberisch, musste immer das letzte Wort haben, war wegen jeder Kleinigkeit beleidigt. Kurz, er war anstrengend und trieb sie dadurch in den Wahnsinn.

Das Klopfen an der Tür riss sie aus ihren Grübeleien und ließ sie innehalten. Sie konnte nicht genau sagen wie, aber plötzlich hatte sie das Tablett mit den Überresten des gestrigen Abendessens in der Hand. Sie warf es im selben Moment, in dem die Tür geöffnet wurde.

»Wann kann ich hier r... Oh.« Sie merkte selbst, wie ihre Augen groß wurden, als sie erkannte, dass es nicht Chris war, der in der Tür stand.

Dave warf einen flüchtigen Blick auf die Bescherung vor seinen Füßen, zuckte dann mit den Schultern und beschloss offensichtlich, dass das nicht sein Problem war.

»Mir scheint, du hast keinen Appetit in letzter Zeit?«, brummte er. »Zu deiner Information: Es gibt Menschen, die hungern.«

»Kehr es doch zusammen und bring es ihnen.«

Ihre Worte taten ihr im selben Augenblick leid, indem sie sie ausgesprochen hatte. Doch die letzte Konfrontation mit diesem Mann war ihr noch zu gut in Erinnerung. Er war der Letzte, vor dem sie sich schwach zeigen wollte. Also versteckte sie ihre Unsicherheit genau hinter dem Hochmut, den er ihr sowieso unterstellt hatte.

Dave lehnte sich gegen den Türrahmen und verschränkte die Arme vor der Brust.

»Bist du jetzt fertig?«, erkundigte er sich. »Oder möchtest du noch etwas werfen? Ein paar Beleidigungen loswerden? Gewürzt mit deiner unglaublichen Ignoranz?«

Sie verdrehte nur die Augen. »Was willst du?«

»Charmant wie eh und je.« Er zuckte die Schultern. »Dass du weder Abendessen noch Frühstück willst, ist deine Entscheidung. Aber für den Rest des Tages wirst du dich zusammenreißen. Ich spendiere dir eine Führung.«

»Eine Führung?«

»Für die nächste Zeit spiele ich deinen Babysitter«, erklärte er. »Ich bin ein vielbeschäftigter Mann, so wie jeder hier. Es gibt zu viel zu tun, als dass es sich jemand leisten könnte, einfach nur herum zu sitzen. Du wirst mich deshalb heute begleiten und dir deinen Aufenthalt hier verdienen, so wie jeder andere auch. Also komm.«

Er ließ ihr keine Zeit, sich von ihrer Überraschung zu erholen, sondern drehte sich um und ging.

Hastig lief sie ihm nach.

»Eines der Felder muss neu bepflanzt werden«, brummte er, als sie zu ihm aufschloss. »Es macht dir doch nichts aus, dir die Hände schmutzig zu machen?«

Sie schüttelte den Kopf, obwohl sie sicher war, dass es ihn nicht im mindesten interessieren würde, hätte sie genickt.

Dave führte sie durch endlose Gänge bis zum Lift. Dass er sich nicht die Mühe machte, die Eingabe des Sicherheitscodes vor ihr zu verbergen, wunderte sie.

»Hast du keine Angst, ich könnte diese ach so wichtige Information weitergeben?«

Larissa bemerkte selbst, wie trotzig sie klang, und biss sich auf die Lippen. Lance hatte ihr tausendmal gesagt, sie solle erst denken, bevor sie sprach. Anscheinend lernte sie es nie.

»Du würdest den Code sowieso herausfinden, wenn du es wirklich darauf anlegst.«

Larissa war versucht zu fragen, woher sein plötzliches Vertrauen kam, aber dieses Mal war sie klug genug, den Mund zu halten. Als sich die Türen des Aufzuges öffneten, verschlug es ihr eh die Sprache.

Soweit das Auge reichte, erstreckte sich eine endlose Reihe dicht aneinander liegender Rechtecke aus brauner Erde, nur unterbrochen von den blassen Farben der reifenden Ernte in sorgfältig gezogenen Furchen. Das Licht der Lampen unter der hohen Decke war so hell, dass Larissa blinzelte.

»Das hilft den Pflanzen beim Wachsen«, erklärte Dave, der ihre Reaktion bemerkt haben musste.

»Verwendet ihr keine Replikationen?«

»Doch auch. Aber der Energieverbrauch dafür ist hoch. Also nutzen wir zusätzlich die gute alte Handarbeit.«

Er bedeutete ihr, ihm zu folgen, ging an den nicht bepflanzten Feldern vorbei, bis sie zu einer Gruppe von Menschen kamen – die sie allesamt anstarrten und miteinander tuschelten.

Larissa erkannte Wut und Misstrauen auf den fremden Gesichtern. Es gefiel ihr nicht, aber tief im Inneren konnte sie das inzwischen sogar verstehen. Also straffte sie die Schultern, während sie sich bemühte, die Blicke zu ignorieren. Zu ihrer Erleichterung hielt sich Dave nicht damit auf, sie vorzustellen. Er stand bei einem dunkelhaarigen Mädchen mit lässigem Pferdeschwanz und unterhielt sich mit ihr. Auf ein Zeichen von ihm ging Larissa zu den beiden.

»Larissa, das ist Irehna. Vielleicht erinnerst du dich noch an sie?« Er ließ ihr Zeit zu nicken, bevor er weiter sprach. »Ihr werdet zusammen arbeiten.«

Larissa verkniff sich die Frage, ob es so klug war, zwei Neulinge zusammen arbeiten zu lassen, und lauschte stattdessen den Anweisungen, die er ihnen gab.

Die Arbeit war einfach. Zwei Männer gingen voraus und gruben mit der Spatenmaschine den Boden um, während die Frauen Setzlinge in den aufgelockerten Boden pflanzten.

Als Larissa den Mann erkannte, der an Daves Seite arbeitete, verstand sie auch den Sinn dieser Gruppeneinteilung. Es war Kyle, der junge Clankrieger, dessen Ankunft sie einige Tage zuvor beobachtet hatte.

»Ihn lassen sie frei rumlaufen, aber mich sperrt dieser Idiot ein«, murmelte Larissa unwillig, während sie dir jungen Pflanzen mit Erde bedeckte.

Anscheinend hatte sie lauter geredet, als beabsichtigt, denn Irehna sah auf. »Kyle steht noch immer unter Aufsicht«, sagte sie. »Die Menschen hier vertrauen ihm nicht. Aber es gibt hier zu viel …«

»… zu tun, als dass es sich irgendwer leisten könnte, faul herum zu sitzen«, beendete Larissa den Satz. »Ich weiß. Dasselbe sagte mir Dave auch.«

»Kyle darf sich hier und auf der Wohnebene frei bewegen, aber nirgendwo anders«, setzte Irehna das Gespräch in dem eindeutigen Bestreben fort, den jungen Krieger zu verteidigen.

»Wohnebene?« Chris' Räume befanden sich in der Nähe des Hangars. Larissa konnte sich nicht vorstellen, dass Chris Kyle auch nur in dessen Nähe lassen würde.

Wenn er ihr schon so misstraute, dann einem Clankrieger wahrscheinlich noch mehr. Oder nicht? War sein Argwohn nur ihr gegenüber so groß?

»Wir befinden uns hier auf der untersten Ebene«, erklärte Irehna bereitwillig. »Von hier aus kann das Wasser wesentlich besser abfließen um später wieder aufbereitet zu werden. Diese ganze Ebene ist für den Anbau und die Reproduktion vorgesehen. In der Etage darüber befinden sich die Wohnräume, die Krankenstation und die Kantine.«

»Es gibt eine Krankenstation?«

»Natürlich.«

»Und mich lässt er Unkraut zupfen«, grummelte Larissa.

»Wir zupfen kein ...«

»Ich weiß. Aber ich habe ein paar Semester Medizin studiert. Sicher könnte ich auf der Krankenstation nützlicher sein.«

»Die Arbeit hier ist auch wichtig. Außerdem, würdest du jemanden in die Nähe deiner Kranken lassen, dem du nicht vertraust?«

Larissa zuckte zusammen. Verdammt, das tat weh. Mehr als es eigentlich durfte.

»Tut mir leid«, sagte Irehna, der ihre Reaktion nicht verborgen geblieben war. »Ich wollte dich nicht kränken.«

»Das hast du nicht«, erwiderte Larissa schnell. »Es ist nun einmal, wie es ist.«

Eine Weile arbeiteten sie schweigend weiter, bis Irehna Larissa erneut ansprach: »Darf ich dich etwas fragen?«

»Sicher.«

»Warum bist du hier? Ich meine …« Sie zögerte, biss sich auf die Lippen und entschied dann offenbar, dass es egal war, ob Larissa sie für unhöflich hielt. »Du kommst aus der Oberschicht, das ist kein Geheimnis. Du hattest alles, wovon wir träumen. Trotzdem bist du hier.«

Larissa öffnete bereits den Mund, um Irehna zu sagen, dass sie gegen ihren Willen hier festgehalten wurde, hielt aber gerade noch rechtzeitig inne. Durfte sie Chris wirklich übel nehmen, dass er sie unter Arrest gestellt hatte? Offensichtlich traute ihr hier niemand. Warum sollte Chris da eine Ausnahme bilden? Nur weil sie sich eingeredet hatte, zwischen ihnen würde mehr existieren als eine rein körperliche Anziehungskraft?

»Ich weiß nicht, was genau du dir vorstellst, aber das Leben in der Oberschicht ist nicht …«

Sie brach ab, weil sie nach Worten suchte. Wie sollte sie jemandem erklären, was sie an ihrem privilegierten Leben störte, der so viel durchgemacht hatte wie diese junge Frau?

»Die gesellschaftlichen Regeln sind sehr streng«, fuhr sie zögernd fort. »Frauen haben sich im Hintergrund zu halten. Es wird nicht gerne gesehen, wenn sie einer Arbeit nachgehen oder ohne Aufsicht das Haus verlassen. Es ist auch nicht erwünscht, dass Frauen ihre Meinung äußern. Unsere Aufgaben bestehen darin, zu repräsentieren, den Ruf der Familie rein zu halten, das Ansehen derselben zu steigern, und möglichst viele Söhne zu bekommen.«

Wieder verstummte Larissa, als ihr aufging, dass sie nicht nur den Ruf ihrer Familie beschmutzt hatte, indem sie geflohen war.

Selbst wenn sie nach Hause hätte zurückkehren
können, wäre ihr Ansehen auf ewig ruiniert, sollte
jemals jemand herausfinden, dass sie mit Chris
geschlafen hatte. Sie drängte den Gedanken zur Seite.
Sie konnte sowieso nicht zurück, also warum sollte sie
sich darüber den Kopf zerbrechen?

»Ehen werden oft schon im Kindesalter festgelegt«,
fuhr sie fort. »Natürlich heiraten die Paare erst nach
ihrer Volljährigkeit, aber … Man hat keine Wahl.
Entweder man funktioniert oder man wird
ausgeschlossen, was den Ruf der Familie ruiniert«,
schloss sie lahm.

»Darum bist du fortgelaufen?«

»Nein, ich hatte Glück.« Das hatte sie wirklich, wie ihr
in dem Moment klar wurde. »Doch ich habe etwas
getan, was ich nie hätte tun dürfen, und dadurch
Menschen gefährdet, die ich liebte. Was dazu führte,
dass ich einen Mann heiraten sollte, der mir mit dem
Tod drohte, um meinen Vater kontrollieren zu
können.«

»Man wollte dich zu einer Hure machen.«

»Was?« Larissa starrte Irehna irritiert an »Nein, er
hätte mich geheiratet und für mich gesorgt.«

»Und er hätte dich bestiegen, wann immer ihm danach
gewesen wäre.« Angewidert verzog Irehna das Gesicht.
»Du hättest funktionieren müssen, egal wie es dir dabei
geht. Was ist daran so anders als das, was eine Hure tut?
Einem Mann zu Willen zu sein, wann immer er es will,
nur für ein paar Credits. Oder in deinem Fall: Für die
Ehre der Familie und für ein Vermögen an Credits. Es
ist dasselbe Prinzip.«

Ihr Blick wurde sanft, als sie zu Kyle hinübersah. »Eine Ehe sollte aus Liebe geschlossen werden«, fuhr sie leise fort. »Oder zumindest aus gegenseitigem Respekt.«

Larissa fehlten die Worte. Was Irehna sagte, war ungeheuerlich. »Bist du nicht noch ein bisschen jung, um ans Heiraten zu denken?«

»Ich bin achtzehn und habe wahrscheinlich mehr Erfahrung mit Männern, als du es je haben wirst«, schnappte das Mädchen. Wieder huschte ihr Blick zu Kyle. »Außerdem wird mich sowieso niemand wollen.«

»Entschuldige, es lag nicht in meiner Absicht, dich zu beleidigen.« Auch wenn Larissa Irehnas Meinung hinsichtlich der Ehe in der Oberschicht nicht teilte, wollte sie es sich nicht mit dem einzigen Menschen verderben, der hier bisher nett zu ihr war.

»Das hast du nicht.« Irehna zuckte mit den Schultern.

»Du magst ihn sehr?« Larissa deutete mit dem Kinn auf Kyle.

»Was? Nein. Er hat mich unzählige Male gerettet. Aber mehr ist da nicht. Ich könnte nie … Er könnte nicht … Also …« Sie brach ab und senkte den Blick. »Er hat zu viel gesehen. Von mir und überhaupt … Er denkt sowieso, er wäre zu alt für mich.«

Larissa schwieg, da sie nicht wusste, was sie zu dieser Eröffnung sagen sollte.

»Denkst du, er hat Recht?«, wollte Irehna nach ein paar Minuten wissen. »Er ist nur zehn Jahre älter. Das ist nicht so viel.«

»Ich weiß nicht. Du bist noch sehr jung und er hat dir sicher eine Menge Erfahrung voraus. Aber ich kenne ihn nicht und du hast bereits eine Menge erlebt.«

»Hm, glaubst du, er ist zu gut für mich?« Wieder dieser verunsicherte Biss auf die Unterlippe, gefolgt von einem beschämten Blick, der Larissa ins Herz schnitt.

»Nein«, beeilte sie sich zu sagen, »das meine ich auf keinen Fall. Was ich meine ...« Sie stockte, überlegte kurz. »Wie lange kennst du ihn denn schon?«

»Ein paar Jahre.«

Larissa schluckte. Sie hatte mit einigen Monaten gerechnet.

»Bei uns war oft das Essen so knapp, dass wir hungerten«, verteidigte sich das Mädchen, das Larissas Reaktion scheinbar bemerkt hatte. »Manchmal war es so schlimm, dass wir alles, wirklich alles getan hätten, um ein paar Credits verdienen zu können. Aber bevor die Clankrieger kamen und uns mitnahmen, da waren wir auch frei. Freier als du es vermutlich je warst. Ich wuchs in dem Bewusstsein auf, dass meine Eltern mich liebten. Wir durften wählen, was wir in unserer Freizeit machten, mit wem wir uns treffen wollten, durften uns verlieben, uns unseren Partner frei aussuchen. Ich hätte ein glückliches Leben führen können in wirklicher Freiheit. Aber dann ...« Sie brach ab. Ihre Augen umwölkten sich und ihr Gesicht wurde starr.

»Kamen die Krieger«, schloss Larissa für sie. »Es tut mir so leid.«

»Das muss es nicht. Dich persönlich trifft ja keine Schuld. Nicht du warst es, die uns holte. Aber es war ... Egal, es ist vorbei.«

»Es war meine gesellschaftliche Schicht, die dir das alles angetan hat.« Larissa sprach es in dem Moment aus, in dem es ihr klar wurde. »Du musst mich hassen.«

»Einige hier tun das vielleicht. Aber ändert das etwas? Es macht die Vergangenheit nicht ungeschehen.« Irehna lächelte traurig. »Hass ist ein ebenso negatives wie machtvolles Gefühl. Daraus kann nichts Gutes entstehen«, sagte sie leise. »Ich bemühe mich, solche Empfindungen zu meiden, auch wenn es nicht immer leicht ist. Bitte verurteile die Menschen hier nicht, auch wenn sie dich nicht gleich mögen. Ich finde dich in Ordnung. Du bist überhaupt nicht so, wie ich dich mir vorgestellt habe.«

»Was hast du denn erwartet, wie ich bin?«

»Anders halt. Ich hätte zum Beispiel nicht geglaubt, dass du überhaupt mit mir redest.«

»Warum sollte ich denn nicht?«

»Weil ich nun einmal bin, was ich bin, so wie du bist, was du bist. Sag mir, wie viele von deinen Leuten hätten sich so mit mir unterhalten, wie du es tust?«

Larissa war sich nicht sicher, ob sie selbst sich mit Irehna unterhalten hätte, wären die Umstände ihres Kennenlernens andere gewesen. Aber da sie das nicht zugeben mochte, schwieg sie und rettete sich in ein verlegenes Schulterzucken.

Die nächsten Stunden vergingen erstaunlich schnell, was nicht zuletzt an Irehnas unablässiger Plapperei lag.

Sie wollte alles aus Larissas Leben wissen. Angefangen von dem, was es zu essen gab, bis hin zu Empfängen und welche Persönlichkeiten Larissa kannte.

Sie gab bereitwillig Auskunft, erfuhr sie doch im Gegenzug sie auch eine Menge über das junge Mädchen, sowie über das Leben in der Unterschicht. Auch die Arbeit ging so leichter von der Hand.

Mit der Zeit fiel Larissa schließlich auf, dass immer wieder kleine Gruppen von Leuten für einige Zeit die Arbeit niederlegten und verschwanden. Sie wollte zu gerne wissen, was das zu bedeuten hatte, ahnte auch, dass Irehna ihr gerne Auskunft gegeben hätte. Aber sie hatte beschlossen, so weinig Fragen wie möglich über diese Basis und ihre Bewohner zu stellen. Besser, sie zog so wenig Aufmerksamkeit wie möglich auf sich. Was einfacher gesagt war als getan. Sie spürte die Blicke der Anderen im Nacken. Es war kein gutes Gefühl, dennoch bemühte sie sich, ihrer Arbeit nachzugehen, so gut sie es vermochte. Sie würde niemandem die Befriedigung gönnen, sie bei dieser einfachen Aufgabe scheitern zu sehen.

Dave war es, der sie schließlich erlöste. Er stellte die Spatenmaschine ab und verständigte sich kurz mit Kyle, bevor er zu den beiden Frauen kam.

»Zeit fürs Mittagessen, meine Damen«, verkündete er.

Larissa richtete sich vorsichtig aus ihrer gebückten Haltung auf und drückte den Rücken durch. Sie widerstand dem Drang, ihre Hände gegen ihr Kreuz zu pressen, konnte aber ein leises Stöhnen nicht unterdrücken.

»Ich habe keinen Appetit. Kann ich solange auf mein Zimmer gehen?«, erkundigte sie sich bei Dave.

Er hob eine Braue. »Versuch nicht mir weiszumachen, dass du nach der ganzen Schufterei keinen Hunger hast«, grummelte er. »Zimmerservice gibt es nicht mehr. Du wirst dort essen, wo alle anderen es auch tun.« Sein Blick machte deutlich, dass er nicht mit sich debattieren lassen würde.

Larissa widerstand dem Bedürfnis die Augen zu verdrehen und fügte sich. Wenn auch nur um nicht noch mehr Aufmerksamkeit auf sich zu lenken.

Ihr klopfte das Herz bis zum Hals, als sie mit ihm zum Lift ging. Die Blicke, die ihr folgten, verursachten ein Prickeln auf ihrer Kopfhaut. Auf Anhieb hätte sie ein halbes Dutzend Dinge nennen können, die sie lieber tun würde, als zusammen mit den Anderen zu essen.

Die Kantine, zu der sie Dave führte, war nichts Besonderes. Abgeschabte Kunststofftische, umgeben von Plastikstühlen, boten Platz für etwa zweihundert Personen. Der Geruch von gekochtem Gemüse und gebratenem Fett lag in der Luft. Das gesammelte Murmeln zahlreicher Stimmen vereinigte sich zu etwas, das Larissa an Meeresrauschen erinnerte.

Obwohl sich nur etwa fünfzig Menschen in der Kantine aufhielten – Daves Definition von *nicht sehr voll um diese Zeit* – steigerte sich Larissas Beklommenheit zu einem ausgeprägten, fast schon körperlich spürbaren Unwohlsein.

Während der Arbeit hatte sie das Starren der Anderen ausblenden können, doch hier war es unmöglich.

Noch während sie den Speiseraum durchquerten und sich in die Schlange der Essensausgabe einreihten, verstummten die Stimmen nach und nach. Auch hier waren die Blicke die sie trafen keineswegs freundlich.

Unvermittelt war Larissa denen dankbar, die sie in ihre Mitte genommen hatten. Kyle stand gelassen zu ihrer Rechten, Irehna, mit ihrer immerwährenden Plapperei, zu ihrer Linken. Dave stoisch hinter ihr.

Erst vor ein paar Tagen hatte er ihr Furcht eingeflößt. Nun war sie beinahe dankbar, dass er da war. Seine Anwesenheit machte ihr Mut und half sich der Verachtung zu stellen, die ihr entgegenschlug.

Merkwürdig, wie sich die Sichtweise auf andere Menschen änderte, allein dadurch, dass sie einem nicht offen feindselig gegenübertraten.

»Sie starren *mich* an, nicht dich«, raunte Kyle ihr zu.

»Ja klar, und Terra Zwei ist eine Scheibe«, gab Larissa zurück.

Er lächelte schulterzuckend. »Du gewöhnst dich daran.«

Sie hoffte, dass er recht hatte, während sie das leere Tablett annahm, das Dave ihr entgegenhielt.

»Es stehen täglich zwei Gerichte zur Auswahl«, erläuterte er dabei. »Such dir aus, was du möchtest.«

Allein beim Gedanken, der Frau, die das Essen portionierte, ihre Wünsche mitzuteilen, wurde Larissa flau. Immer wieder warf sie der kleinen Gruppe finstere Blicke zu. Larissa hätte wetten können, die Frau würde auf ihr Essen spucken, wenn sie nur die Gelegenheit dazu hätte. Ihr ohnehin nicht besonders ausgeprägter Appetit schwand innerhalb von Sekunden völlig.

»Ich möchte wirklich nichts essen«, erklärte sie Dave.

Der sah sie unbeeindruckt an. »Ist mir persönlich völlig egal, ob du isst oder nicht, aber der Tag ist noch lang und wir haben einiges zu tun. Also such dir schon endlich was aus. Sonst mache ich das für dich.«

Larissa lag bereits eine scharfe Erwiderung auf der Zunge, aber sie schluckte sie herunter.

Sie scheute sich nicht, sich auf eine Konfrontation mit Dave einzulassen. Nur das vor den Augen so vieler Menschen zu tun, die jede ihrer Bewegungen teils abwertend, teils feindselig beobachteten, erschien ihr dumm.

»Darf ich mir wenigstens die Hände waschen?« Ganz sicher würde sie nicht mit diesem Dreck unter den Nägeln zu Tisch gehen.

»Klar, Irehna zeigt dir bestimmt gerne, wo du hinmusst.«

»Ich brauche keinen Aufpasser für den kurzen Weg«, entgegnete Larissa und deutete mit dem Kopf auf eine Nische, wo sich eine Tür befand, deren Aufschrift *Toilette* einem förmlich ins Auge sprang.

»Wenn du zickig werden möchtest, kann auch ich dich gerne begl…«

»Kein Problem, ich muss eh mal verschwinden«, mischte sich Irehna ein und entschärfte so die drohende Auseinandersetzung.

Ohne Daves Antwort abzuwarten, wandte Larissa sich ab und ging zu der Nische. Sie achtete darauf, Rücken und Kopf gerade zu halten. *Schon komisch*, dachte sie belustigt. *Jahrelang hat mein Umfeld vergeblich versucht, mir genau das einzubläuen. Nur ein paar Stunden unter den Leuten hier und mir ist endlich klar, dass Haltung und Disziplin die einzigen Dinge sind, die mich aufrecht halten werden.*

Im Waschraum wusch sich Larissa gründlich die Hände und kühlte sich anschließend das Gesicht. Sie musterte sich in dem trüben Spiegel. Ihre Anspannung war deutlich in ihrem viel zu blassen Gesicht und dem gehetzten Ausdruck ihrer Augen zu erkennen.

Plötzlich kam ihr die Abgeschiedenheit ihres Zimmers gar nicht mehr so unerträglich vor.

Sie schloss die Augen und zwang sich, gleichmäßig zu atmen. Als sie sie wieder öffnete, war die Unsicherheit aus ihrem Blick gewichen. Sie war entschlossen, sich nicht von ein paar Leuten einschüchtern lassen, die sie lediglich anstarrten, als wäre ihr ein zweiter Kopf gewachsen.

»Woher kommt das Wasser?«, erkundigte sie sich bei Irehna in dem Versuch, sich abzulenken.

»Soweit ich weiß, werden die Wassertanks durch unterirdische Quellen gefüllt«, erklärte Irehna. »Wobei verbrauchtes Wasser wieder aufgearbeitet wird. Die ersten Widerständler wählten diesen Ort sorgfältig aus.«

Larissa hätte das Gespräch gern weitergeführt, doch sie traute sich nicht nachzufragen. Jede Information, die sie über die Basis bekam, erschien ihr eine zu viel.

Sollte Chris erfahren, dass sie Fragen stellte, würde er sich nur in seinem Verdacht bestätigt fühlen. Andererseits, was kümmerte es sie, was er dachte? Er hatte sich seine Meinung sowieso schon gebildet. Dennoch nickte sie, bevor sie zusammen mit Irehna den Waschraum verließ.

Draußen stieß sie beinahe mit Dave zusammen, der scheinbar gelassen an der Wand neben der Tür lehnte. Larissa erkannte sofort, dass seine Ruhe nur vorgetäuscht war. Er stand breitbeinig, die Arme vor der Brust verschränkt, den Blick starr auf den Mann vor ihm gerichtet, den er offenbar gerade davon abgehalten hatte, die Toiletten zu betreten.

Als sich der Mann, mit dem Dave sprach, nun Larissa zuwandte, begriff sie, dass Dave sie nicht nur begleitete, um sie zu beobachten, sondern auch, um sie zu schützen.

Blanker Hass lag in dem Blick, mit dem Rayen sie streifte.

»Begleitschutz für so eine?«, giftete er Dave an. »Du findest es nicht bedenklich, sie zusammen mit diesem Clankrieger frei in der Basis rumlaufen zu lassen?«

»Was glaubst du, was sie tun könnten?«, entgegnete Dave ruhig. »Sich verbünden, einen Haufen Sprengstoff unter ihren Klamotten hervorzaubern und uns alle in die Luft jagen? Fürchtest du dich so sehr vor einem kleinen Mädchen und einem Milchgesicht?«

Mit dem Kopf machte Rayen eine abfällige Bewegung in Larissas Richtung. Er sah sie dabei noch nicht einmal an, so als wäre sie es nicht wert, dass er auch nur einen Blick an sie verschwendete.

»Sie gehört hier nicht her!«, giftete er.

»Sie verdient sich ihren Lebensunterhalt hier, genau wie jeder andere auch«, erwiderte Dave etwas schärfer.

»Dann schick sie den Abort schrubben. Ich will sie nicht in der Nähe meines Essens haben.«

»Dich will auch niemand in der Nähe seines Essens haben. Stört dich auch nicht weiter, oder?«

»Um mich geht es hier nicht.«

»Natürlich tut es das«, Daves Blick wurde kalt, seine Stimme unvermittelt eisig. »Deine große Klappe geht mir auf die Nerven. Was glaubst du, wer du bist, dass du dich hier ständig so aufführen könntest?«

»Warum? Weil ich sage, was ich denke? Nur weil die Anderen ihr Maul nicht aufbekommen? Glaub mir, sie denken dasselbe wie ich.«

»Mag sein, aber sie haben zumindest genug Anstand, sich zurückzuhalten. Die Meisten verfügen sogar über genug Grips, sich ihre eigene Meinung zu bilden.«

»Ich habe mir meine Meinung gebildet. Sie gefällt dir nur nicht.«

»Deine Meinung basiert auf was genau, Rayen? Auf Vorurteilen? Hass? Neid? Larissa ist hier, weil es keinen anderen Platz gibt, an den sie gehen könnte. Genau wie du auch. Lass es mich nicht bereuen, dich aufgenommen zu haben.«

»Schwachsinn, sie ist eine Höhergestellte. Es ist nicht mein Problem, wenn sie für die Falschen die Beine breit gemacht hat und verschwinden musste. Aber ich dulde nicht, dass sie hier Platz beansprucht und Ressourcen vergeudet, die Andere dringender brauchen.«

Seine Worte ließen Larissa zusammen fahren.

»Du weißt nichts über mich«, fuhr sie auf. »Du hast mich ein einziges Mal gesehen. Bereits da wolltest du mich umbringen. Ist es das, was ihr tut? Menschen umbringen, nur weil sie in eine andere Schicht hineingeboren worden sind? Dafür steht ihr?«

Sie wollte einen Schritt auf ihn zutreten, um deutlich zu machen, dass sie ihn nicht fürchtete. Aber Irehna hielt sie zurück, indem sie ihr die Hand auf den Arm legte, die Augen groß vor Furcht.

»Nicht, du machst es nur schlimmer«, raunte sie.

»Wir tun nichts anderes, als deine verdammte Oberschicht auch!«, schleuderte Rayen Larissa entgegen. »Ich halte nichts davon, jemandem die andere Wange hinzuhalten, nachdem ich geschlagen wurde. Auge um Auge, Zahn um Zahn. Das ist das Motto, nach dem ich lebe.«

»Schön, dann lass mich in Frieden. Ich habe dir niemals etwas getan!«

»Du nicht. Aber die Schicht, der du angehörst!« Rayens Stimme war so eisig, dass Larissa sich zwingen musste, nicht vor ihm zurückweichen.

Auch wenn sie zu gern Irehnas Rat befolgt und sich am liebsten unsichtbar gemacht hätte, konnte sie seine Worte nicht einfach so stehen lassen.

Sie zwang sich zu einem bewusst mitleidigen Lächeln.

»Dann machst du also mich persönlich für alles verantwortlich, das dir jemals angetan wurde? Auge um Auge, nur weil ich in eine andere Schicht hineingeboren wurde. Gleichzeitig gibst du vor, Jene zu bekämpfen, die den Wert eines Menschen nur von seiner Zugehörigkeit zu einer Schicht abhängig machen?«

Der Hass in Rayens Blick wich nackter Gewalttätigkeit. Drohend kam er auf sie zu.

»Ich kämpfe für Gerechtigkeit«, knurrte er dabei. »Etwas, wovon du nichts verstehst.«

»Gehört zu einem gerechten Leben nicht auch, Andere in Frieden leben zu lassen? Mir wurde erklärt, das wäre es, wofür ihr kämpft.«

Larissa war sich bewusst, dass jeder in der Kantine die Auseinandersetzung mit Argusaugen beobachtete. Sie konnte nicht sagen, woher sie den Mut nahm, die nächsten Worte auszusprechen.

Vielleicht lag es an Dave, der wachsam und schützend neben sie getreten war, vielleicht an Irehna, deren Augen schreckgeweitet waren, oder vielleicht auch nur an ihrer eigenen Angst und Frustration.

»Du willst keine Gerechtigkeit, Rayen. Du willst Rache.«

»Was ich will, hat dich nichts anzugehen! Aber ich kann dir sagen, was ich nicht will. Ich will dich nicht hier haben. Eine wie du hat bei uns nichts verloren. Das gibt nur Ärger.«

»Woher willst du das wissen? Du kennst mich ja noch nicht einmal.«

»Woher ich das weiß?« Er lachte gehässig. »Du passt nicht hierher. Also warum tust du uns nicht allen einen Gefallen und verschwindest wieder? Dass wir Huren hier aufnehmen, kann ich gerade noch verstehen. Sie sind nützlich. Aber Oberschichtprinzesschen wie du und Clankrieger wie er?«

Rayen machte eine abfällige Kopfbewegung in Richtung Kyle, der sich bei dem Wort *Huren* sichtlich angespannt hatte.

Lediglich Irehna, die zu ihm geeilt war, war es offensichtlich zu verdanken, dass der junge Krieger weiter schwieg.

»Und dann auch noch so was wie du«, wetterte Rayen weiter. »Früher oder später wird uns das umbringen.«

»Was genau macht dir denn solche Angst«, erkundigte sich Larissa, wobei sie sich zwang, sehr ruhig, beinahe sanft zu sprechen, »dass du versuchst, Kyle oder mich zu provozieren?«

»Angst?« Mit einer Bewegung, die zu schnell war, als dass Larissa zurückweichen konnte, schoss Rayen vor und umklammerte ihre Oberarme. »Ich werde dir zeigen, was Angst wirklich ist.«

»Lass sie los!«, hörte Larissa Dave rufen. »Sofort!«

Sie registrierte aus den Augenwinkeln, wie Dave vorsprang, aber sie reagierte, noch bevor er eingreifen konnte. Mit aller Kraft stieß sie ihren Kopf noch vorn. Ihre Stirn traf Rayens Nase, gleichzeitig trat sie einen Schritt zurück, hieb ihm das Knie wuchtig in den Unterleib und riss den Oberkörper zurück, kaum dass sich sein Griff gelockert hatte. Mit einem dumpfen Laut klappte Rayen zusammen.

Larissa blieb in Kampfhaltung. Die Arme erhoben, die Fäuste geballt. Es war gerade einmal drei Tage her, dass sie sich in der Umklammerung eines anderen Mannes befunden hatte. Noch einmal würde sie das nicht zulassen. Sie wich zurück, als ein Schemen vor ihr auftauchte.

»Beeindruckende Vorstellung, Prinzessin, aber jetzt beruhige dich wieder«, hörte sie Dave sagen und bemerkte erst da, dass er es war, der vor ihr stand.

Sie blinzelte und senkte die Fäuste, blieb jedoch angespannt.

Er blickte sie forschend an, grinste dann und bot ihr den Arm. »Spätestens jetzt ist es an der Zeit, etwas zu essen.«

Unvermittelt begannen Larissas Knie zu zittern.

Nicht schon wieder, dachte sie und war sich der Blicke, die sie fassungslos musterten, nur allzu bewusst. *Reiß dich zusammen. Du wirst hier jetzt nicht schon wieder vor aller Augen zusammenklappen.*

Also ergriff sie Daves Arm und ließ sich von ihm zu dem Tisch begleiten, an dem Kyle und Irehna bereits Platz genommen hatten.

Dort angekommen wartete Dave, bis Larissa sich gesetzt hatte, drückte ihr ein Flasche Wasser in die Hand und ging zurück zu Rayen, der immer noch am Boden lag. Sich neben ihn hockend, redete er mit leiser Stimme auf ihn ein. Larissa konnte nicht hören, was er sagte, aber das war ihr im Moment auch egal. Sie war damit beschäftigt, sich ein Loch herbeizuwünschen, in dem sie versinken konnte, und versuchte nebenbei, ihren rasenden Puls zur Ruhe zu zwingen.

»Wow, und ich hab mir Sorgen gemacht, der Widerling könnte dir wehtun«, bemerkte Irehna, in deren Augen ein belustigtes Funkeln stand.

Larissa seufzte. »Das gerade war wahrscheinlich das Dümmste, was ich hätte tun können. Jetzt hassen sie mich erst Recht.«

»Nicht unbedingt«, erwiderte Irehna beschwichtigend. »Ich bin zwar auch erst ein paar Tage hier, aber selbst ich habe bereits mitbekommen, dass Rayen ein richtiger Dreckskerl ist. Er bedrängt die Mädchen und pöbelt bei jeder Gelegenheit herum. Ich glaube, so einige werden der Meinung sein, er hat nur bekommen, was er verdient hat.«

»Trotzdem. Das Letzte, was ich jetzt brauchen kann, ist diese Art von Aufmerksamkeit.«

»Ich hätte nicht gedacht, dass ich so schnell nicht mehr im Mittelpunkt stehe«, ließ sich Kyle vernehmen. Er grinste, während er sich streckte und die Arme hinter dem Kopf verschränkte. »Noch vor zwei Tagen wären sie um ihr Leben gerannt, wenn ich auch nur *Buh* gerufen hätte.«

»Wären sie nicht«, mischte sich Dave ein, der wieder zum Tisch zurückkam. »Ich hätte dich vorher erschossen.«

»Dave!« Irehna bemühte sich, empört auszusehen, konnte aber ein leichtes Schmunzeln nicht unterdrücken.

»Was denn? Dein Jungspund neigt zu Übertreibung. Das weißt du, oder?«

Kyle zuckte noch immer grinsend mit den Schultern. Er schien sich in den paar Tagen seiner Ankunft bereits gut eingewöhnt zu haben. Von der Anspannung, mit der er Chris gegenüber gestanden hatte, war ihm kaum noch etwas anzumerken. Er wirkte lockerer, was vermutlich an Irehnas Anwesenheit lag, die er nicht aus den Augen ließ.

»Zumindest muss ich mir jetzt keine Gedanken mehr machen, was passiert wäre, hätte ich den Arsch in seine Schranken gewiesen«, sagte Kyle, unvermittelt ernst, während er sich Dave zuwandte. »Ihr habt den Mädchen Schutz zugesichert. Ich bin nicht sicher, ob mir diese Art von Schutz gefällt.«

»Nun, ihre Ehre wurde doch ganz vortrefflich verteidigt, findest du nicht?«, brummte Dave.

Larissa beobachtete während des Wortgeplänkels unauffällig die Menschen in der Kantine. Zumindest starrten sie sie jetzt nicht mehr an. Stattdessen hatten sie die Köpfe zusammengesteckt und tuschelten miteinander. Nicht unbedingt die Verbesserung, die sie sich gewünscht hatte. Bei Daves Worten sah sie auf.

»Du bist nicht sauer?«

»Warum sollte ich? Rayen hat dich angegriffen, du hast dich verteidigt. Das bedeutet nicht, dass ich Raufereien innerhalb der Basis gutheiße. Aber du hast Grenzen gesetzt, nachdem du provoziert wurdest. Rayen wird dir nicht noch einmal zu nahe kommen. Er ist im Grunde seines Herzens ein Feigling, der sich nur allzu gerne aufspielt.«

»Komisch, mir kam das anders vor.«

»Sieh es positiv. Du hast mit einem Schlag gleich zwei Probleme gelöst.«

»Ach ja? Warum fühlt es sich dann an, als hätte ich alles noch schlimmer gemacht?«

»Was ist schlimm daran, die Leute wissen zu lassen, dass du nicht hilflos bist? Du hast ihnen gezeigt, dass du dich verteidigen kannst und, für dich noch wichtiger, du bist von der Feldarbeit befreit.«

»Ich kann also in mein Zimmer zurück?«

»Das hättest du wohl gerne«, Dave lachte. »Du kommst heute Nachmittag mit zum Training.«

»Training?«

»Du wirst mir dabei helfen. Sobald ich festgestellt habe, ob du auch noch so gut bist, wenn du das Überraschungsmoment *nicht* auf deiner Seite hast. Also iss endlich, wir haben nicht ewig Zeit.«

Kapitel 8

Mittlerweile fragte sich Larissa, über wie viele Ebenen die Basis eigentlich verfügte. Der Liftanzeiger verriet ihr, es mussten fünf sein, aber so wie es auf den Gängen von Menschen wimmelte, hätte es sie nicht gewundert, wenn es zehn oder mehr gewesen wären. Gerade machte sie mit Ebene drei Bekanntschaft, in der sich laut Dave die Trainingsräume befanden.

Beeindruckt sah sie sich in der Halle um zu der er sie geführt hatte. Die Ausmaße des Raumes waren enorm. Er bot nicht nur Platz für jeweils gut ein Dutzend antiquierter Trainingsgeräte wie Sandsäcke, Laufbänder und Hantelbänke, sondern war zudem auch groß genug, dass die Gruppe von etwa dreißig Mädchen, die beieinanderstand und sich unterhielt, nicht weiter auffiel.

Nach den ihr vertrauten interaktiven Groß-Displays, holografischen Trainingspartnern oder einem Cyberfitness-Trainingsraum suchte Larissa allerdings vergeblich.

»Wir haben keine Credits übrig für modernen Krempel«, erklärte Dave, dem ihr Blick nicht entgangen war. »Also beschränken wir uns auf gute alte Muskelarbeit. Genauso effektiv, wenn auch anstrengender.«

Larissa nickte nur. Es interessierte sie nicht, wie hier trainiert wurde. Alles was sie wollte, war den Frust und die Unsicherheit der vergangenen Tage beim Sport hinter sich zu lassen, ohne durch die Grenzen ihres kleinen Zimmers eingeschränkt zu werden.

Im Gegensatz zu der Kantine schlug ihr hier keine Feindseligkeit entgegen. Das mochte am Alter der Mädchen liegen – Dave hatte ihr gesagt, sie wären alle zwischen acht und vierzehn Jahren alt – oder auch daran, dass sie sich ebenfalls erst seit kurzem in der Basis aufhielten.

»Wo kann ich duschen und mich umziehen?«

»Wozu?« Dave grinste. »Duschen kannst du nach dem Training. Umziehen wird überbewertet. Wenn du in einen Kampf verwickelt wirst, trägst du schließlich auch keine Trainingskleidung.«

Er ließ ihr keine Zeit für eine Antwort, sondern wandte sich an die Gruppe der Mädchen, die sofort verstummten und ihn erwartungsvoll ansahen.

»So, meine Damen«, rief er. »Aufstellung und Zweiergruppen bilden. Jeder sucht sich einen Partner.« Er wartete, bis seine Anweisungen ausgeführt waren, was erstaunlich zügig vonstattenging. »In den letzten Tagen habt ihr gelernt, wie man fällt und sich abrollt. Heute beginnen wir damit, euch zu zeigen, wie man mit einem Gegner fertig wird, der größer und stärker ist. Machen wir uns nichts vor: Wenn ihr kämpft, werdet ihr das unter Umständen auch gegen Clankrieger tun müssen. Sie werden stärker sein als ihr, größer, kräftiger. Lasst euch nicht davon abschrecken. Ich kann euch lehren, besser zu werden als sie. Schneller, geschickter, effektiver.«

Leises Gemurmel setzte ein.

Larissa beobachtete die Mädchen aufmerksam. In einigen Gesichtern zeigte sich Unsicherheit.

Sie erinnerte sich daran, was Lance ihr in der ersten Trainingsstunde gesagt hatte, trat neben Dave und ergriff das Wort. »Seien wir mal ehrlich. Es kommt auf die Größe an. Aber sie ist auch nicht alles. Zumeist seid ihr vielleicht kleiner als eure Gegner, aber ihr könnt gewandter sein als sie, klüger oder gerissener. Nutzt eure Vorteile, wann immer ihr könnt. Es ist wichtiger, Köpfchen zu haben als bloße Kraft.«

»Wie soll das funktionieren?«, rief eines der Mädchen. »Wie sollen wir jemanden besiegen, der nicht nur stärker ist, sondern auch einen größere Reichweite hat.«

»Wir zeigen es euch«, meinte Dave.

Mit einem großen Schritt stand er plötzlich hinter Larissa, griff unter ihren Achseln hindurch, wobei ihre Arme nach oben gerissen wurden und unbrauchbar waren. Sie spürte, wie er seine Hände hinter ihrem Nacken verschränkte, um seinen Griff zu verstärken. Im ersten Augenblick war sie zu überrascht, um zu reagieren. Als sie Daves Vorhaben realisierte, ließ sie ihn gewähren.

»Wäre sie ebenso groß wie ich, könnte sie versuchen, ihrerseits ihre Hände hinter meinen Nacken zu verschränken, um mir mit einem Stoß des Hinterkopfes die Nase zu brechen.«, erläuterte er seinen Schülerinnen. »Pech für sie, dass sie zu klein dafür ist. Würde ich nun auch noch mit einer Hand ihre Halsschlagader abdrücken, wäre sie binnen einer Minute bewusstlos.«, fuhr er fort. »Vermeidet es also, jemals in eine solche Lage zu kommen.«

Larissa verstand die Spitze, war aber nicht gewillt, sie so einfach hinzunehmen. Wuchtig trat sie Dave auf den Fuß, obwohl sie wusste, dass er Stiefel trug, sodass dieses Manöver kaum Wirkung zeigen würde. Aber es lenkte ihn für eine Sekunde ab. Zeit, die Larissa nutzte, um ruckartig ihre Arme weiter nach oben zu bringen und hinter sich zu greifen. Als sie Daves kleinen Finger erwischte, bog sie ihn nach oben. Wollte er verhindern, dass das Glied brach, musste er locker lassen. Kaum hatte er das getan, ließ Larissa sich ruckartig fallen. Sie rutsche unter seinem Griff hindurch, versetzte ihm noch in der Hocke einen wuchtigen Schlag gegen das Knie, brachte sich mit einem Sprung außer Reichweite seiner Arme, wirbelte herum und setzte mit einem Tritt gegen dasselbe Knie nach.

Er wankte, fiel aber nicht. In seinen Augen blitzte Anerkennung auf, was Larissa mit einem leichten Lächeln quittierte. Sie hatte beinahe vergessen, wie lebendig sie sich während des Trainings immer fühlte.

»Wie ihr seht, müsst ihr nicht größer oder stärker sein als euer Angreifer, um euch zu befreien. Dennoch bilde ich euch nicht aus, damit ihr später ein Risiko eingeht«, erläuterte Dave. »Beurteilt eure Chancen stets realistisch. Ihr müsst euch immer für die klügste Option entscheiden. Es gibt zwei Möglichkeiten, wenn ihr auf einen größeren, stärkeren Gegner trefft: Entweder ihr stellt euch ihm und kämpft – oder ihr lauft weg. Sich für Weglaufen zu entscheiden ist kein Zeichen von Feigheit, sondern einfach der Entschluss überleben zu wollen. Es ist töricht, zu kämpfen, wenn ihr wisst, dass ihr nicht gewinnen könnt.«

»Müsst ihr aber kämpfen, weil ihr nicht gefangen werdet wollt oder weil euch Gefahr droht«, schaltet Larissa sich ein, »denkt daran, ihr habt immer das Überraschungsmoment auf eurer Seite. Allein dadurch, dass ihr weiblich seid, wird euer Gegner euch häufig unterschätzen. Die wenigsten Angreifer rechnen mit gezielter Abwehr von einer Frau. Dieser Moment steht euch aber nur einmal zur Verfügung. Nutzt ihn, wann immer ihr könnt.«

»Kämpfen Frauen nicht, dort wo du herkommst?«, wollte eines der Mädchen wissen.

Larissa schüttelte den Kopf und zwang sich, ihr Lächeln beizubehalten. Die an sich simple Frage machte ihr mit plötzlicher Deutlichkeit klar, was sie hier gerade tat. War sie wirklich dabei Mädchen zu trainieren, die irgendwann einmal gegen Clankrieger kämpfen sollten? Womöglich gegen Menschen, die sie kannte? Gegen Lance womöglich? Larissa wies den Gedanken ebenso schnell von sich, wie er gekommen war. Lance würde niemals gegen so junge Mädchen kämpfen.

»Es ist nicht üblich«, sagte sie dann. »Frauen, die kämpfen, sind in meinen Kreisen nicht sehr angesehen.«

»In unseren auch nicht«, erwiderte ein anderes Mädchen. Sie war sehr groß, aber Larissa konnte ihr Alter unmöglich schätzen, denn sie trug eine Art Mundschutz, der den unteren Teil ihres Gesichts verdeckte. »Aber ich wünschte, es wäre anders. Ich wünschte, ich hätte kämpfen gelernt. Dann wäre mir das hier nicht passiert«, fuhr das Mädchen fort und riss das Tuch zur Seite.

Larissa atmete scharf ein. Fassungslos starrte sie in das Gesicht des Mädchens. Genauer gesagt, auf die wulstartigen Wucherungen, die sich von ihrem linken Mundwinkel bis hinauf zu ihrem Halsansatz zogen und sie entstellten.

»Genau deshalb bist du hier, Cynthia«, schaltete Dave sich ein. »Ich sagte dir schon einmal, du brauchst den Schutz hier bei uns nicht zu tragen.«

»Ich trage ihn nicht, weil ich mich schäme«, erwiderte Cynthia, »sondern um mich von der Menge abzugrenzen. Ohne dass die Kleinen erschrecken.«

»Niemand erschrickt hier vor dir.«

Cynthia zuckte nur die Schultern, während sie den Gesichtsschutz wieder befestigte. In ihren Augen stand deutlich, dass sie Dave nicht glaubte.

»Wie ...«, wisperte Larissa.

»Später«, raunte Dave. »Jetzt ist kaum der richtige Zeitpunkt für so etwas. Hör auf, sie anzustarren.«

Larissa hätte ihm gerne gesagt, dass sie nicht starrte, aber das wäre gelogen. Also konzentrierte sie sich wieder darauf, was Dave den Mädchen erklärte.

»Meiner Meinung nach ist es Blödsinn, dass Frauen nicht kämpfen sollten. Ihr wollt lernen, ich lehre euch. Die wichtigste Lektion für heute? Kämpft niemals fair. Ihr müsst euren gesunden Menschenverstand und eure praktische Veranlagung benutzen. Ich werde euch beibringen, wie ihr euch verteidigen könnt. Dabei gibt es keine Regeln, keine Fairness, keine Rücksicht. Ihr werdet lernen, einen Gegner auszuschalten, um entkommen zu können. Und jetzt lauft. Ich will von jedem zehn Runden durch die Halle sehen.«

Die Mädchen murrten.

»Was hat das mit Verteidigung zu tun?«, begehrte Cynthia auf.

»Schnelligkeit, Ausdauer und Geschick sind Eigenschaften, die man sich durch harte Arbeit und Training aneignen kann. Also lauft. Wenn ihr gut seid, zeigen wir euch nachher noch im Detail, wie es Larissa gelungen ist, sich aus meinem Griff zu lösen, damit ihr das üben könnt. Nachdem ihr mit den Übungen an den Sandsäcken fertig seid.«

Kollektives Aufstöhnen folgte, aber die Gruppe setzte sich gehorsam in Bewegung.

»Worauf wartest du«, wandte sich Dave an Larissa.

»Was?«

»Ich verlange nichts von anderen, was ich nicht zu geben bereit bin. Dasselbe erwarte ich von dir. Wenn du die Mädchen trainieren willst, lauf.«

»Ich hab nie gesagt, dass ich das will.«

»Du hast aber auch nicht gesagt, dass du es nicht willst. Im Gegenteil, du bist sofort mitgekommen, als ich dir den Vorschlag machte.« Er grinste. »Also erzähl mir nicht, das hier würde dir nicht mehr Spaß machen, als die Feldarbeit.«

»Das mag sein, aber ich bin nicht bereit, diese Mädchen im Nahkampf zu unterrichten.«

»Ist es dir lieber, sie bleiben für immer Opfer? Einfache Beute für die Clans und deine geliebte Oberschicht?«

»Das war nicht fair.«

»Schon vergessen? Ich kämpfe nicht fair. Weder mit Taten, noch mit Worten. Findest du es fair, was mit Cynthia geschehen ist?«

»Dazu müsste ich wissen, was überhaupt passiert ist.«

»Die Clans sind passiert. Sie und die Minen.« Die Heftigkeit seiner Worte lies Larissa einen Schritt zurücktreten.

Er bemerkte es, stockte und rieb sich mit der Hand übers Gesicht.

»Okay«, fuhr er dann, wesentlich ruhiger, fort. »Ich gehöre zu den wenigen hier, die dir glauben, dass du nichts von den Machenschaften der Clans weißt. Der Ausdruck auf deinem Gesicht, als du Cynthia gesehen hast, sagte genug. Darum bin ich bereit dir zu erzählen, was passiert ist. Nach dem Training. Bleib oder geh. Das ist deine Entscheidung.«

Er bot ihr also Wissen, wenn sie bereit war, die Mädchen zu trainieren. Allmählich hatte Larissa das Gefühl, dass es in dieser Basis nichts umsonst gab. Nicht einmal Informationen.

Sie wollte nicht, dass die Mädchen kämpften. Aber ebenso wenig konnte sie die Vorstellung ertragen, dass sie hilflos waren. Gleichgültig welche Gefahren sie später im wirklichen Leben erwarteten.

»Wenn ich es nicht tue, wird es ein anderer tun, oder?«

Dave grinste und zuckte gleichmütig mit den Schultern, bevor er sagte: »So wie es schon seit Jahrzehnten ist. Ich dachte nur, ich gebe dir eine Aufgabe, die dir auch Spaß macht. Aber ich finde auch etwas anderes für dich. In der Küche brauchen sie immer Hilfe. Wenn du also lieber Töpfe schrubbst ...«

»Hat dir schon einmal jemand gesagt, dass du ein manipulierender Mistkerl bist?«

Er hob lächelnd eine Braue. »Des Öfteren. Allerdings meist in einem anderen Zusammenhang. Um jemanden zu manipulieren, benötigt man eine gewisse Geschicklichkeit«, raunte er und sah ihr dabei tief in die Augen. Beim tiefen Timbre seiner Stimme, überlief Larissa ein kleiner, wohliger Schauer, obwohl sie nicht im Geringsten an ihm interessiert war. »Bei Bedarf kann ich dir gerne einmal zeigen, wie geschickt ich bin«, flüsterte er rau. »Anhand meiner Zunge und dem Stiel einer Kirsche.«

»Danke, sie hat keinen Bedarf!«, ertönte es scharf hinter ihnen.

Allein der Klang von Chris' Stimme ließ Larissas Herz augenblicklich schneller schlagen. Dennoch verbot sie es sich, sich umzudrehen. Sie wollte ihn nicht sehen. Er hatte versprochen ihr aus dem Weg zu gehen, trotzdem schien er ständig in ihrer Nähe zu sein. War das die Art, wie er sein Wort zu halten pflegte?

»Es war nur ein unverbindliches Angebot«, erläuterte Dave mit breitem Grinsen. Beschwichtigend hob er beide Hände. »Du hast gesagt, du willst sie nicht, also dachte ich, ich versuch mal mein Glück.«

Er hatte was gesagt? Dieser blöde, arrogante, despotische ... Affe. Lief er etwa durch die ganze verdammte Basis und erzählte jedem, der es hören wollte, dass er zu gut für sie war?

Larissa wirbelte zu Chris herum um ihn die Meinung zu sagen, schloss den Mund aber wieder, ohne ein Wort hervorgebracht zu haben.

Er stand mit geballten Fäusten hinter ihr und funkelte Dave an. Blanke Wut stand in seinen Augen.

Seine Brust hob und senkte sich im Takt seiner heftigen Atemzüge. Er wirkte, als könne er sich nur mit Mühe zurückhalten, auf seinen Freund loszugehen.

Larissa trat überrascht einen Schritt zurück. Ihr Blick irrte zwischen den beiden Männern umher, die sich nicht aus den Augen ließen.

»Kein Interesse, huh?«, brummte Dave. »Ich versteh das. Ein Mann muss Prioritäten setzen. Manchmal Grenzen festlegen. Schon schwierig. Wäre mir zu anstrengend. Ich geh dann mal lieber joggen. Meine Mädchen sind schon ein paar Runden im Vorsprung.«

»Warte, ich komme mit.« Larissa hatte nicht vor hier bei Chris zu bleiben, der Signale aussendete, die widersprüchlicher nicht sein konnten.

»Einen Teufel wirst du tun«, fauchte Chris. »Das Training ist für dich vorbei.«

»Ach, hast du das gerade so beschlossen?«, schoss Larissa zurück. »Zufälligerweise macht mir das Ganze hier Spaß. Ich hielt mich an deine Anweisungen. Also komm jetzt ja nicht auf die Idee, mich wieder wegsperren zu wollen!«

»An meine Anweisungen gehalten?« Chris presste die Lippen missbilligend zusammen. »Lauteten die, du sollst dich in eine Auseinandersetzung verwickeln lassen, kaum dass du dein Zimmer verlässt?«

»Du gibst mir die Schuld daran? Denkst du allen Ernstes, ich laufe herum und reize die Leute hier? Zu deiner Information, das muss ich nicht. Scheinbar reicht meine bloße Anwesenheit bereits aus, damit sie sich provoziert fühlen. Vielleicht wäre es nicht soweit gekommen, wenn du deine Leute besser unter Kon…«

»Wag es nicht, mir Inkompetenz zu unterstellen«, fiel Chris ihr ins Wort. Seine Augen verengten sich zu schmalen Schlitzen. »Es ist nicht meine Schuld, wenn du dich nicht unter Kontrolle hast.«

»Wirfst du mir etwa mangelnde Selbstkontrolle vor, weil ich mich verteidigte, als ich angegriffen wurde?« Sie schüttelte fassungslos den Kopf. »Ich hätte niemals gedacht, dass ich das einmal sagen würde, aber du kannst Gari die Hand reichen. Du bist nicht einen Deut anders als er.«

»Vergleiche mich nicht mit dem Idioten.«

»Dann benimm dich nicht wie er!«

»Was die Auseinandersetzung betrifft«, schaltete sich Dave ein, der es offensichtlich vorgezogen hatte, doch nicht joggen zu gehen, »war uns bewusst, dass so etwas passieren könnte. Genau deswegen passe ich auf Larissa auf, schon vergessen? Sie hatte im Übrigen keine Hilfe nötig und das Problem sehr gut allein gelöst.«

»Und sich damit einen Feind gemacht! Verstehst du das darunter, sie zu beaufsichtigen?«, giftete Chris zurück.

»Wenn du damit meinst, dass ich hier nicht her gehöre«, sagte Larissa spitz, »dann gebe ich dir vollkommen Recht. Hausarrest und Vorwürfe hätte ich zu Hause ebenso gut haben können. Nur in einer vertrauten Umgebung, ohne Menschen um mich herum, die mich hassen.«

»Niemand hasst dich hier«, fuhr Chris sie an. »Dazu bist du gar nicht wichtig genug.«

Larissa fuhr zurück, als hätte er sie geschlagen. »Du arroganter, elendiger …«

»Pass auf, was du sagen willst«, unterbrach er sie scharf.

»Euch ist bewusst, dass wir hier gerade für die Abendunterhaltung der Basis sorgen, oder?«, meinte Dave, der sichtlich genervt die Augen verdrehte. »Vielleicht beruhigen wir uns jetzt erst mal. Du«, wandte er sich an Chris, »hast mir die Verantwortung für Larissa übertragen. Also lass mich meinen Job erledigen.«

»Ich bin kein verdammter Job«, fauchte Larissa.

»Würdest du bitte einen Moment den Mund halten«, kam es daraufhin von Chris, während Dave ihr beschied: »Halt die Klappe.«

»Idioten seid ihr, alle beide«, schimpfte Larissa.

»Du vergisst, dass ich Disziplin und Gehorsam in meinem Training erwarte«, schoss Dave zurück.

»Scheinbar bin ich nicht mehr in deinem Training.«

»Doch bist du.«

»Ist sie nicht«, knurrte Chris Dave an. »Als ich sie in deine Obhut gab, habe ich nicht bedacht, dass ich sie dem größten Casanova der Basis überlasse. Allerdings rechnete ich auch nicht damit, dass du vor gar nichts Halt machen würdest. Ich dachte, selbst für dich gibt es Grenzen.«

»Soll das heißen, du traust mir nicht?« Mittlerweile wirkte auch Dave nicht mehr entspannt.

»Nicht du bist es, dem er nicht traut«, ging Larissa dazwischen. »Ich bin es.«

»Du bist diejenige, die jetzt dort rüber geht.« Dave deutete auf die nächstgelegene Wand. »Dort wartest du, bis das hier geklärt ist.«

Larissa verengte die Augen und warf beiden bewusst den zornigsten Blick zu, zu dem sie imstande war. »Ich tue das nur, weil ich, im Gegensatz zu euch, Erziehung genossen habe und mich beherrschen kann.«

»Seit wann?«, spottete Dave.

Larissa war überzeugt davon, sehr hübsche Mittelfinger zu haben. Einen davon präsentierte sie Dave nun. Die Worte, die ihr auf den Lippen lagen, schluckte sie hinunter. Nach der Erwähnung ihrer genossenen Erziehung erschien ihr das dann doch unpassend. Stattdessen wandte sie sich wortlos um und joggte hinüber zu der Wand.

»Deine Anweisung befolgt sie, meine nicht?«, hörte sie Chris murmeln.

»Wahrscheinlich, weil ich mich nicht wie ein völliger Idiot benehme«, antwortete Dave.

Larissa unterdrückte ein Grinsen. Sie musste ihre Meinung über Dave revidieren. Den Mistkerl nahm sie zurück. Aber manipulierend war er. Sie hielt jede Wette, er hatte erst angefangen mit ihr zu flirten, nachdem er gesehen hatte, dass Chris auf sie zukam.

Als Larissa sich ihrem Ziel näherte, sah sie das Mädchen. Sie saß an die Wand gelehnt, die Arme um die Knie geschlungen, die sie dicht an den Körper gezogen hatte. Den Blick hielt sie unveränderlich auf die anderen Mädchen geheftet, die noch immer durch die Halle joggten. Klein und schmutzig wie sie war, wirkte sie völlig fehl am Platz. Vermutlich war sie dunkelblond, aber durch die Schmutzschicht ihrer langen, verfilzten Strähnen war das nicht genau zu erkennen.

»Geh nicht näher ran.« Irehna stand plötzlich neben Larissa und deutete mit einer leichten Kopfbewegung auf das Mädchen. »Kaya mag es nicht, wenn man ihr zu nahe kommt.«

»Himmel hast du mich erschreckt.« Larissa fuhr zusammen. »Ich wusste nicht, dass du auch trainierst.«

»Das tue ich, aber nicht in dieser Gruppe. Ich gehöre nicht mehr zu den Anfängern«, gab Irehna, mit hörbaren Stolz in der Stimme zurück. »Kyle brachte mir bereits einiges bei.«

»Trainiert hier eigentlich jeder?«

Irehna zuckte die Schultern. »Nur die, die helfen wollen, die Clans zu bekämpfen«, sagte sie, als wäre das völlig selbstverständlich. »Oder lernen möchten sich zu verteidigen. Deshalb begleite ich Kaya zum Training. Nicht, dass sie teilnimmt, aber ich hoffe darauf, ihr bringt das Zuschauen schon etwas.«

»Erlaubt Dave es denn, dass du bei ihr bleibst? Ich dachte, er hält nichts von Zeitverschwendung.«

»Das klingt, als ob das Leben hier nur aus Arbeit bestehen würde.« Irehna lachte hell auf. »Jeder hat hier seine Aufgaben, aber die restliche Zeit kann man verbringen, wie auch immer man möchte. Außerdem«, unvermittelt wurde sie wieder ernst, »ist Kaya kein Kind, das unbeaufsichtigt sein sollte. Wir wechseln uns damit ab, auf sie acht zu geben.«

»Auch keines, das gerne duscht oder saubere Kleidung bevorzugt?«

»Es ist ihre Art sich zu schützen.«

Erstaunt durch den plötzlich harschen Ton Irehnas sah Larissa sie an.

Das Kinn kämpferisch vorgestreckt, die Lippen zusammengepresst, erwiderte Irehna ihren Blick.

»Ich wollte weder ihr noch dir zu nahe treten. Magst du es mir erklären, was mit ihr passiert ist?«

»Nichts, was du verstehen könntest.«

Larissa seufzte, sie brauchte dringend irgendetwas, was sie von den beiden Männern ablenkte, deren hitzige Debatte zu leise geführt wurde, als dass sie ihre Worte hätte verstehen können.

»Bitte Irehna, das alles hier ist neu für mich. Ich versuche, euch zu verstehen und mich anzupassen. Aber wie soll ich das, solange mir niemand etwas sagt. Ich weiß zu wenig über das Leben außerhalb der Oberschicht, um eure Abneigung begreifen zu können.«

»Und warum solltest du das jetzt ändern wollen?«

Larissa schwieg einen Moment. »Will ich nicht«, sagte sie zögernd. »Aber ich bin nun einmal hier und es sieht nicht so aus, als könne ich so schnell wieder gehen.«

Irehna betrachtete sie nachdenklich. »Kaya wuchs im Bordell auf. Das ist gar nicht so ungewöhnlich, wie es sich im ersten Moment anhören mag. Ab und an versagt der Verhütungschip, sei es aus hormoneller Veränderung oder mangelnder Aufmerksamkeit. «, begann sie dann leise. »Manchmal gelingt es einem Mädchen, ihre Schwangerschaft geheim zu halten und das Neugeborene zu verstecken. Der Zusammenhalt bei uns ist sehr stark. So ist es möglich, dass einige Kinder über Jahre hinweg verborgen unter uns leben.« Irehnas Stimme wurde immer leiser, bis sie sich ganz verlor.

»Aber nicht für immer?«, fragte Larissa nach einigen Sekunden.

Irehna blinzelte und schüttelte den Kopf. »Nein, früher oder später werden sie entdeckt. Manchmal denke ich, es wäre besser für sie, sie sofort nach der Geburt abzugeben. Aber niemand weiß, was mit den Kindern geschieht. Hast du von Säuglingen oder Kleinkindern gehört, die adoptiert werden?«

Es lag ein solch flehender Ausdruck in den Augen der jungen Frau, dass es Larissa die Kehle zuschnürte.

Behutsam legte sie Irehna eine Hand auf den Arm. »Ja«, sagte sie sanft. »Adoptionen sind selten, aber nicht unmöglich.«

Ein zaghaftes Lächeln huschte über die Züge der anderen. »Danke«, sagte sie schlicht, bevor sie wieder das Thema wechselte. »Kaya war keines der Kinder, die bei uns geboren wurden. Ihre Schwester hat sie mitgebracht. Weiß Gott wie es ihr gelungen ist, die Kleine zwischen dem armseligen Lumpenbündel zu verstecken und ruhig zu halten, aber sie hat es geschafft. Kaya war kaum drei Jahre alt damals. Ein stilles, friedliches Kind. Nun ja, still ist sie ja immer noch. Sie redet nicht, weißt du? Auf jeden Fall teilten wir unsere Nahrungsrationen mit ihr, verbargen sie, beschützen sie und lebten ständig in Angst, sie könne entdeckt werden.«

»Was wäre dann mit ihr passiert?«

Irehna zuckte die Schultern. »So niedlich wie sie war, hätte sie gute Chancen gehabt in ein Umerziehungslager zu kommen. Ich habe gehört, sie nehmen dort Kinder bis drei Jahre auf. Aber vielleicht wäre sie dazu auch schon zu alt gewesen und der Clan hätte sie in die Minen geschickt.«

»In die Berylliumminen? Sie lassen Kinder dort arbeiten?«

»Natürlich. Kleine Hände, zierliche Körper, sie kommen in die kleinsten Nischen. Du hast Cynthia gesehen?« Larissa nickte stumm, das Entsetzen verschlug ihr die Sprache. »Das ist es, was die Minen ihnen antun. Pures Beryllium ist toxisch. Es lagert sich im Körper an und verursacht früher oder später Tumore. Niemand verschwendet Schutzkleidung an Sklaven – und ich muss dir wohl nicht sagen, wie die medizinische Versorgung für Sklaven aussieht, oder? Verstehst du nun, warum viele die Bordelle den Minen vorziehen?«

»Es muss doch auch andere Möglichkeiten geben.«

»Nicht in der Unterschicht. Dort hast du nur eine Wahl. Entweder du verkaufst dich, um die Abgaben aufzubringen du wirst verkauft.«

Larissa starrte Irehna einen Moment lang an, bevor sie hinüber zur Wand ging und sich setzte. Sie zog die Knie an den Körper, umschlang diese mit den Armen und legte den Kopf darauf ab. Ihr war speiübel.

Alles was Chris gesagt hatte entsprach der Wahrheit. Wie war es möglich, dass sie nie etwas davon mitbekommen hatte? Wusste es ihr Vater? War er womöglich daran beteiligt? Und Lance? Wusste er auch Bescheid?

Eine Bewegung neben ihr ließ sie aufsehen. Irehna hatte sich neben sie gesetzt und betrachtete sie mit einem mitleidigen Ausdruck.

»Du hast gefragt«, sagte die junge Frau, als müsse sie sich entschuldigen.

Larissa ließ den Kopf wieder sinken und schwieg. In dem Augenblick begriff sie, was damit gemeint war, man sollte nur fragen, wenn man die Antworten auch wirklich wissen wollte.

Selbst als sie hörte, wie Dave das Training wieder aufnahm und die gleichmäßigen, dumpfen Laute wahrnahm, die darauf hindeuteten, dass die Mädchen nun an den Sandsäcken übten, sah Larissa nicht auf. Ihr ging zu viel im Kopf herum, was sie zu verstehen versuchte.

»Was wird getan, um diesen Kindern zu helfen?«

»Sie bekommen, was sie brauchen. Einen sicheren Unterschlupf, Nahrung, Kleidung, Unterricht und Training. Sie werden auf das Leben außerhalb der Basis vorbereitet. Mehr kann man nicht tun.«

Erst als Irehna antwortete, wurde sich Larissa darüber bewusst, dass sie die Frage laut ausgesprochen hatte.

»Sonst nichts? Gibt es keine Möglichkeit wie die Mädchen verarbeiten können, was ihnen widerfahren ist?«

»Ich weiß nicht, woran du denkst. Du wirst andere Dinge gewohnt sein, aber für uns ist das hier mehr, als wir uns je erträumt haben.«

»Nur lernen und trainieren reicht nicht aus. Was machen sie in der übrigen Zeit? Wo sind sie, wenn ihre Eltern arbeiten? Wie beschäftigen sie sich? Wer kümmert sich um sie?«

»Ich weiß es nicht«, erwiderte Irehna sichtlich verwirrt. »Viele der Kinder sind Waisen. Üblicherweise kümmern sich dann die Älteren um die Jüngeren.«

»Gut, dann frage ich jemanden, der es wissen muss.«

Von neuer Entschlossenheit erfüllt, stand Larissa auf und sah sich in der Halle um. Wie erhofft, war Chris noch hier.

Er stand in der anderen Ecke der Halle bei den Sandsäcken und half Dave dabei die Haltung der Schülerinnen zu korrigieren, wann immer es nötig war.

Irehna sagte etwas, aber Larissa hörte nicht mehr zu. Sie nahm kaum etwas anderes wahr außer Chris.

Mit den Augen folgte sie jeder seiner Bewegungen. Beobachtete das Spiel seiner Muskeln unter seinem Shirt, bewunderte die Art, wie er den Kopf schief legte, wenn er lachte, verlor sich in dem Anblick seiner Lippen…

Chris schien ihre Blicke zu bemerken, denn er sah auf. Ihre Blicke trafen sich und selbst aus der Entfernung konnte sie sehen, wie sich der Ausdruck auf seinem Gesicht änderte, abweisend wurde, kalt und verschlossen.

Erneut begann Larissas Puls zu rasen, wenn auch diesmal aus ganz anderen Gründen.

Sie würde sich, wieder einmal, bei ihm entschuldigen müssen, doch erst musste sie etwas anderes mit ihm klären. Allen Mut zusammennehmend, ging sie zu ihm hinüber.

Chris sah auf und begegnete Larissas Blick. Er fühlte ihn auf sich wie eine Berührung, die ihn wärmte, trotz der Entfernung, die zwischen ihnen lag. Eine Entfernung, die sich nicht in Metern oder Kilometern maß, sondern in Erziehung, Lebenseinstellung und Zielen, die gegensätzlicher nicht sein konnten.

Sie beherrschte seine Gedanken in jeder wachen Minute und oftmals auch, während er schlief. Aber das bedeutete noch lange nicht, dass er zuließ, sie könne dies auch mit seinen Gefühlen tun. Ja, er war gereizt, wann immer er mit ihr zusammentraf, aber konnte sie ihm das vorwerfen? Sie war stur bis an die Grenze des Erträglichen, egoistisch, verwöhnt und tat nichts lieber, als solange an seiner Selbstbeherrschung zu rütteln, bis diese unter ihm wegbrach wie eine instabile Brücke. Etwas, was er nicht zulassen durfte. Jeden anderen hätte er energisch in seine Schranken gewiesen. Larissa allerdings ... Gleichgültig, welches Licht das auf ihn warf, es gelang ihm einfach nicht, ihr dauerhaft böse zu sein. Vorsicht im Umgang mit ihr, argwöhnisch, wütend, ja. Aber jedes Mal, wenn er Enttäuschung in ihren Augen aufblitzen sah, versetzte es ihm einen Stich. Also versuchte er, es zu vermeiden sie zu enttäuschen. Was unter den gegebenen Umständen ein Ding der Unmöglichkeit war.

Als er sie jetzt auf sich zukommen sah, wappnete er sich innerlich für die nächste Auseinandersetzung.

»Kann ich dich kurz sprechen?«, fragte sie, als sie vor ihm stand.

Entgegen ihrer sonstigen Art, sah sie ihn nicht direkt an, sondern wich seinem Blick aus. Sie musste wirklich sauer sein.

»Wenn es um das Training geht ...«, begann er, doch sie unterbrach ihn sofort.

»Ich werde helfen, die Mädchen zu schulen, egal was du davon hältst«, verkündete sie, straffte und sah ihn nun doch an. Etwas in ihrem Blick hatte sich geändert.

Chris konnte es nicht genau benennen, aber sie wirkte auf eine merkwürdige Art erschüttert und entschlossen zugleich.

»Von mir aus kannst du währenddessen zwei Aufpasser vor die Tür stellen oder setz dich selbst davor«, fuhr sie fort. »Es ist mir gleich. Aber versuch nicht, mich davon abzuhalten.«

»Das werde ich nicht. Ich habe mich wie ein Idiot benommen. Dafür entschuldige ich mich.« Seufzend fuhr er sich mit der Hand durchs Haar. »Selbstverständlich steht es dir frei, mit Dave zu trainieren. Ich habe kein Recht mich einzumischen, egal was sich zwischen euch sonst noch ergibt.«

Sie stutzte. »Was sich zwischen uns noch ergibt?«

»Ich weiß, es geht mich nichts an. Aber …« Er brach ab, da er das Gefühl hatte, sich um Kopf und Kragen zu reden.

Ihre Augen verengten sich, doch dann lächelte sie und trat einen Schritt näher an ihn heran. »Er ist ein guter Freund von dir?«

Ihre Stimme legte sich wie ein weicher, beruhigender Umhang um ihn, so sanft war sie. Sie passte nur so gar nicht zu dem wütenden Funkeln in ihren Augen.

»Ja«, antwortete er vorsichtig.

Sie trat noch etwas näher. Legte ihm eine Hand auf die Brust. Allein diese kleine Berührung ließ seinen Atem stocken.

»Ich habe also deine Erlaubnis, etwas mit deinem Freund anzufangen? Egal was?«

Bei der Frage hob sie den Kopf ein wenig, sodass ihre Lippen nur noch Zentimeter von seinen entfernt waren.

Er wollte nicken, aber dann wäre er ihr noch näher gekommen. Schon jetzt konnte er den Blick nicht von ihrem Mund lösen. Die Versuchung, sie zu berühren war so gewaltig, dass seine Hand zuckte. Er konnte gerade noch verhindern, dass er ihre Wange streichelte.

Gott, er wollte ihre Haut unter seinen Finger spüren, wollte sie küssen, bis sie ebenso atemlos war wie er, wollte sie in seine Arme nehmen und nie wieder loslassen. Doch er tat nichts dergleichen.

»Ja«, wiederholte er nur.

»Das Bett in deinem Zimmer, erinnerst du dich daran, was dort vor vier Tagen passiert ist?«

Ihr Atem streifte seine Lippen. Er musste sich zwingen, nicht die Augen zu schließen. Das hätte die Bilder, die sie in seinem Kopf heraufbeschwor, nur noch plastischer gemacht.

»Ja«, stöhnte er und kam sich dämlich dabei vor, ständig nur dieses eine Wort zu sagen.

»Ich kann deine Hände noch auf mir fühlen«, raunte sie. »Weiß noch genau, wie du mich angesehen hast.«

»Ja?«

Der Stoß, den sie ihn versetzte, traf ihn völlig unvorbereitet und ließ ihn drei Schritte zurücktaumeln.

»Denkst du ernsthaft, ich würde etwas mit deinem Freund anfangen?«, fauchte sie. »Du erlaubst es mir? Was glaubst du, wer du bist, dass ich deine Erlaubnis brauche? Was denkst du, wer ich bin, dass ich mich sofort auf den Nächsten einlassen würde?«

»Ich dachte ... Ich wollte nur ...«, stammelte er.

»Es ist mir egal, was du wolltest. Jetzt hörst du mir zu. Ich kam hierher auf der Suche nach dir. Weil ich glaubte, da wäre etwas zwischen uns. Etwas so Großes, dass mir alle Konsequenzen egal waren. Wenn du das Dummheit nennen willst, dann tu das ruhig. Aber gib mir nicht die Schuld an deiner Unfähigkeit, mir zu glauben. Das ist dein eigenes Problem, also mach es nicht zu meinem. Ich kann dich nicht dazu zwingen, mir zu vertrauen. Nein«, sie hob die Hand, als er dazu ansetzte auch etwas zu sagen, »du lässt mich jetzt ausreden. Gerade wollte ich mich noch bei dir entschuldigen. Ich bin bereit, zuzugeben, dass ich dir vielleicht unrecht tue, was die Clans betrifft. Das bedeutet nicht, dass ich die Morde und Plünderungen gutheiße, aber ich kann nachvollziehen, warum du glaubst, das tun zu müssen.« Sie stockte, als könne sie selbst nicht glauben, was sie gerade gesagt hatte. »Was ich allerdings nicht zulassen werde ist, dass diese Kinder sich nocheinmal hilflos fühlen müssen. Wenn ich dazu beitragen kann, ihnen zu helfen, dann werde ich das tun. Also könnten wir bitte den ganzen Mist zwischen uns für einen Moment vergessen?«

Chris war außerstande, etwas zu sagen. Immer wieder hallten ihre Worte in ihm wieder: »*Noch immer kann ich deine Hände auf mir spüren ...*«

Das Eingeständnis brachte sein Herz dazu, schneller zu schlagen. Ihm war nur nicht klar, ob er sich darüber freuen sollte oder ob es ihm Angst machte. Sie sollte sich nicht derart an ihn binden.

Er hatte sich nie Gedanken darum gemacht, ob es eine Frau gab, die mit seinem Leben klar kam. Warum hätte er das auch tun sollen? Für Liebe gab es keinen Platz in seinem Leben. Letztendlich würde ihn das nur schwächen, behindern und dafür sorgen, dass er sein Ziel aus den Augen verlor. Wohin sollte so etwas führen? Zu einer Beziehung? Womöglich zu Kindern? Zu einem Haus auf dem Land, mit einem verdammten weißen Gartenzaun drum herum? Ganz sicher nicht. Nicht, solange es die Clans gab, die von einem Tag auf den anderen kommen und alles zerstören konnten. Er würde nicht noch einmal riskieren etwas zu verlieren, was er liebte. Oder jemanden.

»Chris?«

Er blinzelte, sah Larissa an und bemerkte, dass sie noch immer auf seine Antwort wartete.

»Du hast freien Zugang zu allen Trainingsbereichen, solange du dich in Daves Begleitung befindest.« An den letzten Worten erstickte er fast, auch wenn sie ihm gerade deutlich gemacht hatte, dass er sich in dieser Hinsicht wie ein kompletter Narr benahm. »Ich muss allerdings darauf bestehen, dass du dein Zimmer nur in Begleitung verlässt. Zumindest so lange, bis ich auf der Wohnebene einen Platz für dich gefunden habe«, fügte er schnell hinzu.

Sie dachte einen Augenblick über seine Worte nach, dann nickte sie. »Damit kann ich leben. Aber da ist noch etwas.«

Innerlich verdrehte er die Augen. Gab sie sich denn nie zufrieden? Aber nach seinem dämlichen Verhalten hüten er sich, sich seine Gedanken anmerken zu lassen.

»Was noch?«, erkundigte er sich lediglich knapp.

»Wo verbringen die Kids ihre Freizeit? Was tut ihr, um ihnen zu helfen, das was sie erlebt haben, zu verarbeiten?«

Chris sah hinüber zur gegenüberliegenden Wand und der kleinen Gestalt, die dort kauerte. Daher also kam der plötzliche Meinungsumschwung.

»Wir haben eine gute Therapeutin«, erwiderte er. »Aber da sie gleichzeitig auch eine unserer beiden Ärzte ist, hat sie nicht so viel Zeit für die Kinder, wie es notwendig wäre. Kaya steht auf der Warteliste.«

»Du bist so ein Idiot«, sagte sie.

Er stutzte und fragte sich, was er nun schon wieder falsch gemacht hatte.

»Ich studiere Medizin, schon vergessen? Ist dir auch nur die Idee gekommen, dass ich auf der Krankenstation vielleicht nützlich sein könnte?«

Er seufzte und rieb sich die Schläfen, hinter denen sich ein leichtes Pochen bemerkbar machte.

»Auch wenn du mir nicht glaubst, dieser Gedanke ist mir tatsächlich schon gekommen.«

»Aber?« Er sah sie nur an.

»Du traust mir nicht« Sie presste die Lippen zusammen und nickte.

»Es ist nicht so, dass ich es nicht wollen würde«, versuchte er zu erklären. »Aber ich kann kein Risiko eingehen.« Die Traurigkeit, die in ihrem Lächeln lag, schnitt ihm ins Herz. »Doch es gibt etwas anderes, was du tun könntest«, fiel ihm ein.

»Das wäre?«

»Komm mit.«

Er führte sie hinaus auf den Gang und von dort in einen Raum ein paar Türen weiter. Beinahe musste er über ihre offensichtliche Verwirrung lächeln, mit der sie sich in dem mit Gerümpel und Kästen vollgestopften Lagerraum umsah.

»Mein neues Zuhause?«, fragte sie mit ironischem Unterton.

»Fast«, entgegnete er. »Larn wollte hieraus einen Raum für die Kinder machen. Einen Platz, wo sie spielen und einfach nur Kinder sein können. Mein Bruder war der Meinung, dass sie zwar lernen müssten, sich zu verteidigen und das es nicht schadet, sie im Rahmen ihrer Möglichkeiten mithelfen zu lassen. Aber nicht vierundzwanzig Stunden am Tag.«

»Dein Bruder muss ein ganz besonderer Mensch gewesen sein.«

Er biss sich auf die Unterlippe und rieb sich über die Augen. Der Staub hier drinnen schien sie zu reizen. »Das war er.«

»Warum zeigst du mir das?«

Er zuckte die Schultern. »Du wolltest eine Aufgabe, hier hast du eine.«

»Das ist nicht dein Ernst.« Entsetzen lag in ihrem Blick, als sie ihn ansah. »Ich verstehe nichts von Kindern.«

»Sie sind Menschen wie du und ich. Nur kleiner.« Er grinste. »Oder fürchtest du, der Aufgabe nicht gewachsen zu sein?«

Er selbst fand seine Idee ideal. Sollte er mit seinem Verdacht Larissa betreffend Recht haben, würde es kaum etwas geben, was sie von den Kids erfahren könnte.

Irrte er sich hingegen, was er immer mehr hoffte, hätte sie eine Beschäftigung, die sie forderte, aber gleichzeitig aus dem unmittelbaren Gefahrenbereich heraus hielt.

»Wie soll ich aus diesem Abstellraum einen Ort machen, an dem sich Kinder wohlfühlen?«

»So viel ist gar nicht nötig. Ein wenig Farbe an den Wänden, ein bisschen Spielzeug, ein paar Stoffreste. Bänder, Klammern, Schleifen. Jedes Mädchen spielt gerne verkleiden, oder? Mit wem würden sie lieber Prinzessinnen spielen als mit dir? Sollten sie aber keine sein wollen, dann lass sie eben Kriegerinnen sein.«

Sie verdrehte die Augen. »Du sagst das, als wäre es die einfachste Sache der Welt.«

Daran, wie sie bei ihren Worten den Blick umherschweifen ließ, erkannte er, dass sie in Gedanken bereits dabei war, die Möglichkeiten zu planen, die der Raum bot. Erleichtert atmete er auf. Er hatte sie also richtig eingeschätzt. Schwierige Aufgaben, egal welcher Art, forderten sie heraus.

»So schwer ist das nicht«, antwortete er. »Ich schick dir ein paar Männer, die den ganzen Kram hier raus räumen, du schnappst dir …«, verdammt, *sie kannte hier ja niemanden außer …*»Irehna und fängst einfach mal an?«

Sie fuhr zu ihm herum. »Es wäre mir lieber, ich könnte allein mit Irehna und vielleicht Kyle hier Ordnung schaffen.«

»Wie du möchtest«, stimmte er ihr zu. »Ihr könnt das ganze Zeug durchsehen. Was ihr braucht, behaltet,. Alles andere schafft ihr hinüber in die Trainingshalle. Irgendjemand wird es auf jeden Fall benötigen.«

Sie nickte, wandte sich um und ging zur Tür.

»Wohin willst du?«

»Irehna holen. Wenn du meinst, ich könne auf dem kurzen Weg irgendeinen Schaden anrichten, begleite mich ruhig.«

Er unterdrückte einen Fluch, sowie dem Impuls ihr nachzulaufen. Vertrauen sollte mit kleinen Schritten beginnen. Im selben Augenblick fragte er sich, wann er eigentlich beschlossen hatte ihr zu glauben.

Kapitel 9

Am Abend war Larissa zu Tode erschöpft von der ungewohnten Arbeit und den Ereignissen des Tages. Dave hatte sie erneut gezwungen, in der Kantine das Abendessen einzunehmen, wobei die Atmosphäre ebenso unangenehm gewesen war, wie schon am Mittag. Allerdings erfolgten dieses Mal weder verbale noch körperliche Angriffe.

Selbst Rayen warf ihr lediglich böse Blicke zu, wenn sie ihm zufällig begegnete, was Larissa als Fortschritt wertete.

»Die Lage beruhigt sich langsam«, bestätigte Dave, als sie ihn einige Tage später darauf ansprach. »Mir war klar, dass es nicht lange anhalten würde.«

»Kann ich dich etwas fragen?«, begann sie, als Dave sie später zu ihrem Zimmer brachte.

»Ja klar.«

»Warum hast du mir von Anfang an geglaubt und warst nett zu mir?«

Er kräuselte kurz die Lippen, während er über ihre Frage nachdachte.

»Ganz ehrlich? Ich hielt dich für eine verzogene Göre und wollte dich loswerden. Daran, dass du spionierst, glaubte ich nicht eine Sekunde. Dazu hast du dich zu dämlich angestellt.«

»Na vielen Dank auch«, erwiderte sie sauertöpfisch.

Er lachte. »Frag nicht, wenn du es nicht wissen willst. Sieh es mal positiv: Wäre es anders gewesen, würdest du immer noch in deinem Zimmer hocken und uns auf die Nerven fallen.«

Unnötig zu erwähnen, wen er meinte. Larissa vermied die Erwähnung seines Namens, ebenso wie Dave.

»Du bist stur wie ein Muli«, fuhr Dave fort, »aber genau deshalb beißt du dich durch. Du hast ein Kämpferherz, Prinzessin. Du gibst nicht auf, wenn du dir einmal was in den Kopf gesetzt hast. So etwas beeindruckt mich.«

»Danke« Sie war überrascht von seiner Einschätzung, konnte aber nicht leugnen, dass sie sich darüber freute.

»Das ändert nichts daran, dass du nervig bist«, brummte er.

Sie kannte ihn mittlerweile gut genug, um zu wissen, dass er nicht einfach zugeben konnte, dass er sie mochte, ohne ihr gleichzeitig einen Dämpfer zu versetzen. Er war wirklich ein überzeugter Anhänger der *Zuckerbrot und Peitsche* Philosophie.

Letztendlich entwickelte sich Larissas Tagesablauf so arbeitsintensiv, dass sie keine Zeit mehr hatte, sich Gedanken darüber zu machen, wie Chris oder die anderen Bewohner der Basis auf sie reagierten.

Die Vormittage verbrachte sie zusammen mit Irehna damit, das Spielzimmer herzurichten. Sie schleppten Kisten, wühlten sich durch Unmengen an altem Plunder, der ebenso schnell verschwand, wie sie ihn in die Trainingshalle schafften, förderten eine kleine Menge an Spielzeug zutage und strichen Wände.

Nach einem schnellen Mittagessen half sie Dave beim Training der Anfängergruppen, um danach wieder mit Irehna und Kyle im Kinderraum zu arbeiten.

Irehna war eindeutig entzückt, so viel Zeit mit Kyle verbringen zu können. Auch der junge Krieger schien die Anwesenheit der jungen Frau zu genießen.

Larissa hingegen versuchte, jeden Gedanken an Chris zu verbannen. Durch die ungewöhnliche Wohnsituation ließ es sich nicht vermeiden, ihm zu begegnen. Also gewöhnte sich Larissa an, erst sehr spät zurück in ihr Zimmer zu gehen, in der Hoffnung, er schliefe dann bereits, sodass sie sich ungesehen an ihm vorbeischleichen könne.

Auch heute ging es bereits auf Mitternacht zu, aber Larissa war noch immer bei der Arbeit. Zufrieden sah sie sich in dem Raum um. Die Wände waren gestrichen. Farbige Decken und ein Haufen Kissen auf dem Boden luden zum Kuscheln ein. Die Spielecke war eingerichtet, ebenso der kleine Umkleidebereich, den Irehna sich gewünscht hatte. Kyle und Irehna waren schon vor geraumer Zeit verschwunden, worüber Larissa nicht böse war. Sie gönnte Irehna jede unbeobachtete Minute mit dem jungen Krieger. Sie wollte gerade damit beginnen, die Decken samt Kissen in einer Ecke des Raumes aufzuschichten, als Dave zusammen mit einem ihr unbekannten Mann ein wahres Ungetüm von einem Schreibtisch in den Raum schleppte.

»Was bitte ist das?«, entfuhr es ihr ungläubig.

»Ein Schreibtisch.«

»Ach? Das sehe ich selbst. Was soll ich mit dem Ding?«

Dave grinste. »Eines nicht allzu weit entfernten Tages wirst du mir sehr dankbar dafür sein, einen Platz zu haben, der deutlich *Lasst mich in Ruhe schreit*, sobald du dich dahinter versteckst.« Er wartete, bis sein Begleiter sich verabschiedet hatte, bevor er sich erneut an Larissa wandte, die immer noch misstrauisch den riesigen Holztisch betrachtete. »Du bist fertig für heute?«

»Eigentlich wollte ich noch …« Sie brach ab, als er die Augen verdrehte. »Du hast eine Verabredung?«, schlussfolgerte sie.

»Ja.« Er zuckte gleichmütig mit den Schultern. »Es wäre schön, zur Abwechslung im Bett bleiben zu können, anstatt irgendwann wieder aufstehen zu müssen, um dich einzusammeln.«

»Wird dir der Babysitterjob langsam doch zu anstrengend?«

Er schnaube abfällig. »Quatsch, entgegen meiner anfänglichen Befürchtung bist du nicht halb so unerträglich wie vermutet. Aber ich wäre dir dankbar, wenn wir jetzt gehen könnten.«

»Sie muss ja etwas ganz Besonderes sein, so ungeduldig, wie du bist.« Larissa lachte, als er missmutig das Gesicht verzog.

»Ich bin nur nicht so dämlich wie andere, die sich aus lauter Sturheit gegenseitig das Leben schwer machen. Nur weil sie sich nicht eingestehen können, was sie füreinander empfinden.«

Larissas Lachen verstummte. »Wie meinst du das?«

»Es wäre nicht nötig, dass ich dich jeden Abend abhole. Zumindest nicht, wenn ein gewisser Trottel über seinen Schatten springen würde. Dafür müsste ein anderer Sturkopf allerdings zugeben, im Unrecht zu sein. Da ich aber sterben werde, bis das passiert, vergisst du am besten, dass ich überhaupt etwas gesagt habe.«

»Darüber solltest du keine Witze machen.«

»Worüber? Über Trottel und Sturköpfe?«

»Nein, das ist ein Thema, das ich bestimmt nicht mit dir besprechen werde.«

»Solltest du vielleicht. Kommt mir vor, als wären da zwei Idioten verdammt festgefahren in ihren Ansichten. Aber okay«, er hob beschwichtigend die Hände, als Larissa den Mund öffnete, um ihm deutlich zu sagen, was sie von seiner Einmischung hielt, »das Ganze geht mich nichts an. Falls du aber meine Bemerkung übers Sterben meinst, lass dir gesagt sein, dass ich dem Tod zu oft ins Gesicht gesehen habe, um ihn nicht zu verspotten.« Unvermittelt wurde er ernst. »Jedes Mal, wenn ich raus gehe, sehe ich ihn. Ebenso wie die, die mich begleiten. Nicht jeder kommt wieder mit mir zurück. Wenn schlechte Witze meine Art sind, damit umzugehen, dann lass mich. Außerdem sehe ich auch das Positive. Diese Art Leben bewirkt zumindest, dass ich nicht unnötig Zeit verschwende. Wenn es etwas oder jemanden gibt, was mir nicht mehr aus dem Kopf geht, dann sage ich das klar und deutlich. Zumeist bekomme ich dann auch, was ich will.«

»Dave, ich ...«

»Spar dir deine Worte, Prinzessin. Ich hab nicht vor, mit dir zu streiten. Mich erwartet Besseres.« Anzüglich hob er eine Braue. »Also hopp hopp, ich hab noch was vor.«

»Du bist anmaßend.«

Er legte theatralisch die Hand auf sein Herz. »Deine spitze Zunge verletzt mich wirklich. Fast könnte man meinen, du bist eifersüchtig.«

»Davon träumst du auch nur.«

»Wovon du träumst, ist offensichtlich.«

»Was muss ich tun, damit du endlich die Klappe hältst?«

»Deinen Hintern endlich in Bewegung setzen?«

Larissa verdrehte die Augen, tat ihm aber den Gefallen.

Auf dem Weg zu ihrem Zimmer schwiegen sie beide. Das lag zum einem daran, dass Larissa erst jetzt bemerkte, wie müde sie war, zum anderen daran, dass ihr Daves Worte nicht mehr aus dem Kopf gingen.

Durch ihren vollgepackten Tagesablauf hatte sie völlig verdrängt, was die eigentliche Aufgabe der Menschen hier war. Das Gefühl, endlich etwas Sinnvolles zu tun, wirklich etwas bewirken zu können, hatte sie so beschäftigt, dass sie nicht weiter darüber nachgedacht hatte wobei sie hier half. Ebenso wenig darüber, auf welche Weise sich die Rebellen die Dinge besorgten, die sie selbst nicht herstellen konnten.

»Geht ihr oft raus?«, erkundigte sie sich zögernd.

»Hin und wieder.«

»Und es ist immer gefährlich?«

»Mal mehr, mal weniger.«

»Wie oft passiert es, dass nicht alle zurückkommen?«

»Zu oft.«

Larissa blieb stehen, seufzte tief und sah Dave direkt in die Augen. »Ich möchte keine Einzelheiten. Ich will auch nicht wissen, was genau ihr tut«, sagte sie ernst. »Ganz gewiss möchte ich nicht spionieren, aber ...«

Sie brach ab und biss sich auf die Lippen. Es konnte doch nicht so schwer sein, die eine Frage zu stellen, die sie mehr interessierte, als alles andere.

»Ja«, bestätigte Dave ihre unausgesprochene Befürchtung. »Chris geht mit hinaus, wann immer es möglich ist.«

Für einen kurzen Moment blieb ihr die Luft weg. »Ich weiß nicht, ob ich das akzeptieren kann«, gestand sie.

»Was? Dass er kämpft? Das weißt du schon einige Tage.«

»Nein«, zwang sie sich, an dem dicken Kloß, der mit einmal in ihrem Hals saß, vorbei zu würgen. »Dass er dabei sterben könnte.«

Dave erwiderte nichts darauf. Vielleicht, weil es nichts gab, was er hätte sagen können.

Larissa zwang sich weiterzugehen, bis sie zu der Tür ihres Zimmers kamen. Als Dave dort anklopfen wollte, hielt sie ihn noch einmal zurück.

»Ich hab ihm nie gesagt, dass ich ihn verstehe«, bekannte sie leise.

»Dann wäre heute ein guter Tag, das nachzuholen.«

»Ist er da?«

»Vermutlich.«

Beinahe hätte sie Dave erneut zurückgehalten. Aber da hatte er schon geklopft. Als keine Antwort kam, stieß Larissa erleichtert den Atem aus. Chris war also noch nicht wieder in seinem Zimmer.

Dave gab stumm den Zifferncode ein und öffnete die Tür. Überraschend sanft schob er sie vorwärts.

»Nun geh schon. Wenn er kommt, was schadet es, ein bisschen umgänglich zu sein? Er beißt nicht.« Er grinste, schob sie vollends in den Raum und schloss die Tür von außen.

Larissa atmete erleichtert aus, als das Zimmer im gedämpften Licht verlassen vor ihr lag. Nicht, dass sie etwas anderes erwartet hätte. Dennoch, ein winziger Teil von ihr war enttäuscht Chris nicht zu sehen.

Sie war müde, durcheinander und unruhig. Letzteres war einzig Dave zuzuschreiben, der ihr viel zu deutlich gemacht hatte, wie vergänglich das Leben sein konnte.

Sie sehnte sich nach ein wenig Gesellschaft. Nach jemanden, mit dem sie reden konnte. Jemanden der ihr zuhörte, dem sie von ihren Bedenken berichten konnte.

Wieder einmal vermisste sie Lance. Sicher würde er all das hier nicht gutheißen. Nicht den Widerstand, nicht diese kleine, unsinnige Rebellion und ganz sicher nicht ihre Beteiligung daran. Aber er würde ihr zuhören. Nachdem sie fertig wäre mit ihrem Bericht, hätte er gesagt, alles wäre nur halb so schlimm und ihr dann den Kopf zurechtgerückt. Unvermittelt traten ihr Tränen in die Augen. Himmel, sie vermisste ihn.

Das Geräusch einer sich öffnenden Tür ließ Larissa zusammenzucken und riss sie aus ihren Gedanken. Chris stand vor ihr. Mit nichts weiter am Leib, als einem Handtuch, das er sich um die Hüften gewickelt hatte. Offensichtlich kam er gerade aus der Dusche.

»Entschuldige«, murmelte er. »Ich wusste nicht, dass du so früh zurück sein würdest. Der Tag war anstrengend und ich wollte nicht die Dusche in dem Trainingsraum benutzen.«

Der Trainingsraum, der nur wenige Türen von dem Ort entfernt lag, wo sie sich den ganzen Abend lang aufgehalten hatte. Er ging ihr also wirklich aus dem Weg. Schnell blinzelte Larissa die Tränen fort, die ihr noch immer in den Augen standen. Sie wollte sein Mitleid nicht. Doch anscheinend hatte sie es nicht schnell genug getan, denn Chris sah sie forschend an.

»Ist etwas passiert?«

Sie wollte es nicht, aber die Besorgnis in seiner Stimme tat ihr gut.

Trotzdem schüttelte sie den Kopf. »Nur müde«, nuschelte sie.

Er trat einen Schritt näher, legte den Kopf schief und warf ihr einen prüfenden Blick zu. »Irgendetwas stimmt doch nicht mit dir. Was ist geschehen?«

Sie konnte nicht antworten, da sie viel zu fasziniert von seinem Anblick war. Sein Haar war noch feucht. Wassertropfen sammelten sich zu kleinen Rinnsalen, perlten an seiner Brust herab. Larissa konnte nicht wegsehen. Es war falsch. Falsch und völlig unangemessen, aber sie konnte den Blick nicht von ihm abwenden. Augenblicklich beschleunigte sich ihr Herzschlag. Unwillkürlich zog sie scharf den Atem ein, während sie den Weg der Tropfen über Chris' muskulöse Brust und den flachen Bauch verfolgte, bis sie in dem Stoff des Handtuchs versanken. Sie schluckte und zwang sich, nicht weiter seine Hüften anzustarren. Als sie den Blick hob, sah sie direkt in seine Augen, in denen es aufblitzte. Wann war er ihr so nahe gekommen?

»Larissa …« Seine Stimme so rau, dass sie schauderte.

Sie sah die Sehnsucht in seinen Augen, die Besorgnis, aber auch das Verlangen, das er ebenso rasch wieder unterdrückte, wie es aufgekommen war.

Sie ertrug diesen Blick nicht. Weder die Verlockung, die darin lag, noch die wohltuende Besorgnis. Er trieb ihr die Luft aus den Lungen und die Hitze in die Wangen. So senkte sie den ihren wieder, nur um es im selben Augenblick zu bereuen.

Sie hielt den Atem an, als sie bemerkte, dass er hart war. Bereit für sie, um ihr auf jede erdenkliche Art zu dienen.

Dennoch rührte Chris sich nicht von der Stelle.

Sein Atem hatte sich beschleunigt, aber ansonsten ließ er ihre Musterung völlig regungslos über sich ergehen.

Hätte er anders reagiert, nur eine kleine Bewegung gemacht, vielleicht hätte sie die Flucht ergriffen.

So aber hob Larissa die Hand, um sanft über die Narbe an seinem Oberarm zu streichen. Wagte es zum ersten Mal diese Zeichen seines Kampfes zu würdigen, von dem unsinnigen Bedürfnis erfüllt, ihm Linderung zu verschaffen, von etwas, was schon längst verheilt war.

Er stieß die Luft mit einem leisen Zischen aus, rührte sich aber noch immer nicht.

So wurde sie mutiger. Strich ihm über die Brust, über die lange, verblasste Linie an seinem Bauch, über die harten Bauchmuskeln.

Der unterdrückte Laut, den Chris daraufhin ausstieß, ging ihr durch und durch.

Wieder hob sie den Blick. Erkannte neben seinem Verlangen auch seine Vorsicht. Sie wollte ihn nicht vorsichtig. Sie wollte ihn fordernd, stark, wild. Wollte ihn stöhnen hören, seinen Atem auf ihrer Haut spüren, seine Hände erneut auf ihrem Körper.

»Erinnerst du dich, was ich dir vor ein paar Tagen in der Trainingshalle sagte?« Mit glühenden Augen nickte er. »Ich möchte es wieder spüren«, flüsterte sie. »Ich möchte deine Hände auf mir. Deine Wärme, deine Berührungen.«

»Larissa ...«

»Ich weiß«, raunte sie. »Wir sollten das nicht tun.«

»Wir wissen beide, wie es endet«, wandte Chris heiser ein.

»Vielleicht nicht.« Ihre Stimme war kaum mehr als ein Hauch. »Vielleicht brauchen wir beide genau das, damit diese Anziehung zwischen uns vergeht? Damit ich endlich aufhören kann an dich zu denken.«

Aufstöhnend zog er sie an sich.

Sie schloss die Augen, als sie seine nackte Brust an ihrem Arm spürte. Es fühlte sich so gut an. Warm, sicher, vertraut.

»Ich weiß nicht, was das zwischen uns ist«, hörte Larissa ihn nahe an ihrem Ohr murmeln. »Ebenso wenig weiß ich, ob ich das will oder wie ich damit umgehen soll. Ich weiß nur, dass du in meinem Kopf bist. Mir unter die Haut gehst, bis ich an nichts anderes mehr denken kann als daran, wie sehr ich dich will. Auf jede erdenkliche Art. Ich will dein Lachen hören, will dich in Sicherheit wissen, will, dass es dir gut geht.«

»Was immer es ist. Diese ... Sache zwischen uns«, wisperte sie und dachte gleichzeitig, *Sache klang gut. Wie etwas ohne tiefere Bindung, ohne Verantwortung. Wie etwas, was einen nicht verletzen konnte.* »Ich will nicht, dass es aufhört.«

»Dann lass zu, dass es andauert, so lange wie es eben anhält.«

Die Sehnsucht in seiner Stimme nahm ihr den Atem, sodass sie nur nicken konnte.

Als Chris ihren Hals küsste, beschloss sie, dass es unwichtig war, was dem hier folgte. Was zählte war einzig das Hier und Jetzt.

Es dauerte, bis seine Hände zum Saum ihres Shirts wanderten. Während er den Stoff langsam höher schob, versuchte Larissa, sich auf seinen Mund zu konzentrieren, der mit unglaublicher Behutsamkeit den ihren eroberte. Als er ihr das Kleidungsstück über den Kopf zog, spürte sie die kühle Luft auf ihren Brüsten, während eine Fingerspitze über ihren Hals glitt. Langsam wanderten seine Finger tiefer, umkreisten neckend ihre Brustwarze.

Ihre Knie begannen zu zittern, aber er hielt sie. Küsste jeden Zentimeter ihrer nackten Haut, während er ihre Hose öffnete, sich vor sie kniete, um den Stoff sanft hinunter zu schieben. Seine Lippen folgten der Bewegung, bis sie nach Luft rang.

Er stand auf, hob sie hoch und trug sie hinüber zu der Sitzecke, auf die er sie niederlegte. Chris streichelte ihr Haar, so langsam, so behutsam, als habe er Angst sie zu zerbrechen, wenn er auch nur eine Winzigkeit fester zufasste. Seine Finger glitten durch ihre langen Strähnen, während sein Blick den ihren suchte. Als er darin Einverständnis las, weil es nichts anderes gab, was sie in diesem Moment fühlte, biss er ihr sanft in die Lippen.

Larissa fühlte eine beinahe schmerzliche Lust in sich aufsteigen, als er erneut ihren Hals liebkoste und auf dem Weg hinunter zu ihren Brüsten an ihrem Schlüsselbein entlang knabberte. Sie hob den Kopf, beobachtete wie seine Zunge einen Nippel umkreiste, bevor er ihn in den Mund nahm. Während er daran saugte, glitt seine Hand an der Innenseite ihres Oberschenkels entlang.

Larissa wand sich unter ihm, der Atem verließ stoßweise ihre Lungen.

Chris stöhnte. Sie fühlte seine Brust an der ihren vibrieren und dann, endlich, war er in ihr. Als er anfing sich zu bewegen, hörte sie auf zu denken.

Später, sehr viel später, lag er ermattet auf ihr. Träge streichelte sie seinen Rücken.

»Ich erdrücke dich«, murmelte er, wollte sich von ihr hinunterrollen, aber sie hielt ihn fest.

»Es geht schon«, wisperte sie.

Um nichts auf der Welt wollte sie, dass er sich jetzt schon von ihr entfernte. Seine Nähe war beruhigend, seine Wärme hüllte sie ein, das leichte Auf und Ab ihrer Hand auf seinem Rücken beruhigte sie.

Sie seufzte enttäuscht, als er sich trotzdem von ihr zurückzog. Gab dann aber einen zufriedenen Laut von sich, als er dicht neben ihr liegen blieb, den Kopf noch immer auf ihre Brust gebettet. Sein Atem ging gleichmäßig und hüllte sie ein, in eine Woge der Behaglichkeit.

Larissa wusste, sie sollte aufstehen und gehen. Sollte sich in ihr eigenes Bett zurückziehen und ihn schlafen lassen. Aber noch wollte sie das hier ein wenig genießen. Auch wenn diese Nähe vielleicht zu viel war, für eine *Sache* ohne weitere Verpflichtung.

»Ich wünschte, es könnte immer so sein«, hörte sie sich sagen und war entsetzt, den Gedanken laut ausgesprochen zu haben.

Doch Chris widersprach nicht, sondern gab einen zustimmenden Laut von sich.

»Und ich wünschte, ich könnte dir geben, was du brauchst«, murmelte er dann so leise, dass sie sich anstrengen musste, um ihn zu verstehen.

»Das tust du«, erwiderte sie ebenso leise.

Er schüttelte den Kopf. »Du brauchst mehr als das hier. Mehr als die Illusion von Sicherheit.«

»Nicht im Augenblick«, sagte sie und biss sich auf die Lippen, um nicht noch mehr zu sagen.

Denn in diesem Moment wurde ihr klar, dass sie ihn liebte.

Es war sein eigensinnig vorgestrecktes Kinn, die dunklen, schmalen Augenbrauen und seine volle Unterlippe. Es waren diese unglaublich grünen Augen, das dichte Haar, das in verschiedenen Brauntönen schimmerte, die goldbraune Haut und sein muskulöser Körper. Es war die Art, wie er lachte, der Ausdruck auf seinem Gesicht, wenn er sie ansah und seine Bemühung, ihr stets das zu geben, was sie brauchte. Es waren die Narben in seinem Inneren, die er so sehr zu verbergen versuchte, seine Sturheit und die Überzeugung, mit der er sich für das einsetzte, woran er glaubte. Denn all das war es, was ihn ausmachte.

»Ich wünschte, ich könnte dir mehr bieten,« wiederholte Chris, hob den Kopf und sah sie an. »Ich will ein Haus auf dem Land, mit einem verdammten weißen Zaun drum herum und einem Garten davor. Ich will Ruhe und Sicherheit. All das will ich zusammen mit dir.«

Larissa stockte der Atem unter der Eindringlichkeit seiner Worte. Die Kehle wurde ihr eng durch die Sehnsucht in seiner Stimme.

»Du könntest aufhören zu kämpfen«, erwiderte sie nach einem kurzen Zögern. »Lass uns einfach gehen und all das ist möglich.«

Für einen kurzen Moment glaubte sie, er würde zustimmen, auch wenn sie wusste, dass er ein solches Leben zwar herbeiwünschen, aber niemals würde führen können.

»Ich kann nicht«, bestätigte er auch schon ihre Gedanken.

»Du musst nicht bei den Kämpfen dabei sein. Sie können das auch ohne dich tun.«

»Du verstehst nicht. Ich wurde mein ganzes Leben lang darauf vorbereitet, ihr Anführer zu sein.«

»Aber du schickst deine Leute in den Tod. Ich will ... ich kann nicht dabei zusehen, wie du dein Leben riskierst.«

»Anführer zu sein bedeutet mehr, als den Leuten zu sagen, was sie tun sollen« Er seufzte leise. »Wir befinden uns im Krieg, ob du es wahrhaben willst oder nicht. Als Anführer muss man Verluste einkalkulieren. Man verlangt von seinen Leuten, dass sie da rausgehen, kämpfen, notfalls sterben. Aber man muss auch bereit sein, dasselbe zu tun. Man muss jemand sein, für den andere bereit sind, ihr Leben zu opfern.«

Zum ersten Mal nahm sie seine Worte ohne Widerspruch hin und küsste ihn mit einer Verzweiflung, von der sie nicht einmal geahnt hatte, dass sie da war. Dann stand sie auf und ging in ihr Zimmer.

Keine Verpflichtungen, sagte sie sich, *keine Bindung, keine Reue.* Wenn dies die einzige Art war, mit der sie ihn haben konnte, dann würde sie das akzeptieren.

Als Larissa am nächsten Morgen ihr Zimmer verließ, sah sie als erstes Chris, der gerade zur Tür hinaus wollte.

Als er sie hörte, erstarrte er kurz, wandte sich um und lächelte sie flüchtig an, ohne ihr in die Augen zu sehen. Sofort war sie wieder da. Die verhasste Befangenheit zwischen ihnen.

»Hör zu«, sagte er, als er die Tür für sie öffnete, »was heute Nacht betrifft ...«

»Ich weiß schon«, unterbrach sie ihn rasch, wobei sie sich bemühte, sich nicht anmerken zu lassen, wie eng sich ihre Kehle anfühlte. »Es war nur, um den Kopf freizubekommen. Keine große Sache.«

Er runzelte die Stirn, schien etwas sagen zu wollen, schwieg dann aber doch und nickte nur. Erst als sie bereits ein Stück den Flur entlang gegangen waren, richtete er wieder das Wort an sie.

»Wie kommt es, dass du plötzlich so ... verständnisvoll bist?«

»Bin ich das?«

Chris nickte. »Eigentlich habe ich spätestens heute Morgen mit einer weiteren Auseinandersetzung gerechnet«, gab er zu.

Larissa musste sich eingestehen, dass seine Befürchtung nicht von ungefähr kam. »Bedank dich bei Dave.«

Er warf ihr einen misstrauischen Blick zu, der sie mehr traf, als jedes Wort es hätte tun können.

»Was hat er dir gesagt?« Seine Stimme klang um einiges schärfer als zuvor.

»Er machte mir nur klar, wie schnell hier alles vorbei sein kann. Dass es verschwendete Zeit ist, gegen etwas anzukämpfen, nur weil man sich nicht eingestehen will, dass man es unbedingt haben möchte.«

»Was wäre es denn, was du unbedingt möchtest?«

Larissa verharrte mitten im Schritt und sah ihn an. Konnte er wirklich so begriffsstutzig sein?

»Dich«, entfuhr es ihr.

Sie bereute es noch in derselben Sekunde, als sie sah, wie sein Blick abweisend wurde. Unvermittelt lag die bereits vertraute Vorsicht wieder in seinen Augen

»Mich? Warum? Ich habe nichts, was ich dir anbieten könnte.«

Sie schüttelte ungläubig den Kopf.

»Ich will nicht, dass du mir irgendetwas anbietest. Du hast mir Unterschlupf gewährt, als ich ihn brauchte. Hast mir eine Aufgabe gegeben, bietest mir Trost, wenn ich ihn benötige. Das ist mehr als genug.«

»Das ist es, was du von mir willst? Trost?«

»Wärst du denn bereit mir mehr zu geben?«

Er sah sie an und seine Züge wurden weich.

»Was stimmt denn nicht mit dir, dass ich dir so viel bedeute.«

Sie zwang sich zu einem Lächeln und musste schlucken, bevor sie antwortete: »Was stimmt mit dir nicht, dass du das nicht begreifen kannst? Versprichst du mir was?«

In seinem Nicken lag so viel Argwohn, dass sie blinzeln musste, um die Tränen, die in ihren Augen brannten, nicht sichtbar werden zu lassen.

»Misstrau mir, wenn du musst«, fuhr sie fort. »Weise mich zurück, wenn du glaubst, es wäre besser so. Aber tu das nicht meinetwegen. Ich bin kein Kind mehr. Ich weiß, was ich will. Ebenso, was ich brauche. Entscheide nicht für mich. Weder bei dem, was ich tun darf, noch bei dem, was ich empfinden sollte. Denn das geht dich nichts an.«

Irgendwas in seinem Blick erlosch, während er hörbar ausatmete. »Na schön, versprochen.«

Sie nickte knapp und sie setzten ihren Weg in die Kantine schweigend fort.

Bereits nach wenigen Metern fühlte es sich so an, als hätte es die letzte Nacht nicht gegeben.

Kapitel 10

Das Training war anstrengend, aber es erfüllte Larissa auch. Das Gefühl, ihren Tag mit sinnvollen Tätigkeiten zu verbringen, befriedigte sie. Das machte es ihr leicht, den Hintergrund ihres Aufenthaltes in der Basis auszublenden.

Während des heutigen Trainings demonstrierte sie zusammen mit Dave, wie ihre Schüler einen Angreifer auf Abstand halten und ihn zu Fall bringen konnten, um die Gelegenheit zur Flucht zu nutzen. Diese Demonstration brachten Larissa ein paar blaue Flecken, aber auch bewundernde Blicke der Mädchen ein.

So war sie entsprechend gut gelaunt, als sie nach der Stunde zusammen mit Dave die Matten zusammenräumte. Dabei fiel ihr Blick auf Kaya, die wie üblich, in der Nähe der Tür am Boden kauerte.

»Worauf wartet sie noch?«, fragte sie Dave. »Das Training ist schon längst vorbei.«

»Darauf, dass eine ihrer unzuverlässigen Betreuerinnen sie abholt«, knurrte er gereizt, »Kaya gehört nicht unbedingt zu den beliebten Kindern. Zu klein, zu merkwürdig, zu schmutzig. Da wird sie gerne mal von ihrer jeweiligen Betreuung vergessen. Ich werde mit Irehna reden. Vielleicht weiß sie jemanden, der zuverlässig genug ist und mit Kaya zurechtkommt.«

»Irehna hat zurzeit andere Dinge im Kopf«, meinte Larissa mit einem leichten Lächeln, das Dave zum Grinsen brachte.

»Sie ist immer noch hinter Kyle her?«

»Ist das auch schon wieder etwas, was jeder hier mitbekommen hat?«

Er lachte. »Wo es wenig Unterhaltung gibt, ist Klatsch der beste Zeitvertreib. Ist ja auch nicht zu übersehen, wie sie ihn anhimmelt. Wundert mich, dass er es noch nicht bemerkt hat.«

»Oh, ich denke er weiß es ganz genau. Er traut sich nur nicht.«

Fragend sah Dave sie an.

»Altersunterschied«, sagte Larissa nur.

»Idiot«, brummte Dave.

»So kann man es wohl ausdrücken.«

Larissa grinste. Dann, mit einem Blick auf Kaya, wurde sie wieder ernst. »Überlass mir das Mädchen.«

»Dein Ernst? Hast du noch nicht genug um die Ohren? Wie läuft es mit der Kindergruppe?«

»Der Raum ist fast fertig. Ich nehme an, Kaya gehört sowieso zu den Kindern, die dorthin kommen werden?«

»Eigentlich ist sie dazu zu alt. Geplant ist eine kleine Gruppen mit den Kindern bis zu vier Jahren.«

»Geht sie zum Unterricht?«

Dave schüttelte den Kopf.

»Also braucht sie eine Betreuung während der Zeit?«

Er stöhnte genervt. »Sieht so aus.«

»Also …«

»Warum? Weshalb möchtest du dir noch mehr aufbürden?«

»Sieh sie dir doch an. Scheinbar habt ihr alles durchorganisiert, aber dieses kleine Mädchen ist durch euer Raster gefallen. Sie hat niemanden, der …«

»Ist es das?«, unterbrach Dave sie. »Dass sie ebenso allein ist, wie du dich hier offenbar immer noch fühlst?«

Larissa zuckte leicht zusammen. Es war ihr unangenehm, dass Dave sie so offensichtlich durchschaute. »Ich fühle mich nicht allein«, log sie.

»Sie ist keine Puppe, um die du dich kümmern kannst, wenn dir gerade mal danach ist, um sie dann wieder in eine Ecke zu setzten, wenn du sie nicht mehr willst.«

»Richtig. Genau das passiert doch zurzeit mit ihr, oder? Es sieht nämlich so aus, als warte sie darauf, dass sich irgendjemand an ihre Anwesenheit erinnert, um sie aus eben dieser Ecke abzuholen.«

»Sie ist schwierig.«

»Das hast du von mir auch behauptet.«

Dave verdrehte die Augen. »Von mir aus«, gab er dann nach. »Viel schlimmer als es jetzt ist, kannst du es auch nicht machen. Aber beschwer dich nicht, wenn es dir nachher zu viel wird.«

»Werde ich nicht«, bekräftigte sie. »Nun komm mit rüber und zeig mir endlich die Listen, damit wir die Hilfskräfte auswählen können. Ich beaufsichtige mit Sicherheit nicht ein Dutzend Kinder allein mit Irehna.«

»Ich erwähnte, dass du eine Nervensäge bist?«

Larissa zuckte die Schultern. »Heute erst zwei-, dreimal.«

»Wie möchtest du Kaya betreuen, wenn du nicht einmal selbst ohne Aufsicht aus deinem Zimmer kommst.«

»Ich kläre das mit Chris.«

»Seit wann redet ihr miteinander?«

Reden war vermutlich nicht der richtige Ausdruck, aber das würde sie Dave nicht auf die Nase binden. Daher beschränkte sich Larissa auf ein erneutes Schulterzucken und ein kurzes: »Ich habe gehört, Leute tun so etwas.«

Er sah sie prüfend an. Der Moment, in dem ihm aufging, was genau *so etwas* beinhaltete, war deutlich an seinem Grinsen zu erkennen. »Ich hab mich schon gefragt, warum du heute so entspannt bist.«

»Entspannt?«, Larissa schnaubte. »Der Umgang mit Chris mag vieles sein. Aber entspannend ganz sicher nicht.«

»Na ja, zumindest *redet* ihr mittlerweile«

»Legst du Wert darauf, heute noch einmal flach gelegt zu werden?«

»Gerne.« Er grinste und hob eine Braue. »Aber nicht von dir. Los komm, da warten einige Listen auf uns.«

Larissa sah seufzend hinüber zu Kaya, die noch immer an ihrem angestammten Platz kauerte, den Kopf auf die angezogenen Knie gelegt.

»Komm mit, Liebes«, sagte sie, als sie an dem Mädchen vorbei ging und streckte ihr die Hand entgegen. »Wir gehen ein paar Räume weiter. Da hast du es bequemer.«

Kaya ignorierte zwar die ausgestreckte Hand, erhob sich aber und folgte in sicherem Anstand.

Zusammen mit Dave ging Larissa die Listen durch, um auszuwählen welche der Frauen bei der Betreuung helfen sollte. Im Grunde war es lächerlich. Larissa kannte nicht einen der Namen, aber Dave bestand darauf, dass sie sich die Listen ansah.

»Du brauchst Anschluss und musst wissen, mit wem du es zu tun hast«, lautete seine Begründung.

So saß sie nun an ihrem Schreibtisch, starrte Namen an, die ihr nichts sagten, während sie Entscheidungen treffen sollte, denen sie sich nicht gewachsen fühlte.

»Corinne Miller, sechsundvierzig, akkurat, forsch, leistungsstark«, murmelte sie.

Aus den Augenwinkeln beobachtete sie, wie Kaya, die in der Nähe des Schreibtisches auf den Boden saß, aufsah. Die Augen des Mädchens weiteten sich.

Larissa sah sie mit gerunzelter Stirn nachdenklich an.

»Corinne ist vielleicht nicht besonders nett?« Sie, behielt Kaya während dieser Frage genau im Auge. Das Mädchen senkte den Blick und biss sich auf die Lippen.

»Es ist nicht ihre Aufgabe nett zu sein«, kommentierte Dave. »Sondern die Kids zu erziehen. Diese Aufgabe erfüllt sie gut.«

Dave hatte Larissa erzählt, dass die Kinder, die keine Angehörigen hatten, in altersgerechte Gruppen aufgeteilt wurden, der jeweils eine Betreuerin zugeteilt wurde.

»Könnte akkurat in dem Fall übergenau heißen?«, mutmaßte Larissa. »Vielleicht manchmal ungerecht?«

Er zuckte die Schultern, doch Kaya sah erneut auf. Dieses Mal wirkte sie aufmerksamer, den Blick prüfend auf Larissa gerichtet.

»Corinne lässt sich auf jeden Fall nichts gefallen«, murmelte Dave.

»Verzichten wir lieber auf sie«, entschied Larissa. »Elena Miller, belastbar, natürlich, familiär.«

Diesmal lächelte Kaya leicht, was bei dem, wie Larissa sie bisher erlebt hatte, fast einem Begeisterungssturm gleichkam.

Auf die Art ging es weiter. Larissa las die Liste vor, achtete dabei auf Kayas Reaktion und entschied sich dann für oder gegen die jeweilige Kandidatin. Schließlich hatten sie acht Frauen ausgewählt.

Dave wirkte von diesem Vorgehen nicht begeistert.

»Du lässt wirklich ein Kind die Auswahl treffen?«

Larissa gähnte, stand auf und drückte den Rücken durch, um die Muskulatur zu entspannen.

»Im Gegensatz zu mir kennt sie die Frauen. Wenn es dir nicht gefällt, wie ich Entscheidungen treffe, mach es selbst.« Sie sah auf Kaya herab, die ebenfalls aufgestanden war. »Du bist auch müde, was?«

Zögerndes Nicken.

»Na dann komm, bringen wir dich ins Bett.«

Wer auch immer heute mit Kayas Aufsicht an der Reihe gewesen war, würde sich etwas anhören können, beschloss Larissa, während sie zum Lift gingen.

Zum ersten Mal fragte sie sich, warum Kaya nicht einfach allein gehen durfte so wie die anderen Kinder auch.

Als sie aus dem Fahrstuhl stiegen, lief Kaya einige Schritte vorweg, bis sie vor einer Tür stehen blieb und hindurchhuschte, ohne sich auch nur nach Dave und Larissa umzusehen.

Larissa wollte ihr folgen, aber Dave sagte: »Wozu? Sie ist sicher angekommen.«

»Weil du der Person, die sie heute betreuen sollte, noch einiges zu sagen hast.«

Er hob eine Braue. »Hab ich?«

Larissa lächelte grimmig. »Ich würde es selbst tun, wenn ich glaubte, es würde Sinn machen. Von mir nimmt hier niemand etwas an. Wenn ihr nicht wollt, dass Kinder unbeaufsichtigt herumlaufen und Regeln dagegen aufstellt, sollten sie auch eingehalten werden.«

Dave lachte. »Solche Worte ausgerechnet von dir?«

»Idiot«, zischte Larissa, bevor sie Kaya folgte.

Das, was sie dann erblickte, hätte sie nicht erwartet.

Anstatt in einer kleinen Wohneinheit stand sie in einem Schlafsaal, in dem sich etwa ein Dutzend Etagenbetten befanden, die durch auf Seile gehängte Tücher voneinander abgeschirmt waren. Wahrscheinlich, um wenigstens den Anschein von Privatsphäre zu erwecken.

»Das verstehst du unter Unterbringung in kleinen Gruppen?«

Dave zuckte die Schultern. »Solange sie neu hier sind, werden die Kids so untergebracht. Wir wollen die vertrauten Gruppen nicht auseinanderreißen. Das erleichtert die Eingewöhnung.«

Was an dem unpersönlichen, lieblosen Raum eine Eingliederung erleichtern sollte, war Larissa unklar, aber sie schwieg. Was wusste sie schon, was für Komfort diese Menschen gewohnt waren.

Eine hochgewachsene blonde Frau um die Fünfzig, mit hochgesteckten Haaren und strengen Gesichtsausdruck kam nun auf sie zu.

»Dave«, grüßte sie, während sie Larissa nur einen kurzen Blick gönnte.

»Corinne,« erwiderte Dave ebenso kühl die Begrüßung.

»Was führt dich her?«

»Kaya«

Corinne runzelte die Stirn. »Was hat sie jetzt wieder angestellt?« Ein harter Ton lag in ihrer Stimme.

»Nichts«, entgegnete Dave im selben Tonfall. »Sie wurde nur wieder vergessen. Du weißt, dass Tanias Anordnungen in ihrem Fall eindeutig waren.«

Corinne presste die Lippen zusammen, bis sie nur noch eine schmale weiße Linie bildeten.

»Ich werde mich um dieses Versäumnis kümmern. Allerdings wird das keine Dauerlösung sein. Kaya ist schwierig, wie du weißt.«

»Schwierig?«, schaltete sich Larissa ein. »Bisher befolgte sie jede Anweisung, die man ihr gab.«

Corinne musterte sie von Kopf bis Fuß. Es war Larissa ein Leichtes, den abschätzenden Blick zu erwidern.

»Hast du schon einmal versucht, sie dazu zu bewegen sich zu waschen? Sich saubere Kleidung anzuziehen? Sich einfach nur das Haar zu bürsten? Dieses Kind hat Wutanfälle, die in Raserei enden können. Wobei sie weder Rücksicht auf sich selbst, noch auf andere nimmt. Ich kann sie nicht jede Minute des Tages kontrollieren.«

»Nein«, entgegnete Dave, »Aber es gab einen Aufgabenplan.«

»Wie ich schon sagte, ich werde die Betreffende zur Rechenschaft ziehen.«

»Das heißt?«

»Entzug von Privilegien.«

Larissa fragte sich was es hier wohl für Sonderrechte geben könnte, verzichtete aber darauf nachzufragen.

»Wo ist Kaya jetzt?«, erkundigte sie sich stattdessen. »Ich möchte mich von ihr verabschieden.«

»Ich denke nicht, dass das nötig ist.«

»Das sehe ich anders. Immerhin habe ich die Betreuung des Mädchens übernommen. Wir werden uns also in Zukunft öfter sehen.« Larissa genoss den Anblick des schwindenden Lächelns im Gesicht Corinnes. »Also, wo ist sie?«

Die Falte auf der Stirn der Frau vertiefte sich, als sie sich umdrehte und wortlos an den Reihen der Betten entlang ging.

Larissa folgte ihr ebenso schweigend.

Sie fand Kaya unter dem letzten Bett, in einem Nest aus Decken auf dem Fußboden.

»Hier schläft sie?«

»Sie fühlt sich sicher dort unten«, erklärte Corinne achselzuckend.

Larissa schnaubte, sagte aber nichts dazu, sondern beugte sich herab. »Kaya, ich hole dich morgen früh hier ab. Warte bitte auf mich.«

Die Antwort bestand aus einem leichten Nicken. Sie schien nicht überzeugt, dass Larissa tatsächlich kommen würde. Vielleicht war es ihr aber auch nur vollkommen gleichgültig, wer sie wann wo abholen würde.

Larissa seufzte. Dieses Kind brauchte dringend ein bisschen Zuverlässigkeit und Sicherheit. Sie beschloss, ihr das zu geben, so gut sie konnte. Sei es wirklich nur, weil sie sich selbst allein fühlte. Spielte der Grund wirklich eine Rolle, wenn sie helfen konnte?

Chris betrat den Kinderraum, wo er einen Augenblick stehen blieb, um seine Augen an das Dämmerlicht zu gewöhnen. Dave meinte, Larissa wäre noch hier, aber offensichtlich hatte er sich getäuscht. Der Raum schien menschenleer. Wo zum Teufel war sie dann?

Sie trieb ihn wirklich in den Wahnsinn. Seit ihrer zweiten gemeinsamen Nacht war es ihr gelungen, ihm konsequent aus dem Weg zu gehen.

Sie packte sich dermaßen mit Arbeit voll, dass sie regelmäßig erst mitten in der Nacht zurück in ihr Zimmer kam und es bereits sehr früh am Morgen wieder verließ. Die einzigen Gelegenheiten, wo er sie überhaupt noch zu Gesicht bekam.

Scheinbar war diese Sache zwischen ihnen ausgestanden. Was interessierte es sie da noch, dass sie ihm nun erst recht nicht mehr aus dem Kopf ging?

Schon gar nicht nach der Sache mit Kaya.

Sie hatte beschlossen, sich des Mädchens anzunehmen und sich mit keinem Argument davon abbringen lassen.

»Sie schläft auf dem Fußboden, Chris«, hatte sie gesagt, als sie um seine Einwilligung bat, die Betreuung Kayas übernehmen zu dürfen. Obwohl, gebeten traf es nicht ganz. Sie hatte seine Erlaubnis eingefordert mit der ihr eigenen Entschlossenheit. Wobei sie jeden seiner Einwände beiseite gewischt hatte, wie eine lästige Fliege. Es war ihr egal, dass sie keine Erfahrung mit Kindern hatte. Immerhin wären es ja nur kleine Erwachsene, verwendete sie seine eigenen Worte gegen ihn. Kaya wäre still und fügsam. Sie würde keine Probleme machen.

Chris verwies auf das ärztliche Gutachten, das dem Mädchen eine traumatische Belastungsstörung bescheinigte.

Was Larissa scheinbar erst Recht als Herausforderung ansah.

Er kannte die Krankengeschichte Kayas besser als sie, aber was hätte er tun sollen? Kaya weiterhin von einer Betreuung zur nächsten reichen? Schlimmstenfalls wäre Larissa mit der Betreuung des Mädchens überfordert. Aber versuchen konnte sie es wenigstens.

Womit Chris nicht gerechnet hatte, war der Umstand, dass er sie nun noch weniger sah. Wie sie wohl zurechtkam?

Dave sagte nur, sie hätte sich trefflich eingefügt. Es ginge ihr gut. Aber tat es das wirklich? Vermisste sie nicht ihre Freunde? Ihren Vater? Lance? Ihn? Fehlte es ihr, einkaufen gehen zu können? Tanzen, frische Luft, Sonne?

Er wünschte sich, Dave würde ihm ausführlicher über sie berichten. Nicht immer nur »*Es geht ihr gut*« oder »*Sie kommt zurecht*«.

Vielleicht sollte er seinen Freund einfach fragen, wenn er einen ausführlichen Bericht wollte. Was er aber nicht tat. Niemals. Selbst das Wenige, was Dave über Larissa erzählte, wusste Chris nur, weil sein Freund diese Informationen ab und an beiläufig fallen ließ.

Es gefiel Chris nicht, dass Larissa so viel Zeit mit Dave verbrachte. Aber er war kein solcher Volltrottel, sein Maul ein zweites Mal aufzureißen. Er hatte sich bereits ausreichend blamiert.

Und diese Sache zwischen ihnen war doch angenehm verlaufen. Keine Verpflichtung, keine Bindung. Das klang erfreulich. Wirklich. Ganz wie etwas, womit er umgehen konnte. Etwas, das er wollte. Also sollte es sich gut anfühlen. Tat es nur nicht.

Als sie nach dem Sex gegangen war, hatte er noch lange wach gelegen und sich ruhelos umher gewälzt. An sich nichts Neues, das tat er jede Nacht. Außer in jener, in der er Larissa, sonderbar vertraut, neben sich gespürt hatte.

Mit geschlossenen Augen hatte er ihren gleichmäßigen Atemzügen gelauscht und einen Frieden in sich gespürt, wie schon lange nicht mehr. Die Gedanken an all seine Probleme waren wie weggeblasen. Merkwürdig, er hatte vorher nie bemerkt, wie sehr ihm diese innerliche Ruhe fehlte. Apropos Ruhe. Was war das für ein Geräusch im hinteren Winkel des Raumes? Versteckte sich Larissa nun schon vor ihm?

Er folgte der Quelle der leisen Atemzüge und fand sie in einem Nest aus Decken auf dem Fußboden liegend. Neben ihr, so nahe, wie sie es im wachen Zustand nie zugelassen hätte, lag Kaya. Zusammen ergaben sie Bild vollkommenen Friedens.

Chris starrte sie an, dachte an seine Rebellion, an den Zorn, der in ihm wütete und die verkorkste Vorstellung, was ihm zu einem glücklichen Leben fehlte.

Er hatte sich etwas vorgemacht, wurde ihm in diesem Moment bewusst.

Leise zog er sich zurück, ging in sein Zimmer, wo er sich auf die Sitzecke legte.

Was Blödsinn war. Ebenso gut hätte er wieder einmal eine Nacht in seinem eigenen Bett verbringen können. Er war sich sicher, Larissa würde heute Nacht nicht dort schlafen. Nicht heute, vielleicht nie wieder. Dabei hätte er sie nur aufwecken müssen.

Er hätte Kaya nehmen, sie in ihr Zimmer tragen können, um dann mit Larissa hierher zu kommen. Ihr einfach sagen, was in seinem Kopf vorging, um dann ihr die Entscheidung zu überlassen, ob sie ihn wollte, obwohl er ein totaler Idiot war.

Feigheit gab es in allen erdenklichen Variationen, wurde ihm plötzlicher klar. Man musste nicht bibbernd in der Ecke kauern wie ein Jammerlappen. Oh nein. Man konnte sich in einen Kampf stürzen, Leute anführen und der Welt den Krieg erklären. Aber trotzdem nichts weiter als ein erbärmlicher Feigling sein.

Kapitel 11

Das Betreuungsangebot für die Kinder wurde erfreut angenommen. Entgegen ihrer anfänglichen Befürchtung kam Larissa gut mit den Kleinen klar. Auch Irehna fand sichtlich Freude an der Arbeit.

Für die Kinder war Larissa so etwas wie eine Prinzessin, die aus einem märchenhaften Leben kam. Ständig wollten sie Geschichten hören über Bälle, Kleidung, Freizeitbeschäftigungen. Larissa war das bald unangenehm, also erfand sie Geschichten, die sie den Kindern in der mittäglichen *Märchenstunde* erzählte.

Was Irehna auf die Idee brachte, einen *Prinzessinnentag* einzuführen. Sie hatte sich aus der gesamten Basis Kosmetik zusammengebettet, bastelte den ganzen Morgen mit den Kindern Schmuck, fertigte aus Stoffresten und Bändern Kostüme, um einen Schminkwettbewerb zu veranstalten.

Selbst Kaya hatte zugestimmt sich verkleiden zu lassen. Larissa hatte herausgefunden, dass das Mädchen sich nur weigerte, regelmäßig saubere Kleidung anzuziehen, weil es kaum welche besaß. Nachdem sie das Problem mit Irehnas Hilfe gelöst hatte, war Kaya zumindest ein wenig aufgeblüht. Die Zeit, die sich Larissa zusätzlich für das Mädchen nahm um ihr vorzulesen und mit ihr zu spielen, bewirkte ein Übriges.

Zu Larissas Überraschung beherrschte Kaya die grundlegenden Regeln des Schreibens und der Mathematik.

Etwas, was bei Kindern der Unterschicht nicht üblich war, wie Larissa inzwischen wusste. Wie es Kaya gelungen war, sich ausgerechnet in der Umgebung, in der sie aufgewachsen war, ein solches Können anzueignen, war Larissa ein Rätsel. Es bewies ihr allerdings, welch heller Kopf unter der Fassade aus Schmutz und Ablehnung schlummerte. Auch sprach Kaya immer öfter, allerdings nur mit Larissa und einige wenige Male auch mit Irehna. Larissa wertete das als großen Fortschritt, auch wenn Kaya es nach wie vor ablehnte, regelmäßig zu duschen.

Gerade beobachtete Larissa lächelnd, wie Irehna, Kaya hinüber zum Spiegel zog.

»Lass mich mal sehen, was wir aus dir zaubern können«, sagte Irehna zu ihr. Sie griff nach der Bürste und nahm eine von Kayas Haarsträhnen.

Die Reaktion darauf war verheerend. Kayas Augen wurden groß, ihr Mund öffnete sich, ein hoher, lang gezogener Schrei entwich ihr. Mit einer einzigen Bewegung ihres Armes fegte sie die Ablage vor dem Spiegel leer. Irehnas kostbar gehütete Schätze wurden zu Boden geschleudert. Flakons zerbrachen, Puder vermischte sich mit dem Duftwasser und verwandelte sich zu Brei.

Kaya schrie noch immer. Alles, was in die Reichweite ihrer kleinen Hände kam, wurde fortgeschleudert, zur Seite gestoßen, zerstört.

»Was zum ...« Larissa, die gerade einem anderen Mädchen mit ihrem Kostüm geholfen hatte, sprang auf und rannte zu Kaya.

Diese wütete weiter, schrie, schlug um sich.

Die anderen Mädchen wichen vor ihr zurück, drängten sich in eine Ecke des Raumes zusammen und beobachteten das Geschehen aus weit aufgerissenen Augen. Larissa war sich bewusst, die Hysterie konnte jeden Moment auf die anderen überschwappen.

»Irehna, schaff die Mädchen hier raus«, wies sie ihre Freundin an.

Sofort scharten sich die Kinder um Irehna und folgten ihr zur Tür.

»Sorg dafür, dass sie nicht allein bleiben«, rief Larissa ihr hinterher. Ein Nicken, dann waren sie draußen.

Larissa wandte sich Kaya zu, deren Schreie mittlerweile an Lautstärke verloren hatten.

Dafür hielt das Kind eine Scherbe in der Hand. Die Augen weit vor Panik, der Mund geöffnet, keuchende Atemzüge ausstoßend. Vorsichtig näherte Larissa sich dem völlig aufgelösten Mädchen.

Kaya wich zurück und hob die Hand mit der Scherbe. Sofort blieb Larissa stehen. Okay, dann anders.

Sie setze sich langsam auf den Boden.

»Ich weiß, dass du erschrocken bist«, sagte sie zu dem Mädchen, wobei sie sich zwang ihre Stimme ruhig zu halten. »Aber du musst keine Angst haben. Nicht mehr. Hier drin ist niemand, der dir wehtun wird.«

Keine Antwort, aber die Hand senkte sich ein wenig. Kaya hatte sich verletzt. Kleine Rinnsale Blut liefen an der Scherbe entlang, fielen tröpfchenweise zu Boden.

Larissa wusste, sie musste das hier schnell beenden. Nur ließ Kaya ihr keinen Raum für Eile.

»Kannst du das weglegen, Liebes?« Larissa machte eine Kopfbewegung in Richtung Scherbe.

Das Mädchen sah sie nur stumm an. Viel zu viel Angst, Misstrauen und Zorn stand in den Kinderaugen.

»Ich muss mir deine Hand anschauen. Das tut vermutlich ziemlich weh. Ich möchte nicht, dass du Schmerzen hast.«

Als würde Kaya erst durch Larissas Worte auf ihre Verletzung aufmerksam, blickte sie hinunter zu ihrer Hand. Ihr Gesicht verzerrte sich, als sie Larissa wieder ansah.

»Haust du mich?«, brachte sie mühsam hervor. Ihre Stimme rau und heiser.

Die unnatürliche Sachlichkeit, die in der Frage mitschwang, ließ Larissas Kehle eng werden.

»Ich schlage keine Kinder«, versicherte sie. »Niemand hier tut so etwas.«

»Ich hab was kaputt gemacht.« Kayas Blick huschte zum Schminkplatz. »Hab nicht auf dich gehört. Du musst mich strafen. Strafe hilft Kindern, gut zu sein.«

»Das ist nicht wahr.« Larissa biss sich auf die Lippen, um Kaya nicht zu zeigen, wie nahe ihr diese Worte gingen. »Wer immer dir das sagte, hat gelogen.«

Kaya dachte einen Moment über die Worte nach, dann schüttelte sie abermals den Kopf.

»Kinder brauchen Strafe«, wiederholte sie mit leerem Blick.

»Nicht hier. Ich verspreche dir, dass das hier niemals geschehen wird.«

Wieder verzerrte sich Kayas Gesicht. Der Widerstreit zwischen dem Wunsch, Larissa unbedingt glauben zu wollen und der Erfahrung, die sie bisher gemacht hatte, war deutlich darin zu lesen.

Schließlich öffnete sie langsam die Hand und ließ die Scherbe fallen.

»Es soll aufhören«, schluchzte sie unvermittelt. »Es tut weh. Ich will, dass es aufhört.«

Larissa stand auf und ging zu ihr. Sanft, um Kaya nicht zu erschrecken, legte sie ihr die Hand auf die Schulter. Sie war überrascht, als Kaya sich daraufhin herumwarf, um das Gesicht in Larissas Bauch zu pressen. Die Schultern des Mädchens bebten unter ihren Schluchzern. Larissa legte die Arme um sie, während sie sich zusammen mit ihr auf den Boden sinken ließ. Ohne Gegenwehr ließ sich Kaya auf Larissas Schoß nehmen.

Auch als sie hörte, wie sich die Tür öffnete, sah Larissa nicht auf. Wagte nicht, Kaya auch nur für einen Moment die Aufmerksamkeit zu entziehen.

»Es sind ihre Haare«, hörte sie Irehna, neben sich wispern. »Ich habe nicht daran gedacht. Ich habe es einfach vergessen.« Große, traurige Augen in dem viel zu blassen Gesicht starrten blicklos vor sich hin, als Larissa sie ansah.

»Was vergessen?«

»Die Männer, sie entdeckten Kaya vor ein paar Monaten. Sie ...« Irehnas Stimme brach.

»Was haben sie getan?«, flüsterte Larissa.

»Sie an den Haaren festgehalten. Wenn sie kamen um ... du weißt schon. Wenn sie uns benutzt haben. Man kann das Gesicht nicht wegdrehen, wenn sie einen so an den Haaren festhalten.«

Larissa erstarrte. Ganz langsam sickerten die Worte in ihr Bewusstsein, als weigere sich ihr Geist, die Bedeutung dessen, was Irehna ihr erzählte, zu erfassen.

Alles in ihr wurde taub.

Überdeutlich spürte sie Kayas warmen Kinderkörper in ihren Armen. Registrierte die Anspannung, die ihren kompletten Leib erfasst hatte.

»Es ist nicht deine Schuld«, stieß Larissa hilflos hervor.

»Eines der Mädchen hat sie gebissen. Diese Männer. Ich glaube, sie hat einfach nur keine Luft bekommen. Sie hatte Angst zu ersticken, also hat sie zugebissen«, wisperte Irehna, als hätte sie die Worte gar nicht wahrgenommen.

Larissa schloss die Augen. Sie wollte es nicht hören, wollte nicht wissen, was passiert war. Aber Irehna schien ebenso dringend reden zu müssen, wie Kaya ihren eigenen Anblick nicht hatte ertragen können.

Wenn diese Mädchen, deren einzige Schuld darin bestand, in die falsche Schicht hineingeboren worden zu sein, die Stärke hatten, nach all dem Grauen irgendwie weiterzumachen, so war Larissa es ihnen schuldig, zuzuhören.

»Sie nahmen eine Zange …«, brüchig, abgehackt und immer wieder durch heftige Atemzüge unterbrochen kamen Irehnas Worte, »und zogen ihr die Zähne. Einen und noch einen und noch einen. Sie hat geschrien. So sehr geschrien …«

Tränen liefen Irehna über die Wangen.

Auch Larissa spürte Salz auf den Lippen. Aber sie saß völlig still, verbot sich jeden Laut, während sie sich zum Zuhören zwang.

»Wir mussten alle zusehen. Niemand hat mehr gebissen danach.«

Lange herrschte Schweigen nach diesen Worten.

Larissa konzentrierte sich auf das Gefühl der warmen Bluse, die ihr feucht von Tränen, Blut und Rotz an der Brust klebte. An die Wärme von Kayas Atmen. Auf den schalen Geruch des ungewaschenen Körpers. Auf alles, aber nicht auf das Gefühl der unbändigen Wut, das ihr Übelkeit verursachte.

Sacht, ganz sacht begann sie den Oberkörper hin und her zu wiegen. Ob sie Kaya damit beruhigen wollte oder sich selbst, wusste sie nicht. Es war ihr auch gleich in diesem von Grauen erfüllten Moment.

»Hol mir die Schere, bitte«, sagte Larissa irgendwann. Die Stimme tonlos in dem Bemühen, die Beherrschung zu wahren und nicht zu schreien.

Widerspruchslos stand Irehna auf und brachte das Gewünschte.

»Setz dich bitte gerade hin, Liebes«, forderte Larissa Kaya auf.

Sie wartete, bis das Kind sich aufrappelte und gerade auf ihrem Schoß saß. Dann nahm sie eine Strähne des dicken, lockigen Haares zwischen die beiden Schneiden der Schere.

Kaya tat nichts. Sah Larissa nur an mit dem, für sie typischen durchdringenden Blick. Dann nickte sie.

Strähne für Strähne schnitt Larissa die Flut an Haaren ab. Als sie fertig war, reichte sie die Schere an Irehna. Diese zögerte, sah abwartend zu wie Larissa Kaya zum Spiegel trug und sie, zum zweiten Mal an dem Tag aufforderte, hineinzusehen.

Kaya weigerte sich. Sie schlug die Hände vors Gesicht, bedeckte die Augen, wollte sich nicht ansehen.

»Niemand wird dich mehr an den Haaren festhalten können, Liebes. Sieh es dir an. Ich bin bei dir. Es kann dir nichts passieren.«

Wie oft hatte das Kind solche Worte wohl schon gehört? Wie oft hatte sich diese Versicherung als Lüge erwiesen? Dennoch, langsam, ganz langsam, nahm Kaya die Hände herunter.

Lange musterte sie sich im Spiegel. Hob die Hände, fasste sich in die nun raspelkurzen Haare. Ballte die Fäuste. Versuchte, an den kurzen Strähnen zu ziehen. Als es ihr nicht gelang, seufzte sie tief. Ein zögerliches Lächeln breitete sich auf ihrem Gesicht aus.

Kurzentschlossen fasste Irehna nach ihrem eigenen Zopf und schnitt ihn sich mit energischen Bewegungen ab.

Larissa ließ sich von Irehna zur Krankenstation führen und schickte sie dann zurück zu den anderen Mädchen.

Im obligatorischen Wartebereich, der ausschließlich aus einer Ansammlung von Stühlen bestand und lediglich durch bodenlange Vorhänge von den Behandlungsbereichen abgetrennt zu sein schien, wurden sie von einer jungen Frau empfangen.

Sie warf nur einen Blick auf Kayas blutende Hand, dann führte sie beide hinter einen der Vorhänge. Dass sie dahinter einen vollständig ausgestattet Behandlungsbereich vorfand, überraschte Larissa nicht. Zuviel Erstaunliches hatte sie hier bereits gesehen.

»Die Ärztin kommt sofort«, sagte die junge Frau, wickelte rasch etwas Mull um Kayas Hand, bevor sie sich zurückzog.

Larissa allerdings fand es überflüssig, zu warten. Alles was sie benötigte, befand sich in diesem Raum. Sie hob Kaya von ihrem Schoss und setzte sie auf die Liege.

Das Mädchen sackte in sich zusammen, was Larissa aber guten Gewissens der Aufregung der letzten Stunde zuschrieb. Selbst sie fühlte sich müde und auf eine merkwürdige Art emotional leer, als lägen all ihre Empfindungen unter einer dicken Schicht Watte verborgen.

Sie zwang sich, an das Naheliegende zu denken, öffnete ein paar Schubladen und Schränke. Schnell fand sie Pinzette, Lupe und Wundlaser.

»Lass mich deine Hand ansehen.«

Widerstandslos streckte Kaya ihr diese entgegen, spannte sich aber um eine Winzigkeit, während sie jede von Larissas Bewegungen beobachtete.

Glücklicherweise handelte es sich bei der Verletzung um einen glatten Schnitt, ohne Splitter in der Wunde. Larissa spülte sie aus, sprühte ein wenig Desinfektionsmittel darauf und war gerade dabei, die Wunde mit dem Wundlaser zu verschweißen, als eine Frau durch den Vorhang trat.

Es handelte sich um eine hochgewachsene Farbige, um die sechzig. Ihr Gesicht schien unter dem Berg aufgetürmter grauer Locken fast erdrückt zu werden. Sie stutzte kurz, kam dann aber lächelnd näher.

»Larissa, nehme ich an«, sagte sie und wartete, bis sie genickt hatte. Dann streckte sie ihr die Hand entgegen. »Ich bin Tania und leite das, was die Führungsriege hier als Krankenstation bezeichnet.

Larissa ergriff die dargebotene Hand und war überrascht von dem festen Druck. Sie öffnete dann Mund, um etwas zu erwidern, aber Tania ließ sie nicht zu Wort kommen.

»Ich bin verdammt gut darin, die Leute hier mit veralteten Geräten, zu wenig Mitarbeitern und schlecht ausgebildetem Personal wieder zusammenzuflicken. Also, lass mich sehen, ob es stimmt, was ich so über dich hörte.«

Mit einer Geste forderte sie Larissa auf, das Verschließen der Wunde zu beenden. Nachdem sie damit fertig war, nahm Tania sanft Kayas Hand.

»Keine Angst Schätzchen, das sieht prima aus. Da hat unsere Prinzessin ganze Arbeit geleistet.«

Larissa zuckte unter der Bemerkung zusammen.

»Hab dich nicht so«, kommentierte Tania trocken. » Ob es dir gefällt oder nicht: Die Leute nennen dich nun einmal so.. Je öfter ich es dir ins Gesicht sage, desto schneller wirst du dich dran gewöhnen. Schmerzmittel?«

»Nein noch nicht. Ich habe ...«

Tania winkte ab und ging zu einem der Schränke.

»Ha«, rief sie. »Wusste ich es doch.«

Sie kam zurück und drückte Kaya eine kleine weiße Kugel in die Hand. »Nimm Schätzchen. Auf der Zunge schmelzen lassen. Nicht kauen.«

Als Larissa der süße Geruch in die Nase stieg, hob sie eine Braue. »Traubenzucker?«

Tania zuckte die Schultern. »Es wirkt, solange sie daran glauben. Also verpetz mich jetzt nicht.«

Sie wandte sich wieder an Kaya. »So Schätzchen, du bleibst einen Moment hier und ruhst dich aus. Ich entführe dir deine große Freundin kurz.«

»Kaya sollte nicht allein gelassen werden«, wandte Larissa ein, aber Tania war schon fast zur Tür hinaus.

»Aktuell erscheint sie mir nicht besonders bockig. Ich behandle sie, seitdem sie hier ist. Sie weiß, ich vertraue ihr. Ist es nicht so, Schätzchen?«

Kaya nickte mit einem leichten Lächeln.

Larissa blinzelte erstaunt. Kaya lächelte so selten.

»Eine Abmachung zwischen uns«, erklärte Tania, der Larissas Überraschung aufgefallen war. »Ein Lächeln signalisiert, dass sie aktuell nicht plant, etwas Dummes zu tun. Sie ist cleverer als allgemein angenommen.«

»Das bemerkte ich bereits. Ebenso ihre Beharrlichkeit.«

Tania gluckste. »Andere würden es als Sturheit bezeichnen. Sie hat ein kleines Kämpferherz. Ich hatte bereits einmal ein Kind in Behandlung, das sich weigerte zu sprechen. Am Ende entwickelte er sich hervorragend. Noch immer ein bisschen stur, etwas übervorsichtig, doch ansonsten ist aus ihm ein beeindruckender Mann geworden.« Sie zwinkerte Larissa zu. »Du musst mich begleiten, wenn du dich mit mir unterhalten willst. Gegebenenfalls war das mit den veralteten Gerätschaften etwas übertrieben, nicht aber der Hinweis auf den Personalmangel. Keine Mitarbeiter bedeutet keine Zeit. Also los, worauf wartest du. Folge mir.«

Larissa kam nicht dazu, etwas zu erwidern, denn Tania flitzte in einem Tempo umher, das es schwer machte, ihr hinterherzukommen, wenn man sich nicht auskannte.

Trotzdem machte es deutlich *Klick* in Larissas Kopf. Ein Kind was nicht sprach und traumatisiert war.

»Chris?«, fragte sie. »Sie haben Chris behandelt?«

»Blitzmerker«, bestätigte Tania, die sich bereits über den nächsten Patienten beugte.

Dessen Hände waren auf merkwürdige Art verkrümmt, sodass die Finger wie Klauen wirkten.

»Typische Schädigung des Gewebes durch die Mine«, diagnostizierte Tania. »Ich brauche eine Schmerzmittelinjektion, das Laserskalpell, Desinfektionslösung und das Wundskalpell. Alles drüben im Schrank. Vergiss nicht, dir die Hände zu desinfizieren.« Sie warf Larissa, die erstarrt dastand, einen Seitenblick zu. »Worauf wartest du? Chris sagte, du hast Medizin studiert. Da kann ich doch erwarten, dass du die Ausrüstung erkennst?«

»Ja … Ja natürlich«, stotterte Larissa.

Rasch suchte sie das Gewünschte zusammen, legte es auf einem kleinen Tablett bereit, das auf dem Tisch neben dem Schrank stand und trug es zu Tania hinüber.

Sie reichte der Ärztin die Werkzeuge in der Reihenfolge, in der sie diese benötigte. Während Tania die kleine Operation durchführte, arbeitete sie sehr konzentriert und vor allem schweigend.

Was Larissa die Gelegenheit gab, durchzuatmen.

Nachdem sie die Wunden geschlossen hatte, gab sie dem Patienten ein paar Verhaltenshinweise und lächelte ihm noch einmal zu, bevor sie Larissa erneut bedeutete, ihr zu folgen. Diesmal gingen sie nicht in einen weiteren Behandlungsbereich, sondern in eine abgetrennte Ecke, wo sich ein Schreibtisch und ein paar Regale befanden. Aufseufzend ließ sich die Ärztin auf den Stuhl hinter dem Schreibtisch fallen.

»Keks?« Sie hielt Larissa eine Schale mit Gebäck unter die Nase.

Sie schüttelte den Kopf.

»Ich brauche den Zucker«, stöhnte Tania, schob sich eines der Gebäckstücke in den Mund und schloss genießerisch die Augen. »Du stellst dich sehr gut an. Macht dir die Sache mit der Kinderbetreuung ebenso viel Spaß wie die Medizin?«

»Ich glaube schon«, entgegnete Larissa zögernd.

»Glauben ist nicht Wissen. Hier ist der Deal. Du kommst zu uns in die Krankenstation. Ich beende deine Ausbildung und bringe dir alles bei, was ich weiß.«

»Vielen Dank für das Angebot.« Larissa war beeindruckt. »Doch soweit ich weiß, hat Chris da etwas gegen.«

»Lass das nur meine Sorge sein«, wischte Tania ihre Bedenken mit einer Handbewegung zur Seite. »Kindermädchen gibt es hier genug. Ärzte zu wenig. Anscheinend kannst du unter Druck arbeiten und lässt dich nicht aus der Ruhe bringen. Ungeschickt bist du auch nicht. Also überleg dir, was du willst. Manchmal schadet es nicht für das zu kämpfen, was man möchte.«

Larissa hatte darum gebeten, Kaya noch ein wenig auf der Krankenstation lassen zu dürfen und war in die Trainingshalle gegangen. Wo sie auf einen Sandsack einschlug, als müsste der unbedingt zerstört werden. Schweiß lief ihr in Strömen über das Gesicht. Ihr Atem ging keuchend.

Sie haben sie an den Haaren festgehalten ... an den Haaren FESTGEHALTEN.

Sie konnte den Gedanken einfach nicht stoppen. Immer wieder schwirrten ihr diese Worte durch den Kopf.

Zuschlagen, ausweichen, drehen, Tritt, Schlag, Tritt, Doppelschlag. Ihr Körper führte die Bewegungen automatisch aus. Spulte sie ab aus der Erinnerung an das Trainingsprogramm, das Lance ihr beigebracht hatte. Es kam ihr vor, als wäre dies in einem anderen Leben gewesen. Genau genommen war es ja auch so.

»Miese, widerwärtige, abartige SCHWEINE!« Das letzte Wort schrie Larissa. Schwer atmend trat sie einen Schritt zurück und schüttelte ihr geprelltes Handgelenk. »Sie ist höchstens fünf, verdammt!«

»Sieben, aber sie ist klein für ihr Alter.«

Erschrocken fuhr Larissa herum. Erst als sie Chris' Stimme hörte, wurde ihr bewusst, dass sie die letzten Worte laut ausgesprochen hatte.

Er saß, an die Wand gelehnt, auf dem Fußboden am anderen Ende des Raumes. Ein Knie angewinkelt, lässig die Armen darauf abgelegt, beobachtete er Larissa. Ebenso wie Kaya die weit genug von ihm entfernt saß, um sich sicher zu fühlen.

Als Larissa sie ansah, erhob sie sich mit einer müden Bewegung, hob etwas vom Boden auf und kam auf sie zu.

»Anziehen bitte«, sagte sie, während sie Larissa ein paar Trainingshandschuhe reichte.

»Danke.« Larissa lächelte Kaya an, aber das Wort war für Chris bestimmt. Niemals hätte sie das Geschenk von ihm angenommen, das wussten sie beide. Aber Kaya konnte sie es nicht abschlagen.

Das Mädchen nickte ernst, dann musterte sie den Sandsack. Langsam hob sie die Hand und schlug zaghaft zu. Nichts. Ein so zögerlicher Schlag versetzte den schweren Sack nicht einmal in Schwingung.

Kaya runzelte die Stirn, schlug noch einmal zu, fester diesmal. Der Sack begann leicht zu schwingen. Die Kleine stieß einen frustrierten Laut aus und ließ die Arme sinken. Ihre Schultern sanken herab.

»Komm hier herüber, Kaya.« Chris' Stimme war ruhig und sachlich. Er stand bei einem der Standsäcke, an denen die Kinder trainierten. »Versuch es mit diesem hier. Wenn du einen Elefanten erlegen willst, fängst du nicht damit an, nach dem Schwein zu schlagen. Du beginnst mit der Ratte. Komm ...«

Gehorsam trabte Kaya zu ihm hinüber. Die Faszination, die sie offensichtlich empfand, schien ihre Furcht zu überwiegen und ließ sie ihren Sicherheitsabstand vergessen.

Ohne noch eine weitere Aufforderung zu benötigen, stellte sie sich vor den Sack, fixierte ihn kurz und schlug zu.

»Gut, weiter so. Aber heb deine Arme höher. Die Schultern müssen gerade sein.«

Larissa beobachtete eine Weile, wie Kaya verbissen auf das Übungsgerät einschlug, während Chris ihre Haltung korrigierte, sie anfeuerte oder bremste.

»Nein, keine Tritte. Die kommen später. Nicht mit der verletzten Hand zuschlagen. Behalte die als Deckung oben. Wenn deine Arme schmerzen, machst du trotzdem noch ein bisschen weiter. So ist es gut.«

»Kaya? Ich gehe duschen?«

Larissa war nicht sicher, ob die Kleine es ertrug, nur mit Chris allein zu bleiben. Doch mittlerweile trocknete der Schweiß und hinterließ einen unangenehm klebrigen Film auf ihrer Haut. Ihre Sorge erwies sich als unbegründet. Kaya nickte nur kurz und konzentrierte sich weiter auf ihren unsichtbaren Gegner.

Einige Minuten später kam das Mädchen dann doch zu Larissa in den Duschraum. Ihr war die Erschöpfung anzusehen, aber sie hielt sich sehr gerade.

Nur ein kurzes Zögern, bevor sie ihre Kleider auszog und unter den warmen Wasserstrahl huschte.

Kommentarlos hielt Larissa ihr die Shampooflasche entgegen.

Ebenso wortlos nahm Kaya sie. Die Schultern noch immer unnatürlich gerade.

»Du kannst dich entspannen, weißt du. Das gerade hast du wirklich gut gemacht«, sagte Larissa leise.

Kaya runzelte nachdenklich die Stirn. »Haltung is wichtig«, nuschelte sie mit vor Müdigkeit schleppender Stimme. »Duschen auch.«

»Sagt Chris?«

Kaya nickte.

»Damit hat er völlig recht. Aber nach dem Training darf man ein bisschen entspannen.«

Daraufhin sackte Kaya förmlich zusammen. Die emotionale und körperliche Anstrengung des Tages forderten offensichtlich ihren Tribut.

Nach der Dusche konnte sie kaum noch die Augen offen halten, sodass sie es Larissa gestattete, ihr beim Anziehen zu helfen. Beim Hinausgehen taumelte Kaya erneut vor Müdigkeit. Kurzentschlossen nahm Larissa sie auf den Arm und trug sie.

Chris trat hinaus auf den Flur zwischen den Duschen, wo er auf Larissa und Kaya traf.

Larissa verharrte mitten in der Bewegung, was ihm ein schiefes Grinsen entlockte.

»Kann ich dir in irgendeiner Form behilflich sein?«, fragte er.

Sie befeuchtete sich die Lippen, bevor sie antwortete: »Ich denke nicht.«

Mit einer Kopfbewegung deutete Chris auf Kaya. »Ich dachte nur, sie wird recht schwer mit der Zeit? Soll ich sie dir abnehmen?«

Larissa verlagerte das Gewicht des Mädchens ein wenig.

»Nein danke«, erwiderte sie anschließend. »Kaya erträgt körperliche Nähe nicht so gut. Ich möchte nicht, dass sie aufwacht.«

Er nickte rasch. Sie musste ihm nichts erklären, was er schon wusste. »Dann lass mich euch begleiten.«

Er ging voraus, um ihr die Türen zu öffnen. Als er jedoch im Lift den Sensor für die obere Etage betätigte, stutzte Larissa.

»Nimm sie mit nach oben«, sagte Chris daraufhin. »Der Tag war anstrengend für euch beide. Lass sie in einem richtigen Bett schlafen. Selbst wenn es nur für eine Nacht ist.«

In ihrem Zimmer angekommen schlug Chris die Decken zurück, damit Larissa Kaya ins Bett legen konnte. Dann schaltete er die kleine Leselampe ein.

»Damit sie sich nicht fürchtet, wenn sie aufwacht«, erklärte er auf Larissas fragenden Blick.

Nach einem kurzen Nicken sah sich unschlüssig im Raum um, als wüsste sie nicht, wohin sie sich nun wenden sollte.

Chris ging zu ihr, nahm sie sanft am Arm und dirigierte sie nach nebenan, wo er sie in einen der Sessel drückte.

Entgegen ihrer sonstigen Gewohnheit ließ sie es geschehen.

Noch immer schweigend ging er zur Bar, nahm zwei Gläser, die er einen Fingerbreit mit Brandy füllte.

»Versuch das«, sagte er zu ihr, während er ihr ein Glas in die Hand drückte. Daran, dass sie noch nicht einmal das Gesicht verzog, als der scharfe Alkohol ihr die Kehle hinab lief, erkannte er, dass sie nicht einmal bemerkte, was sie da trank.

»Wie konnten sie so etwas nur tun?«, fragte sie nach einer Weile, hob den Blick und sah ihn an.

Er konnte nur hilflos den Kopf schütteln. »Ich weiß es nicht.«

Ihre Augen füllten sich mit Tränen. Zum ersten Mal versuchte sie nicht, diese vor ihm zu verbergen.

Chris stellte sein Glas ab, ging zu ihr, zog sie vom Sessel hoch. Wortlos schloss er sie in seine Arme.

Als sie haltlos zu schluchzen anfing, setzte er sich, zog sie auf seinen Schoß und ließ sie weinen.

Er murmelte sinnlose Worte, die nur dem Zweck dienten, sie zu beruhigen, während er ihr durchs Haar strich. Irgendwann wurde sie ruhiger.

»Ich hab dein Shirt völlig nass gemacht«, murmelte Larissa schläfrig, machte aber keinen Versuch, von ihm abzurücken.

Er lächelte matt, verlagerte kurz ihr Gewicht, als er sich das Shirt über den Kopf zog.

»Nicht schlimm«, brummte er dann, während er ihr sanft die Tränen vom Gesicht wischte.

»Ich sehe schrecklich aus«, nuschelte sie und wollte sich abwenden.

Er hielt sie davon ab, indem er ihr einen Finger unters Kinn legte. »Du bist wunderschön«, flüsterte er.

Kurzentschlossen stand er auf. Sie immer noch in seinen Armen haltend, trug er sie hinüber zur Sitzecke.

Sie war so schlaftrunken, dass sie nicht protestierte, sondern sich einfach nur zur Seite rollte, als er sie dort ablegte. Seufzend hob er ihren Oberkörper an, zog ihr das Shirt über den Kopf, öffnete dann ihre Hose, um sie ihr ebenfalls auszuziehen.

Anschließend breitete er die Decke über ihr aus, erhob sich und wandte sich zum Gehen. Er würde schon einen Platz für die Nacht finden.

»Wohin willst du?«, hielt Larissa ihn zurück, wobei sie schläfrig zu ihm auf blinzelte,.

»Ich möchte dich nicht stören.«

Sie runzelte die Stirn. Schien über seine Worte nachzudenken. »Das tust du nicht. Bleib bitte. Vielleicht könnten wir einfach nur hier zusammen liegen?«

Als er sie so vor sich sah, den Blick voller Zuversicht auf sich gerichtet, wusste er, dass er ihr keinen Wunsch abschlagen konnte. Rasch entledigte er sich Schuhe, Hose und Socken und schlüpfte hinter ihr unter die Decke. Als sie sich an ihn kuschelte, legte er den Arm um sie. Diese Umarmung war alles, was in diesem Moment zählte. Denn dadurch, dass sie diese Nähe zuließ, ihm ihr Vertrauen entgegenbrachte, waren sie nicht nur zwei Menschen, die hin und wieder miteinander schliefen und nun zufällig nebeneinanderlagen. Die Geste, so simpel sie auch war, gab ihm das Gefühl, da wäre mehr als nur eine *Sache* zwischen ihnen.

Er hatte, abgesehen von seiner Familie, noch nie jemanden gehabt, den er einfach nur im Arm halten wollte. Oder dessen Umarmung er gern erwidert hätte.

Vor ihm atmete Larissa gleichmäßig und schenkte ihm so ebenfalls Ruhe. Brachte seine kreisenden Gedanken dazu, völlig im Hier und jetzt zu verharren.

Chris kam sich erbärmlich vor, als er versuchte, diesen ruhigen Moment zu seinem Vorteil zu nutzen. Behutsam legt er den Arm um sie, rutschte ein winziges Stück näher an sie heran. Langsam strich er an ihrem Arm entlang, um seine Hand auf ihre zu legen.

Atemlos wartete er darauf, ob sie ihm ihre Hand wieder entzog. Betete, dass sie es nicht tat, und dass es okay war, sie so zu halten. Diese plötzliche Angst war so untypisch für ihn, dass er für einen Sekundenbruchteil versucht war, aufzustehen und zu gehen. Allein das Wissen, er wollte dies nur, um ihr zuvorzukommen, hielt ihn davon ab. Er wollte kein Feigling mehr sein, was sie betraf. Denn das war er. Würde sie sich jetzt von ihm abwenden, er würde in tausend Stücke zerbrechen, die er nie wieder richtig zusammensetzen könnte.

Als Larissa sich seufzend regte, setzte sein Herz einen Schlag lang aus. Doch sie kuschelte sich nur noch enger an ihn.

Während ihr Atem immer langsamer und gleichmäßiger wurde, lag er neben ihr und starrte in die Dunkelheit. Wieder dachte er an seinen Mut. Er hatte tatsächlich geglaubt, er hätte eine Menge davon.

Dass er, durch die Art, wie seine Kindheit verlaufen war und dadurch, wie er lebte, härter war als andere. Ein Stück rücksichtsloser, ein wenig entschlossener. Allein dadurch, dass er seine Aufgabe erfüllte, koste es, was es wolle. Dass er durch dieses Leben und sein selbst gestecktes Ziel stark war. Sicher war. Doch er hatte sich getäuscht. Denn es gelang ihm einfach nicht, Larissa zu sagen, dass er sie liebte. Aber bei Gott, er würde es tun.

Er zwang sich, die Augen zu schließen, hob ihre Fingerknöchel an seine Lippen und streifte sie mit einem Kuss. Dann ergab er sich dem Schlaf mit der Gewissheit, eine weitere Nacht der Ruhe und des Friedens für sich gefunden zu haben.

Larissa regte sich und öffnete die Augen. An ihren Rücken geschmiegt lag Chris und streckte sich. Ein sicheres Indiz, dass er ebenfalls wach war.

Sein Arm, mit dem er sie umschlungen hielt, erschien ihr wie ein Bollwerk der Sicherheit. Warm und vertraut.

Als sie seinen tiefen Atem hörte, wurde Larissa bewusst, dass sie für immer hier liegen bleiben wollte. Nur sie und Chris in einem ruhigen, dämmerigen Raum. In diesem friedvollen Moment gab es keine Schatten der Vergangenheit, oder Probleme, die es zu bewältigen gab.

Sie blieb noch einen Augenblick liegen und dachte darüber nach, wie etwas, was sich so gut anfühlte, gleichzeitig so kompliziert sein konnte. Sie kam zu keinem Ergebnis und seufzte.

Chris regte sich und hauchte ihr einen Kuss auf die Schulter. Auch er schien nicht gewillt, seinen Schlafplatz zu verlassen.

»Ich war gestern auf der Krankenstation«, sagte Larissa, ohne sich umzudrehen, als ihr einfiel, dass sie über Tanias Angebot mit ihm würde sprechen müssen.

»Ich weiß«, erwiderte er ruhig. »Tania hat mir gesagt, sie möchte deine Ausbildung fortführen, als ich Kaya abholte.«

Nun drehte sich Larissa doch zu ihm um. »Es war mit Tania abgesprochen, dass sie Kaya für ein paar Stunden bei sich behält«, sagte sie, um ihm klar zu machen, dass sie ihre Pflichten dem Mädchen gegenüber nicht vernachlässigt hatte. Erst dann fiel ihr etwas anderes auf. »Du hast nichts dagegen?«

Er verzog das Gesicht. »Ich weiß, ehrlich gesagt nicht, was ich davon halten soll«, gestand er. »Das Training schafft Dave auch allein. Die Kinderbetreuung könnte ich Irehna überlassen. Aber du bürdest dir hier mehr und mehr Verantwortung auf. Die Art, wie du Kaya an dich gewöhnst ...« Er stockte, suchte sichtlich nach Worten. »Das ist etwas völlig anderes. Tania hat nur eine gewisse Zeit übrig, die sie für die Ausbildung von jemanden investieren kann.«

Larissa runzelte die Stirn. »Das weiß ich alles. Worauf willst du hinaus?«

Er antwortete nicht sofort, sondern strich ihr sanft eine Strähne ihres Haares zurück. Seine Finger glitten weiter über ihre Wange, fuhren die Konturen ihres Kinnes nach. »Ich muss sicher sein, dass du hierbleiben wirst.«

Sie atmete tief ein und biss sich auf die Unterlippe. Sein Blick lag so intensiv auf ihr, dass ihr sofort klar war, hier ging es um mehr als um eine simple Frage. Mittlerweile fühlte sie sich wohl in der Basis, so verrückt wie das klang. Aber konnte sie wirklich akzeptieren, was er draußen tat?

»Reicht es dir, wenn ich versuche, dich ganz und gar zu akzeptieren?«, entgegnete sie.

Er schüttelte den Kopf. »Du musst dir sicher sein. Wirklich sicher. Bleiben zu wollen bedeutet nicht, dass du es nur tust, weil du keinen anderen Platz hast, an den du gehen könntest. Kaya gewöhnt sich langsam an dich. Ich weiß nicht, wie sie es verarbeitet, wenn du dich nur mit ihr abgibst, weil du meinst, du hast keine andere Wahl.«

Etwas in seiner Stimme ließ Larissa aufhorchen. »Geht es dir tatsächlich nur um Kaya und Tanias Zeitproblem?«

Sie hielt den Atem an, während sie auf seine Antwort wartete. Die Lippen zusammenpressend wich er ihrem Blick aus.

Larissas Herz begann hart gegen ihre Rippen zu pochen. Das, was er nun sagen würde, war entscheidend für sie. »Bitte«, flüsterte sie.

»Ich weiß nicht, wie sie es verwinden würden, wärst du mit einem Mal wieder weg«, murmelte er rau.

»Was ist mit dir? Würdest du ...«

»Ich will dich nicht beeinflussen«, unterbrach er sie.

»Also frag erst gar nicht.«

Sie schnaubte. »Das hast du schon getan, bevor ich überhaupt hier war. Du weißt, warum ich kam. Sicher nicht, weil ich nicht wusste, wohin ich sonst gehen sollte.«

»Aber du bist aus diesem Grund geblieben.«

Sie schürzte nachdenklich die Lippen. »Ich bin geblieben, weil du mich eingesperrt hast.« Als sich daraufhin die alte Wachsamkeit in seinen Blick schlich, war sie es, die ihm über die Wange strich. »Anfangs blieb ich deshalb«, fuhr sie fort. »Aber ich liege nicht deswegen hier bei dir. Oder helfe darum beim Training und in der Krankenstation. Ich kümmere mich auch nicht deswegen um Kaya. Ich tue das, weil ich es möchte. Ich bin hier bei dir, weil du mir Sicherheit gibst und Aufgaben, mit denen ich wirklich etwas bewirken kann.«

»Sicherheit?«, wiederholte er. »Es …«

»Nein Chris«, unterbrach sie ihn. »Sag mir nicht wieder, es gäbe hier keine. Selbst wenn es so wäre, ändert es nichts daran, dass ich mich bei dir sicher fühle.« Larissa musste all ihren Mut zusammennehmen, um die nächsten Worte auszusprechen. »Seitdem ich hier bin, versuchst du, mich auf Abstand zu halten. Es ist, als hättest du meterhohe Mauern aus massivem Stahl um dich herum errichtet, durch die du niemanden an dich heranlassen möchtest. Du hast dich entschieden, niemals von jemanden abhängig zu sein. Aber jetzt musst du dir überlegen, ob diese Mauern dich wirklich beschützen. Oder sind es nur die Symbole deiner verzweifelten Versuche, nicht verletzt zu werden? Ich kann dir nicht versprechen, dass ich dich niemals verletzten werde. Aber ich kann dir versichern, dass ich es niemals absichtlich tun werde.«

»Ich halte dich nicht auf Abstand«, fuhr er auf. »Ich versuche dich zu schützen.«

»Wovor? Vor dir? Vor den Menschen hier? Vor dem Leben? Ich kann auf mich aufpassen, Chris. Ich gebe ja zu, anfangs konnte … nein, wollte ich dir nicht glauben. Manchmal begeht man nun einmal Fehler. Ab und zu wird man auch verletzt. Das gehört zum Leben dazu. Davor kannst du mich nicht schützen. Du hast mir versprochen, nicht für mich zu entscheiden. Dann tue es auch jetzt nicht.«

Er antwortete nicht, sondern wandte sich von ihr ab. Drehte sich auf den Rücken und bedeckte seine Augen mit dem Unterarm.

Larissa unterdrückte einen Fluch. Sie war so ehrlich gewesen, wie sie es konnte, nur damit er wieder dicht machte. Sie schlug die Decke zurück, stand auf und atmete tief durch.

»Sag mir Bescheid, wie du dich hinsichtlich meiner Ausbildung entschieden hast«, sagte sie, ohne ihn anzusehen. Hätte sie auch nur einen Blick auf ihn geworfen, sie hätte nicht garantieren können, ihn nicht anzuschreien.

Erst als sie schon fast bei der Tür war, hielt seine Stimme sie zurück. »Geh nicht«, sagte er so leise, als redete er mit sich selbst.

Sie blieb stehen, schloss die Augen, wartete, mit angehaltenem Atem, ob er fortfahren würde.

»Es geht nicht nur um Kaya«, gestand er. »Auch ich wüsste nicht, wie ich es ertragen sollte, wenn du gehst.«

Beinahe ohne es zu wollen drehte sie sich zu ihm um.

Chris hatte sich aufgesetzt und sah sie an.

Larissa schluckte, als sie die Unsicherheit in seinem Blick erkannte.

»Ich wünsche mir, du würdest bleiben, weil du es so willst. Ich will sicher sein können, dass du hinter mir stehst. Dass du da bist, mich nicht hängen lässt, auch wenn ich mich wie ein Idiot benehme.«

Larissa begann zu lächeln. Sie konnte gar nicht anders. Das warme Gefühl, das sie durchströmte, ließ keine andere Regung zu. Sie ging zurück zu Chris, der jeder ihrer Bewegungen verfolgte.

Als sie vor ihm stand, schlang er die Arme um ihre Taille, zog sie an sich, legte den Kopf in den Nacken und sah sie einfach nur an.

Sie beugte sich zu ihm hinab, um ihn zu küssen. Dabei hatte sie zum ersten Mal das Gefühl, dass alles gut werden würde. Die Versuchung, wieder zu ihm unter die Decke zu schlüpfen, war groß, doch sie löste sich seufzend von ihm.

»Ich muss zu Kaya, bevor sie aufwacht.«

Er nickte, schlug die Decke zurück und stand ebenfalls auf. »Ich sollte mich auch um ein paar Dinge kümmern«, brummte er. »So wie ich es sehe, hast du ab morgen eine neue Aufgabe.«

Sie grinste. »Beförderungen gehen hier verdammt schnell.«

Er warf einen bedeutsamen Blick in Richtung der Sitzecke. »Du glaubst gar nicht, wie schnell ich dich wieder genau dorthin befördern möchte.«

Lachend wich sie seinen Händen aus. »Heute Nacht«, versprach sie.

Er umfasste ihre Hüften und zog sie trotz ihrer spielerischen Abwehr an sich. Dann küsste er sie, bis ihr die Luft wegblieb und sie leise stöhnte.

»Nur um sicher zu gehen, dass du es nicht vergisst«, raunte er ihr ins Ohr, als er sie schließlich freigab. »Nun geh und sieh nach Kaya.«

In den nächsten Wochen erfüllte die Arbeit auf der Krankenstation Larissa gänzlich. Tania war eine gute, aber auch unerbittliche Lehrmeisterin. Nachdem sie überprüft hatte, auf welchem Wissenstand Larissa sich befand, teilte die Ärztin ihr tagsüber entsprechende Aufgaben zu. Die Nachmittagsstunden waren für die Ausbildung vorgesehen, wenn nicht gerade ein Notfall eintrat, bei dem Larissa entweder assistieren oder zusehen sollte.

Chris hatte Irehna die Kindergruppe übergeben, was Larissa mit leichter Wehmut erfüllte, die aber rasch durch die Freude über ihre neue Tätigkeit verdrängt wurde. Weitaus mehr vermisste sie das nachmittägliche Training.

Doch durch Kaya fand sie auch dafür einen Ersatz. Von früh bis spät hing sie an Larissa, wie ein Schatten, der ihr überallhin folgte. Während der Operationen und der Schulung beschäftigte sie das Mädchen mit kleinen Aufgaben oder vorbereiteten Lernstoff.

Aber jeden Abend um dieselbe Zeit meldete sich Kaya bei Larissa ab und verschwand. Auf eine unauffällige, stumme aber doch fordernde Art saß sie dann vor der Tür zu Chris' Zimmer und wartete auf ihn. Sie trainierte noch immer nicht mit den anderen Mädchen, aber sie bestand auf ihr Einzeltraining mit Chris.

Und er nahm sich Zeit für sie, egal was sonst noch anlag, gleichgültig wie anstrengend der Tag gewesen oder wie müde er war. Chris schenkte Kaya diese, für sie scheinbar so wichtige, Stunde am Tag.

Larissa schloss sich ihnen regelmäßig an und genoss es, den Abend auf die Art ausklingen zu lassen.

So auch heute. Auf der Krankenstation war nicht viel los gewesen, was Tania genutzt hatte, um Larissa wieder und wieder am 3D Simulator kleinere Operationen durchführen zu lassen, bis sie die einzelnen Handgriffe beherrschte. Das Ergebnis erfüllte Larissa mit einer tiefen Befriedigung und einer verspannten Nackenmuskulatur. Sie hoffte, Letzteres beim Sport loszuwerden.

Chris trainierte mit Kaya an der Übungspuppe, als Larissa dazu kam.

»Nein fester«, wies Chris das Mädchen gerade an. Entgegen ihrer üblichen Art, alle Anweisungen von Chris detailliert zu befolgen zögerte Kaya. Sie schien unsicher, ob sie ihm auch diesmal trauen konnte oder lieber die Flucht ergreifen sollte.

»Schrei wenn du musst«, ermutigte er sie. »Aber tu es.«

Larissa runzelte die Stirn und trat näher. Irgendetwas hielt Kaya in der Hand.

»Ich weiß, du magst es nicht. Aber wenn du einem Mann wehtun willst, richtig wehtun, dann ist das die Stelle. Stich zu! Leg alle Kraft, die du hast, in den Stoß.«

Kaya nickte entschlossen, stieß einen kleinen Schrei aus und attackierte die Puppe.

»Prima, jetzt die Niere.«

Kaya umrundete die Übungspuppe und stach zu.

»Pass auf die Rippen auf. Gut so ... Milz ... Leber ...

Nein, stich von unten zu ... ja genauso. Obere Magengegend ... Knie.« Chris' Anweisungen kamen knapp und präzise. Kaya führte jede Einzelne aus, ohne zu zögern. »Genitalien.«

Dieses Mal zögerte sie.

»Tu ihm weh.«

Sie tat es.

»Okay, genug Neues für heute. Geh duschen. Gut gemacht.«

Kaya lächelte. Sie lächelte wirklich. Ein kleiner tänzelnder Schritt, eine angedeutete Verbeugung und weg war sie.

»Eine Nagelfeile?« Larissa schüttelte den Kopf, als sie den Gegenstand in Kayas Hand nun erkannte.

Chris zuckte mit den Achseln. »Ich hätte ihr einen Dolch gegeben, aber ich wollte nicht riskieren, dass sie sich selbst verletzt. Außerdem dachte ich, du wärst dagegen.«

»Da hast du völlig recht. Ich dachte, es geht darum, sie zu stärken, nicht ihr das Töten beizubringen.«

Er sah sie aufmerksam an. »Es geht darum, sie das Kämpfen zu lehren.«

Larissa seufzte und ließ den Kopf kreisen, um ihre Muskulatur zu lockern. »Ich weiß. Ich wünschte nur, sie müsste das nicht lernen.«

Chris stellte sich hinter sie und begann, ihre Schultern zu massieren. Erleichtert schloss Larissa die Augen und lehnte sich gegen ihn.

»Das wünschte ich auch«, bekannte er leise. »Aber es ist notwendig, das weißt du. Es hilft ihr, sich sicher zu fühlen.«

»Reicht es nicht, wenn sie weiß, wie man sich verteidigt?«

Seine Hände kamen auf ihren Schultern zu liegen. »Mir hat es geholfen, zu wissen, wie man tötet«, gab er zu.

Larissa drehte sich zu ihm um und betrachtete ihn forschend. »Erzähl mir davon.«

Er wandte den Blick ab. »Da gibt es nicht viel zu erzählen«, wich er aus.

Sie legte die Hand an seine Wange und zwang ihn mit sanfter Gewalt, sie wieder anzusehen. »Traust du mir immer noch nicht?«

Er lächelte schief und küsste sie. Sie schlang die Arme um seinen Hals, als er sie fester an sich zog. Genoss die neue Offenheit, mit der er ihr seine Zuneigung zeigte.

»Ich rede nur nicht gerne darüber«, sagte er, als er sich von ihr löste.

Larissa hatte Mühe, wieder zu Atem zu kommen. »Ich mag den Gedanken nicht, dass du etwas vor mir zurückhältst, weil du befürchtest, ich könne dich Verurteilen.« Chris verzog das Gesicht und bewies ihr damit, dass sie mit ihrer Vermutung richtig lag. »Rede mit mir, Chris«, bat sie. Mit einem Mal war es ihr wichtig, dass er sich ihr anvertraute.

»Als Larn mich damals abholte«, begann er langsam, »war ich Kaya sehr ähnlich. Ich reagierte, wenn man mich ansprach, tat, was man von mir verlangte, aber ich sprach nicht. Ich war so voller Angst«, wieder senkte er den Blick, »dass man mich bemerken könnte. Also versuchte ich, nicht aufzufallen. Ich dachte, wenn man mich nicht wahrnimmt, könnte mir auch nichts passieren. Tania half mir, aber ganz konnte sie mir die Angst nicht nehmen. Solange Larn bei mir war, war alles in Ordnung. Nur konnte er nicht immer da sein. Und sobald ich allein war …« Er seufzte. »Ich war ein ziemlicher Feigling damals.«

»Du warst ein Kind und hattest Angst. Was völlig normal ist, nach dem, was passiert ist.«

Er nickte. »Ich fühlte mich sicherer, als Larn mich hierher brachte. Dass Tania sich entschloss, uns zu begleiten, um sich weiter um mich zu kümmern, verursachte bei mir das Gefühl, wirklich geschützt zu sein. Aber es reichte nicht. Auch nicht, dass Larn mir beibrachte, wie man kämpft.« Er biss sich auf die Lippen, bevor er zögernd fortfuhr. »Jede Nacht träumte ich von der Ermordung meiner Eltern. Jeden Morgen wachte ich auf und fühlte mich hilflos. In jeder Minute des Tages dachte ich daran, die Mörder meiner Eltern zu töten.« Er warf Larissa einen schnellen Blick zu, ganz so, als müsse er sich vergewissern, dass sie nicht die Flucht ergriff bei seinem Eingeständnis.

Und wirklich fand sie seine Worte entsetzlich. Allerdings galt die Erschütterung dem Kind, das er gewesen war und das sich nicht anders zu helfen wusste, um das Erlebte zu verarbeiten.

»Hast du es getan?«, erkundigte sie sich, wobei sie sich bemühte, ihre Stimme sachlich zu halten.

»Vielleicht. Irgendwann in den letzten Jahren.«

Larissa schluckte. Zu wissen, dass er tötete, wenn er es musste, war eine Sache. Es von ihm zu hören, eine völlig andere.

Vielleicht hätte sie davor zurückschrecken sollen, so wie sie es anfangs getan hatte. Doch alles, was Chris Larissa von sich offenbart hatte, alles was er für andere tat, das, was er gab, war gut. Und so akzeptierte sie in diesem Moment vollkommen, was er war und was er tat.

»Als ich lernte, wie man tötet, war ich zwölf Jahre alt. Ich denke, ich wollte dieses Wissen nicht einmal umsetzen. Nicht wirklich. Aber allein zu wissen, ich könnte, hat mir geholfen. Ab da fühlte ich mich nicht mehr so hilflos.« Er zuckte mit einer verlegenen Geste die Schultern. »Ich hoffe, Kaya könnte es ebenso gehen. Dass sie zu jung dafür ist, weiß ich. Ich habe auch nicht vor, sie da rauszuschicken um das, was ich ihr beibringe umzusetzen.«

»Ich weiß. Ich wünschte nur, sie müsste das niemals tun.«

»Ich werde alles dafür tun, dass sie ihr Wissen niemals anwenden muss«, versprach er.

Kapitel 12

Larissa sah auf die Uhr. Bis Chris zurückkam, würden noch Stunden vergehen.

Nicht vor dem Morgen, hatte er ihr gesagt.

Seine häufige Abwesenheit war der einzige Wermutstropfen ihres neuen Lebens in der Basis. Larissa zog sein Tun nicht in Zweifel. Aber jedes Mal, wenn er fort war, stand sie Todesängste um ihn aus.

Um sich abzulenken, hatte sie den Abend mit Tania verbracht. Das gemeinsame Interesse für Medizin verband sie mit der Ärztin, was rasch eine Freundschaft zwischen ihnen hatte entstehen lassen.

Irehna kümmerte sich um Kaya, wann immer Larissa verhindert war. Auch sie verbrachte viel Zeit mit den anderen beiden Frauen, wenn sie nicht gerade bei Kyle war.

Kaya nahm mittlerweile am Gemeinschaftsunterricht teil, wobei sie keine Probleme hatte, diesem zu folgen.

Larissa seufzte. Warum also war sie so unruhig? Erneut warf sie sich auf der breiten Sitzecke herum, auf der sie sonst zusammen mit Chris übernachtete, da Kaya das kleine Schlafzimmer endgültig in Besitz genommen hatte. Alles lief gut, dennoch war an Schlaf nicht zu denken. Immer, wenn sie die Augen schloss, sah sie Chris vor sich. Verletzt, blutend, in Schwierigkeiten.

Sie wusste, es war nur ein Besuch bei einem Verbündeten, doch ihre innere Unruhe ließ sich von diesem Wissen nicht beeindrucken.

Wieder wälzte sie sich auf den Rücken. Es war nicht das erste Mal, dass er in den letzten vier Wochen fort war. Doch war sie noch nie zuvor so unruhig gewesen.

Als sich unerwartet die Tür öffnete, fuhr sie auf.

Chris' Gestalt zeichnete sich dunkel gegen das helle Licht im Korridor ab.

Larissa schoss aus dem Bett, rannte quer durch den Raum und warf sich ihm in die Arme.

»Hey – langsam.« Lachend umschlang er sie mit beiden Armen, bevor er sie hoch hob.

Sie lachte erleichtert, küsste ihn und drückte ihn an sich. Sein Körper, fest und warm an ihrem vervollständigte sie.

»Ich habe nicht erwartet, dass du noch wach bist«, murmelte er, während er ihr sanft mit der Hand über die Wirbelsäule fuhr.

»Ich konnte nicht schlafen.«

»Du hast dir Sorgen gemacht?«

Sie nickte stumm.

»Ich sagte doch, spätestens am Morgen bin ich zurück.« Seine Finger fanden ihren Halsansatz, massierten zärtlich ihren Nacken. »Nichts könnte mich davon abhalten, zu dir zurückzukommen.«

Da war etwas in seiner Stimme, was sie aufhorchen ließ. Sie zog sich ein Stück zurück und betrachtete ihn forschend. Bemerkte die dunklen Ringe unter seinen Augen, sowie die Erschöpfung, die er ausstrahlte.

»Alles in Ordnung?«

Er nickte, doch seine Augen blieben finster.

»Was ist passiert? Hattet ihr Schwierigkeiten?«

»Nein, aber ...« Er unterbrach sich, wollte sie erneut an sich ziehen, doch dieses Mal wich sie ihm aus.

»Was ist los?«

»Es gibt schlechte Neuigkeiten«, gestand er. »Setzen wir uns?«

Ein beklemmendes Gefühl kroch ihr den Nacken hinauf. Langsam schüttelte sie den Kopf.

»Ich will mich nicht setzen. Sag es mir einfach. Du bist hier bei mir, also kann es so schlimm nicht sein.«

Mit einem Seufzen begann er, unruhig durch den Raum zu gehen. »Draußen erreichten uns Nachrichten aus Makao«, sagte er schließlich.

Larissa stieß scharf den Atem aus. Schlagartig bedauerte sie es, seinen Vorschlag nicht befolgt zu haben. Sie dachte an ihre Großmutter, ihren Vater und Gari. Sie war seit acht Wochen fort. Unwahrscheinlich, dass sie die Suche nach ihr schon eingestellt hatten. Doch damit war zu rechnen. Das konnte es nicht sein, was Chris so beunruhigte.

Cindy fiel ihr ein. Sollte sich Gari tatsächlich an ihrer Freundin gerächt haben? Zuzutrauen wäre es ihm.

Ihre Finger krallten sich auf der Suche nach Halt in seinen Arm. »Wer?«

»Lance«, entgegnete Chris knapp. »Gari hat ihn unter Arrest gestellt.«

Larissa starrte ihn an, unfähig zu begreifen, was sie gerade gehört hatte. Langsam legte sich eine kalte Hand um ihr Herz und drückte es unbarmherzig zusammen.

»Aus welchem Grund?«

Chris nahm ihren Arm und führte sie zur Sitzecke.

Sie folgte ihm wie betäubt. Erst als er sich gesetzt und sie neben sich gezogen hatte, sprach er weiter.

»Lord Hiereon unterstellt ihm, etwas mit deinem Verschwinden zu tun zu haben. Da Cooper in dem Zusammenhang keine Aussage macht, droht ihm die öffentliche Hinrichtung. Sie übertragen es auf allen Kanälen.«

»Er kann keine Angaben machen. Er wusste doch nicht ... ich dachte, er wäre in Sicherheit«, stammelte Larissa. Ihr Blick irrte zu Chris, der mit zusammengebissenen Zähnen neben ihr saß. »Ich muss zurück«, stieß sie hervor.

Chris wandte sich ihr zu, nahm ihr Gesicht in seine Hände, um sie eindringlich anzusehen.

»Das geht nicht«, sagte er. »Genau das beabsichtigt Gari. Ich halte jede Wette, dass er dahinter steckt.«

»Natürlich tut er das«, würgte Larissa hervor. »Genau deswegen muss ich gehen.«

»Ich kann das nicht zulassen, Larissa.«

Mit einer abrupten Bewegung entzog sie sich ihm. »Du kannst mir das nicht verbieten. Lance wird sterben, wenn ich es nicht tue.«

»Es gibt keine Garantie, dass er frei gelassen wird, wenn du gehst«, entgegnete er hart.

Sie sprang auf. »Bedeuten dir andere tatsächlich so wenig?«, schrie sie. »Bei all dem, wofür du angeblich einstehst, verlangst du nun, dass ich den Mann, der mir wie ein Vater war, im Stich lasse?« Der Kloß in ihrem Hals machte es ihr unmöglich weiter zu sprechen, sodass sie nur den Kopf schütteln konnte.

Er erwiderte ihren Blick kurz, bevor er den Kopf senkte. »Ich weiß, was er dir bedeutet«, murmelte er. »Ich werde mir etwas einfallen lassen, Larissa. Ich verspreche dir, ich hole ihn da raus.«

»Das kannst du nicht«, schleuderte sie ihm entgegen. »Wäre es dir möglich, in eine Clanbasis einzudringen, wäre dein Bruder noch am Leben!«

Sein Kopf schnellte hoch, aber er widersprach nicht. Presste nur die Lippen zusammen und ballte die Fäuste.

Larissa hätte ihre Worte gern zurückgenommen, aber es war ihr unmöglich. Die Enttäuschung über seine Weigerung bohrte sich wie ein giftiger Stachel in ihr Herz. So erwiderte sie nur seinen Blick, wortlos aber entschlossen. Er würde sie nicht davon abhalten, zu gehen. Das durfte er nicht.

Die anhaltende Stille saugte alles Leben aus dem Raum. Nahm ihr die Luft zum Atmen. Sie rannte zur Tür. Raus, nur raus hier. Weg von ihm. Irgendwohin, wo sie sich sammeln und wieder einen klaren Kopf bekommen konnte. Doch ihre Hände zitterten so heftig, dass es ihr nicht gelang, die Zahlenkombination richtig einzugeben.

»Larissa …« Seine Stimme direkt hinter ihr ließ sie zusammenzucken.

»Lass mich raus«, stieß sie hervor. »Ich muss hier raus. Ich kann jetzt nicht mit dir in diesem Zimmer sein!«

Sie wirbelte herum, als er seine Hände auf ihre Schultern legte. »Fass mich nicht an!«

Ihm ausweichend ging sie ziellos durch das Zimmer, bis sie in der entgegengesetzten Ecke landete, so weit von ihm entfernt wie möglich.

Mit verschränktem Armen drückte sie sich gegen die Wand, um ihre zitternden Knie zu zwingen, sie weiterhin zu tragen. Sie wusste nicht, was sie tun würde, wenn er sie noch einmal berührte.

Chris versuchte es nicht einmal. Er setzte sich zurück auf das Sofa, strich sich mit der Hand übers Gesicht und warf ihr einen Blick zu.

»Warum?«, wollte sie wissen. Die Stimme so heiser, dass sie kaum zu verstehen war. »Lass mich hören, warum du ihn opfern willst. Obwohl du weißt, was er mir bedeutet und dass ich es verhindern kann.«

»Du weißt warum«, sagte er und klang so verdammt unnachgiebig.

»Weil du mir nicht traust? Weil du mit mir schläfst, mit mir zusammen lebst, aber mir noch immer nicht traust?«

»Weil ich dich verlieren könnte.« Seine Stimme war sanft, dabei so mutlos, dass sie fast brach. Unvermittelt sank sein Kopf auf die Brust und er vergrub das Gesicht in den Händen. »Ich werde nicht … Ich kann das nicht tun. Ich werde einen anderen Weg finden.«

»Es gibt keinen anderen Weg«, fauchte sie. »Erwartest du, dass ich hier sitze, nichts tue, um mir dann die Liveübertragung seiner Hinrichtung anzusehen? Vielleicht auch noch mit dir zusammen?«

Er holte tief Luft. »Ich kann ihn dort raus holen.«

»Das kannst du nicht. Du hast keine Zugangscodes. Dein Gesicht ist bekannt in Makao. Du wirst dort gesucht. Sie würden dich fassen, sobald du in der Stadt bist. Also werde ich gehen!«

»Nein, wirst du nicht!«

»Oh doch!«

»Du wirst nirgendwohin gehen!«

»Warum tust du mir das an?«

Seine Schultern hoben und senkten sich. »Weil ich dich liebe.«

Ihr Lachen klang verzweifelt. »Wie bitte?«

»Ich liebe dich.«

Verdammt! Wie kam er dazu, ihr gerade jetzt so etwas zu sagen? Wie lange hatte sie darauf gewartet, dass er diese Worte aussprach? Nun tat er es, um ihr in dem Moment, wo sie ihn wirklich brauchte, seine Hilfe zu verweigern. Dementsprechend sagte sie das Einzige, was ihr in den Sinn kam. »Was für eine Art Liebe ist das, die die eigenen Bedürfnisse als wichtiger ansieht, als die des angeblich Geliebten?«

Chris wusste nicht, wie es Larissa gelang, so beherrscht zu klingen. Ihr Ton war schneidend, aber ruhig. Was Schlimmer war, als hätte sie ihn angeschrien.

»Es ist meine Art«, versuchte er, sich zu verteidigen. »Die einzige, die ich dir geben kann. Denn es ist die einzige, die ich kenne.«

Er stand auf, um sich ihr zu nähern. Das Bedürfnis sie zu halten, ihr Trost zu bieten, hätte ihn fast dazu gebracht, sie an sich zu ziehen. Aber ein Blick in ihre Augen hielt ihn zurück. Er hatte sie verletzt. So tief, dass nicht einmal sein Geständnis sie hatte besänftigen können. Er verübelte es ihr nicht. Der Zeitpunkt war denkbar schlecht. Nur hatte er keine Ahnung, wie er sie sonst würde halten können. Er wollte sich ihr erklären, seine Entscheidung begründen, sie überzeugen, ihm zu vertrauen, doch er fand die Worte nicht.

Zu sehr war er in ihrem Blick, ihrem Schmerz gefangen. Alles in ihm schrie, dass es falsch war, entsetzlich falsch und unpassend. Dass sie recht hatte mit dem, was sie sagte. Und doch konnte er, durfte er nicht nachgeben. So starrten sie sich schweigend die Augen. Jeder darauf bedacht sich nicht die Blöße zu geben, zuerst zu blinzeln. Oder zuerst wegzuschauen.

»Ich dachte, wir hätten eine Abmachung«, brach er die unheilvolle Stille, die sich erneut über sie gelegt hatte und ihnen das Atmen schwer machte. »Ich dachte, du würdest bleiben wollen.«

»Die haben wir immer noch.«

»Wohl kaum.«

Wie konnte er so voller hilfloser Wut sein, so erfüllt von dem Wunsch, alles kurz und klein schlagen zu wollen, und gleichzeitig so ruhig?

»Wie meinst du das?«, fauchte sie.

»Das weißt du.«

»Nein, eben nicht! Das ist es ja! Ich weiß es nicht! Wieder entscheidest du allein. Du bist so von der Furcht erfüllt, zurückgelassen zu werden, dass du lieber einen aufrechten, ehrenhaften Mann sterben lässt, anstatt mich gehen zu lassen!« Jetzt, endlich, blitzte die Wut aus ihren Augen hervor. »Glaubst du wirklich, das hat irgendetwas mit Liebe zu tun? Denkst du ernsthaft, du kannst so etwas einfach mit mir machen?«

Nein, das tat er nicht. Dazu kannte er die Frau, in die er sich verliebt hatte, sie viel zu gut

Unvermittelt wollte er es hören. Wollte, dass sie die Worte ebenfalls zu ihm sagte, auf dass er Sicherheit finden könne.

»Du liebst mich auch.«

Sie blinzelte und sah weg. Diesen unbedeutenden Kampf hatte er gewonnen. Doch war der Gewinn nichts wert. Er wollte Erlösung von der quälenden Ungewissheit, von den nagenden Zweifel. Wünschte sich Befreiung von dem erbärmlichen Gefühl, sie nicht zu verdienen, das nach wie vor in ihm wütete. Dabei hatte er ihr gerade alle Gründe aufgezeigt, warum er ihrer nicht Wert war.

»Du liebst mich«, wiederholte er dennoch und machte einen weiteren Schritt in ihre Richtung. Er sah ein kurzes Nicken und sein Herz hob sich. So wurde er die Frage los, die seit Wochen in ihm tobte »Warum?«

»Warum?« Tonlos lachte sie auf. »Ich habe keine Ahnung!«

Das wollte er nicht hören, denn das war die Antwort, die er sich selbst wieder und wieder gab. Warum sollte ihn jemand lieben?

»Du musst es wissen. Woher weißt du sonst, dass du es tust?«

Ein gequältes Lächeln erschien auf ihren Zügen. »Warum ist dir das jetzt so wichtig?«

Er schüttelte den Kopf, während er noch einen Schritt auf sie zutrat. Er brauchte sie. Musste sie spüren. Musste eine Entscheidung treffen. Wozu er nicht in der Lage war, solange er nicht wusste, was sie dazu brachte ihn, ausgerechnet ihn, zu lieben. Den Kampf komplett aufgebend schloss er seine Augen.

»Sag es mir«, flüsterte er.

»Es ist weil ...«

Weil?

»Ich ...«

Sie?

Gott, warum hatte sie eine solche Macht über ihn? Was war es, was ihn dazu bewegen wollte, alles für sie zu riskieren? Alles aufzugeben? Alles aufs Spiel zu setzen, was ihm etwas bedeutete?

»Du gibst mir Sicherheit«, hörte er sie flüstern. »Du setzt dich für Andere ein. Du hast großen Einfluss und doch genießt du es nicht, zu tun, was du nun einmal tun musst.«

Er öffnete die Augen. Sah sie nun doch an. Aber als er den Mund öffnete, um etwas zu erwidern, schüttelte sie den Kopf. Also schwieg er, um sich anzuhören, was sie zu sagen hatte.

»Macht hat immer etwas mit Verantwortung zu tun«, sagte sie. »Wer es genießt, Macht zu haben, verliert schnell die Verantwortung aus den Augen und lässt sich korrumpieren. Du hingegen versuchst immer, das Richtige zu tun. Das liegt in deiner Natur. Das bist einfach du. Deine Nähe lässt mich alles ein wenig intensiver spüren.« Sie zuckte mit den Schultern. »Ich kann es dir nicht besser erklären, aber ich vertraue dir. Vertraue darauf, dass du auch heute das Richtige tun wirst. Ich bitte dich, auch mir zu vertrauen. Bitte, verletze mich jetzt nicht durch dein Misstrauen.«

Die Offenheit, die sie ihm entgegenbrachte, rührte ihn, sodass er nur den Kopf schütteln konnte. Ob als Bestätigung, dass er nichts Verletzendes äußern würde, oder im Unglauben darüber was sie gesagt hatte – er wusste es nicht.

»Nur tu mir einen Gefallen«, fuhr sie nach einem kurzen Moment fort. »Wenn du dir sicher bist, mich erneut gegen meinen Willen hier festzuhalten, ohne diese Sache vernünftig mit mir zu klären, dann verschwinde. Und mische dich nie wieder in mein Leben ein.«

Er hatte keine Antwort. Wusste nicht, wie er reagieren sollte. Sie gehen lassen? Sie wissentlich einer Gefahr aussetzten? Sie fortschicken, in dem Bewusstsein, sie nicht schützen zu können? Er bezweifelte, dass ihm das möglich war. Vielleicht wenn …

»Sag es!«, forderte er.

Als sie den Mund öffnete, und ihr Blick wieder den Seinen traf, erschien alles für einen Augenblick vollkommen unkompliziert und einfach.

»Ich liebe dich«, flüsterte sie.

Chris hatte ihre Worte noch nicht vollständig realisiert, da stand er bereits vor ihr.

»Noch mal.« Am liebsten hätte er sich vor Scham die Ohren zugehalten so bedürftig klang er. Als wäre ihr Geständnis die Luft, die ihn vor dem Ersticken bewahrte, sehnte er sich nach diesen Worten. Wollte sie wieder und wieder hören, bis sie ihn komplett einhüllten. »Larissa. Sag es. Noch mal. Jetzt!«

Aber der Moment des Friedens verging ebenso schnell, wie er gekommen war. Larissas Blick verlor die leichte Verletzlichkeit und füllte sich mit flammenden Zorn.

»Was soll das?«, fauchte sie. »Was nützt es, es ständig zu sagen? Gibt dir das ein Triumphgefühl? Zu wissen, dass Lance sterben wird, weil du nicht zulassen willst, dass ich es verhindere und ich dich dennoch liebe?«

Ihre Augen verengten sich. »Selbst wenn ich das tun sollte – und ich kann nicht dafür garantieren, dass es so sein wird – werde ich dir das niemals verzeihen.«

Kopfschüttelnd kam er ihr noch näher. Das war nicht der Grund, verdammt. Bei Weitem nicht. Doch er konnte es ihr nicht erklären. War unfähig ihr zu sagen, dass er es immer wieder hören wollte, bis er es soweit verinnerlicht hatte, dass er sie gehen lassen konnte

»Sag es einfach noch einmal, Larissa«, beschwor er sie.

»Nein!«

Mittlerweile stand er so dicht vor ihr, dass er ihre Wärme spüren konnte. Er hatte keine Ahnung, ob sie ihn von sich stoßen oder an sich ziehen wollte, als sich ihre Hände in seinem Shirt verkrallten.

»Nein!«, wiederholte sie. »Wenn du das, was wir haben, wahrhaftig zerstören willst, dann verschwinde! Sofort!«

Er konnte ihre Wut nachempfinden. Konnte sie so gut verstehen. Dennoch legte er behutsam seine Hände über ihre, während er ihr fest in die Augen sah. »Du wolltest mich«, murmelte er rau. »Mit allen Konsequenzen. Also wage es nicht, mich nun fortzuschicken. Ihre Augen weiteten sich. Sie versuchte, ihre Hände zu befreien, doch er hielt sie eisern fest. »Du liebst mich. Also vertrau mir auch. Voll und ganz.«

»Aber …«

»Ich werde Cooper nicht sterben lassen. Aber ich kann auch nicht zulassen, dass du blindlings davon stürmst. Auf dieselbe Weise bist du aus deinem Zuhause geflohen. Bitte, mach nicht noch einmal denselben Fehler. Nicht auf diese Art. Nicht so unüberlegt.«

Er konnte nicht länger leugnen, dass er seine Entscheidung bereits getroffen hatte. Wahrscheinlich schon, bevor er vorhin durch die Tür getreten war.

Er löste eine Hand von der ihren, um durch ihr Haar zu fahren.

Sie ließ es geschehen, stand gänzlich reglos vor ihm. Nur ihre Brust hob und senkte sich unter ihren heftigen Atemzügen. Der Kuss, den er ihr gab, wurde durch Sanftheit dominiert. Alles was jetzt zählte, waren Larissas Lippen auf den seinen. Chris zog leicht an ihrem Haar, drängte sie weiter in den Kuss hinein.

Das leise Wimmern, das sie daraufhin ausstieß, bestärkte ihn in seinem Handeln nur noch. Seine Hand umfasste ihr Gesicht, strich über ihre Wangenknochen, während seine Zunge immer weiter ihren Mund eroberte.

Er presste sie an sich. Nahm jedes noch so kleine Zittern ihres Körpers wahr. Spürte, wie sie erbebte, jedes Mal, wenn sich ihre Zungen trafen.

Ihre Hände glitten unter sein Shirt. Rissen fordernd daran.

Er löste sich von ihr, ließ zu, dass sie es ihm über den Kopf zog und befreite auch sie von ihrem Top.

Mit derselben Ungeduld zog er sie erneut an sich, spürte heiße Haut an heißer Haut, während er sie in einen weiteren hitzigen Kuss verwickelte.

Chris genoss es, wie sie atemlos nach Luft schnappte. Saugte leicht an ihrer Haut, während sie ihm die Hände in den Nacken legte, um ihn noch näher an sich zu ziehen. Seine Zähne gruben sich sanft in ihren Hals, als Larissas Hand zwischen ihre Körper glitt.

Den Mund gegen ihren Hals gepresst entwich ihm ein tiefes Knurren, das ihr eine Gänsehaut bescherte.

»Larissa ...« Heiser vibrierte seine Stimme an ihrem Hals.

Fast grob schob er sie ein kleines Stück von sich fort, befreite sie von ihrer restlichen Kleidung, bevor er sich ebenso hastig der seinen entledigte. Dann griff er wieder ihren Nacken, zerrte sie zu sich heran. Ihre Lippen waren den Seinen so nah, dass er ein weiteres Stöhnen nicht unterdrücken konnte.

Endlose Hitze breitete sich in ihm aus. Beschwor solch ein Ausmaß an Sehnsucht und Lust herauf, dass er kaum noch denken konnte. Seine Hand glitt an ihr herab, fand ihre Mitte und rieb sie. Seinen emsigen Takt übernehmend, ließ sie ihre Stirn gegen seine sinken.

»Chris ...« Beinahe ein Flehen. »Ich ... liebe dich.«

Wie eine lang, so lang erwartete Erlösung, legten sich ihre Worte um sein Gemüt. Hitzig steigerte er zusammen mit ihr das Tempo seiner Hand.

Schneller, verdammt noch mal schneller, raste es durch seine Gedanken. *Und sag es lauter. Umso vieles lauter.*

»Lauter!«, grollend biss er in ihre Unterlippe. »Jeder soll es hören!«

»Chris!« Sich von seinem Mund losreißend warf sie ihren Kopf in den Nacken.

Er stöhnte während sein Mund über ihre Brust glitt. »Genauso. Was ist das zwischen uns?«

Herausfordernd glitten seine Lippen über ihre Nippel.

Sie rang nach Luft und begann unwillkürlich unter seinen Händen zu zucken.

»Liebe! Ich liebe dich, Chris!«

Der warme Wind drang durch die Fasern seiner Kleidung und trieb ihm Staub in die Augen. Dennoch stand Chris völlig reglos. Es war ihm egal, wie sehr der Sand in seinen Augen brannte oder wie beißend ihm der Wind ins Gesicht blies. Das war Nichts im Vergleich zu dem Aufruhr, der in seinem Inneren tobte.

Er war unfähig, seinen Blick von Larissa abzuwenden.

Sie standen draußen neben dem Ausflugstor zu Hangar eins. Sicher, sie hätten auch im Inneren warten können, bis der Gleiter, der Larissa zurück an die Randgebiete Makaos bringen würde, startklar war.

Aber er hatte es im Inneren nicht mehr ausgehalten. Konnte nicht länger neben Irehna stehen, die Trost in Kyles Armen fand, nachdem sie sich von Larissa verabschiedet hatte. Nicht, während es für ihn nichts gab, was ihm hätte Trost bieten können. Er brauchte frische Luft, Sonne, das Gefühl, nicht so eingeengt zu sein. Es war vorbei.

Aber das war doch im Grunde nicht wirklich schlimm, oder? Er hatte schon so viele Leute gehen lassen. Gehen lassen müssen.

Ist dir schon einmal aufgefallen, dass dich jeder früher oder später verlässt? Mummy, Daddy, Larn und jetzt Larissa, flüsterte die böse Stimme in seinem Inneren, die er dachte besiegt zu haben. *Hast du dich schon einmal gefragt, ob es an dir liegt, dass sie alle sterben? Dass du selbst es bist, der alles zerstört, was du liebst?*

Verdammt ja, das hatte er mehr als genug getan.

Jeder Mensch, den er liebte, verabschiedete sich irgendwann von ihm. Er kannte es, war vertraut mit dem Gefühl des Verlustes. Darum sollte es nicht so schwer sein, auch mit diesem Abschied klar zu kommen. Er war schließlich geübt darin. Doch warum fühlte es sich dieses Mal so anders an? Seine Brust drohte zu zerspringen.

So viele Menschen waren vor seinen Augen gestorben, aber mit anzusehen wie Larissa ihm den Rücken kehrte, ließ *ihn* innerlich sterben.

Sie stand vor ihm, genauso regungslos wie er. Nur die Strähnen, die sich aus ihrem strengen Zopf gelöst hatten, flatterten im Wind.

Schweigend sahen sie sich an. Es gab nichts mehr zu sagen. Nichts, was sie nicht in der vergangenen Nacht ständig von Neuem diskutiert hätten. Ihr Entschluss stand unwiderruflich fest.

Es gab nichts, was er dagegen tun konnte. Jedenfalls nichts, was sie nicht noch endgültiger von ihm hätte forttreiben können. Hatte sie eigentlich auch nur den Hauch einer Ahnung, wie es sich anfühlte, sie gehen zu lassen?

Ein Blick in ihre Augen, diese großen, sehnsüchtigen Augen, beantwortete ihm die Frage. Sie wusste es. Ihr ging es genauso wie ihm.

Bitte, bleib. Du hast keinen Grund zu gehen, schrie es in ihm.

Aber er schwieg. Wollte es ihr nicht noch schwerer machen, obwohl er ahnte, jetzt, in diesem kurzen Augenblick des Abschieds, hätte er noch eine Chance, sie umzustimmen.

Doch er streckte nur eine Hand aus, um ihr eine Strähne ihres Haares zurückzustreichen.

Seine Finger streiften ihre Wange, als er ihr diese hinter dem Ohr feststeckte. Ihre Hand flog nach oben. Ihre Finger schlossen sich um seine und er wünschte nichts mehr, als dass sie nie wieder loslassen würde.

Beinahe hätte er es nun doch getan. Sie gebeten, sie angefleht, zu bleiben. Die Worte lagen ihm bereits auf den Lippen.

Das hastige Getrappel nackter Füße hinter ihm ließ ihn herumfahren.

Kaya kam auf sie zugelaufen. Sie trug noch ihren Schlafanzug, hatte sich nicht einmal die Zeit genommen, sich ihre Schuhe anzuziehen. Das kleine Gesicht war tränenüberströmt.

Chris erwartete, sie würde sich Larissa in die Arme werfen. Umso überraschter war er, als sie stattdessen neben ihm stehen blieb.

Später sollte er sich fragen, ob es daran gelegen hatte, dass er Rayen nicht bemerkte, der auf der Galerie stand und mit finsterem Gesichtsausdruck zu ihnen hinab blickte.

Kayas klare, blaue Augen richteten sich vorwurfsvoll auf Larissa. »Du gehst weg?«

Larissa biss sich auf die Lippen. Ihr Blick flog für einen Moment zu Chris, und er erkannte wie hilflos sie sich in diesem Augenblick fühlte. Aber das hier war etwas, wobei er ihr nicht helfen konnte. Er hatte sie gewarnt, dass so etwas passieren würde. Nichts bedauerte er mehr, als damit recht gehabt zu haben.

Sie schien zu erkennen, dass dies etwas war, wobei er sie nicht unterstützen konnte, denn sie ging in die Knie, um mit dem Mädchen auf Augenhöhe zu sein.

»Ich muss gehen, Liebes.«

Kaya schüttelte wild den Kopf. »Du darfst nicht«, jammerte sie. »Ich werd brav sein. Ich versprechs.«

»Es hat nichts damit zu tun, ob du brav bist«, entgegnete Larissa sanft. »Jemand wird sterben, wenn ich bleibe.«

»Dann nimm mich mit.«

»Das geht nicht. Dort wo ich hingehe ...« Sie zögerte.

Ist kein Platz für dich, ergänzte Chris in Gedanken, *kein Platz für irgendjemanden von uns.*

»... ist es nicht sicher«, vollendete Larissa ihren Satz.

Ihre Worte trafen Chris mehr, als seine eigenen finsteren Gedanken. Sie wusste es. Wusste, was sie für ein Risiko einging. Dennoch scheute sie nicht davor zurück.

Ihre Entschlossenheit, ihr Mut, ihr verdammter Starrsinn und ihre Beharrlichkeit. All das waren Dinge, die er an ihr liebte. Doch nun wünschte er sich, sie hätte nichts davon besessen.

»Du hast gesagt, du kümmerst dich um mich. Hast gesagt, du tust mir nicht weh. Warum lässt du mich dann allein?«, klagte Kaya.

Larissa streckte den Arm nach dem Mädchen aus, doch Kaya wich zurück und drückte sich eng an Chris.

»Liebes, hör mir zu. Ich ...«

»Nein«, schluchzte Kaya, das Gesicht an Chris' Bein verbergend.

Er konnte den Anblick ihrer bebenden Schultern nicht länger mitansehen, also bückte er sich, um sie auf den Arm zu nehmen. Erst danach fiel ihm ein, dass sie Nähe nicht ertrug. Aber in diesem Augenblick ließ sie es nicht nur zu, sondern klammerte sich mit aller Kraft an ihn und vergrub den Kopf an seiner Schulter.

Larissa trat auf sie zu, legte ihr eine Hand auf den Rücken.

Kaya schüttelte sie unwillig ab. »Ich werd nicht brav sein«, nuschelte sie erstickt. »Gehe nicht zum Unterricht. Rede nicht, bis du zurückkommst.« Nun wandte sie doch den Kopf und sah Larissa an. »Du kommst doch zurück?«

Larissa schluckte. Ihr Blick irrte von Kaya zu Chris und zurück. »Ich weiß es nicht«, sagte sie heiser. »Aber ich verspreche dir, ich werde es versuchen.« Sie sah Chris direkt in die Augen. »Ich verspreche es«, wiederholte sie.

Er nickte, da es nichts anderes gab, was er tun konnte. Nichts, außer Kaya zu halten, in dem Versuch, ihr ein wenig Trost zu spenden.

»Ich passe auf sie auf«, versicherte er ihr mit rauer Stimme.

Als sich ein riesiger, dunkler Schatten langsam aus dem Hangar schob, schloss er die Augen.

»Geh«, formte er lautlos mit den Lippen.

Sie konnte nicht erwarten, dass er ihr dabei zusah, wie sie ihn verließ.

Der Wind ließ seine Ohren klingeln, sodass er ihre Schritte nicht hören konnte.

Dennoch zuckten seine Beine, als versuchten sie gegen seinen Willen, ihr nachzulaufen, um sie zurückzuholen.

Er war überzeugt, dass es nichts in seinem Leben mehr geben konnte, dass so schwer war, ihn so fertig machte, wie Larissa dabei zuzusehen, wie sie sich tatsächlich abwandte. Trotzdem öffnete er die Augen und beobachtete, wie sie zu dem bereitstehenden Gleiter ging.

Den Rücken durchgedrückt, den Kopf hoch erhoben, die Schritte so ruhig, als mache ihr das alles kaum etwas aus.

Selbst als der Gleiter zu einem dunklen Punkt am Horizont zusammengeschrumpft war, stand Chris noch regungslos da und sah ihr hinterher. Hielt die schluchzende Kaya auf dem Arm, deren heiße Tränen sein Shirt benetzten.

Erst als er eine Bewegung neben sich spürte, wandte Chris den Kopf.

Dave stand an seiner Seite und sah ihn mit unbewegter Miene an. »Du hast es also wirklich getan? Hast alles riskiert, auf eine bloße Vermutung hin.«

Chris nickte, ohne dem Blick seines Freundes auszuweichen.

»Wir haben zwölf Stunden«, sagte er tonlos. »Bereite alles für die Evakuierung vor.«

ENDE

Die Geschichte von Chris und Larissa geht weiter:

Die Macht der Clans
LiebesTod

Das Erwachen war eine Qual. Jede einzelne Zelle ihres Körpers schien in Flammen zu stehen. Das dumpfe, mühsame Schlagen ihres Herzens schickte vibrierende Linien aus Schmerz bis in den entlegensten Winkel ihres Bewusstseins. Erst beim zweiten Versuch gelang es Larissa, die Augen zu öffnen. Sofort begannen sie zu tränen, obwohl ihre Umgebung nur von flackerndem Licht erhellt wurde.

Die Bemühung sich aufzusetzen gab sie sofort auf, als ein scharfer Schmerz durch ihren Schädel raste. Übelkeit stieg in ihr empor, drohte sie zu überwältigen. Sie schluckte bittere Galle und drängte mit aller Macht den Brechreiz zurück.

Von dem Haufen halb verfaulten Strohs, auf dem sie lag, stieg ein Geruch auf, der vermutlich mit Schuld an dem pelzigen Belag auf ihrer Zunge war. Es stank nach Erbrochenem und weitaus übleren körperlichen Ausscheidungen. Das gab ihr die Kraft, sich doch aufzurichten. Erst dann sah sie sich erneut um.

Der Raum, in dem sie sich befand, war winzig und, abgesehen von dem dreckigen Stroh, leer. Die Wände bestanden aus unterschiedlich großen, grob zusammengefügten Steinen, von denen die Feuchtigkeit rann. Die Eintönigkeit des dunklen Gesteins wurde lediglich durch eine Pforte aus armdicken Gitterstäben unterbrochen, die den Zugang zu dieser Zelle bildete.

Ein kaum hörbares Summen verriet Larissa, dass diese Gitter durch ein zusätzliches Energiefeld gesichert waren. Flackernder Lichtschein fiel hindurch und erhellte die Kammer notdürftig. Nicht, dass Larissa Wert darauf gelegt hätte, weitere Einzelheiten zu erkennen.

Irgendwoher kannte sie Räume wie diesen. Aber es dauerte eine Weile, bis ihr klar wurde, woran sie ihre Umgebung erinnerte. In alten Geschichtsbüchern der ursprünglichen Erde hatte sie Abbildungen solcher Kammern bereits gesehen. Sie befand sich in einer perfekten Nachbildung einer mittelalterlichen Gefängniszelle. Nicht einmal die Ringe an den Wänden, mit denen früher Gefangene an die Wand gekettet wurden, fehlten. Nur, dass diese Ringe hier nicht aus Metall, sondern aus nahezu unzerstörbarem Beryllium bestanden. Dennoch war Larissa erleichtert, noch am Leben zu sein.

Die Sorge um Chris verdrängte dieses Gefühl sofort wieder. Wo war er? War es ihm gelungen zu entkommen, oder war er ebenfalls hierher gebracht worden? Wo auch immer dieses *hier* sein mochte.

Schritte, die sich vom Gang her ihrer Zelle näherten, weckten die Hoffnung auf eine baldige Beantwortung ihrer Fragen, fachten aber auch ihre Angst an. Vorsichtshalber wich sie zurück in die hinterste Ecke ihrer Zelle. Ein dunkler Schatten erstickte kurzzeitig das Licht, das in ihr Gefängnis drang. Das leise Summen des Energiefeldes verstummte, die Tür schwang auf und eine große Gestalt betrat den Raum.

Blinzelnd versuchte Larissa die Gestalt zu erkennen. Dunkle Kleidung, breite Schultern, das Abzeichen des Batisté–Clans auf der Brust. Ein Clankrieger, der nicht so wirkte, als wäre er ihr freundlich gesonnen.

Noch enger drückte Larissa sich an die Wand. Ihre Übelkeit war verflogen, verdrängt von dem Adrenalin, das bei seinem Anblick durch ihren Körper jagte.

»Mitkommen!«, bellte der Unbekannte.

Sie blieb wo sie war. Nicht, weil sie seinen Befehl nicht befolgen wollte, sie konnte es schlicht nicht. Der Blick aus seinen kleinen dunklen Augen erschien ihr tückisch. Er taxierte sie, als wäre sie ein Käfer, dafür vorgesehen, demnächst auf eine Nadel gespießt irgendwo als Ausstellungsstück zu dienen.

Er kam näher, ergriff hart ihren Arm, um sie in die Höhe zu ziehen. Larissa stemmte die Füße in den Boden und machte sich schwer.

»Du bist nicht verletzt. Willst du, dass das so bleibt?«

Sie brachte ein schwaches Nicken zustande. »Dann komm!«

»Wohin?«

»Mein Lord will dich sehen.«

Die feinen Härchen in ihrem Nacken stellten sich auf. »Batisté!«

Lesen sie auch:

Nina Döllerer

Zessalonn: Die Legende der Samerier Teil 1

 Viele Jahre lang hat der neunzehnjährige Nareth unter der Grausamkeit seines Vaters gelitten. Als er den Mut aufbringt zu fliehen, reist er in die Goldene Stadt – Zessalonn. In den Reihen der Soldaten kann er endlich das Leben führen, das er sich immer erträumt hat.

Währenddessen rüstet Artharion – der Herrscher des Nordreiches – zum Angriff auf die Goldene Stadt.

Als sich herausstellt, dass Nareth das Erbe eines alten Volkes in sich trägt, muss er ein Schicksal annehmen, das ihn auf eine harte Probe stellt.

Bald führt er nicht nur einen Kampf gegen die Nordländer, sondern auch gegen sich selbst.

Dann bricht Nareths Vergangenheit über ihn herein und alles, woran er geglaubt hat gerät aus den Fugen.

ISBN: 978-3000499630

Nina Döllerer

Anbatar Die Legende der Samerier Teil II

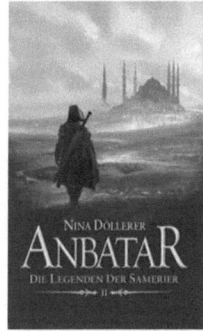 Nach dem Angriff der Nordländern, liegt Zessalonn in Trümmern. Um dem Krieg ein Ende zu setzen, reitet Nareth nach Anbatar. Doch der Hass der Nordländer gegen die Samerier geht viel tiefer, als er ahnt.
In den dunkelsten Gassen Anbatars trifft Nareth auf einen Feind, der aus seiner Friedensmission einen Kampf um Leben und Tod macht.

ISBN: 978-3-00-055462-9

Erhältlich ab Juni 2017

Mehr Informationen unter: ninadoellerer.de

Romantic Suspense

Chandni – Destiny? Ihre Liebe begann im Traum

Ein Roman von Medusa Mabuse

Band I der Dilogie

Adrianna und Siddharth lernen sich
schon als Kinder auf der Traumebene
kennen. Dort begegnen sie sich Nacht
für Nacht. Zwei Kinder, die in völlig
unterschiedlichen Kulturen leben. Siddharth ist ein junger Inder, Adrianna
lebt in Europa.

Mit der Zeit erblüht aus spielerischer kindlicher
Freundschaft Zuneigung und eine tiefe Liebe. Doch
nicht nur die Liebe verbindet die beiden. Adrianna und
Siddharth empfinden die gleiche Leidenschaft für den
Tanz.

Können Träume Wirklichkeit werden?

Siddharth ist überzeugt davon, dass ihre starke Bindung zueinander nicht nur im Traum besteht. Adrianna
aber zweifelt an den Gefühlen, die sie in ihren gemeinsamen Träumen füreinander hegen, und daran, dass
diese irgendetwas mit der Realität zu tun haben. Ihre
Wege trennen sich, vergessen können sie einander jedoch nie.

Jahre später begegnen sie sich im realen Leben.

EBook ISBN-13: 978-3-7368-5431-4

Print ISBN-13: 978-1503154148

Chandni – Destiny! Liebe meines Lebens

Ein Roman von Medusa Mabuse

Band 2 der Dilogie

Adriannas und Siddharths Liebe wird auf eine harte Probe gestellt. Wieder gerät Adriannas Leben in Gefahr. Ein Anschlag auf sie misslingt zwar, doch das Schicksal erlegt beiden noch weit schwerere Prüfungen auf.

Wie viel Leid kann ein Mensch ertragen?
Selbst die folgenden Schicksalsschläge können die tiefe Liebe der beiden zueinander nicht erschüttern. Sie kämpfen ebenso gegen die Bedrohung von außen wie gegen die eigenen Dämonen. Können sie sich des anderen wirklich sicher sein?
Immer wieder sprechen die Ereignisse dagegen. Ereignisse, die ihr Leben und ihr Vertrauen zueinander zu zerstören drohen. Als ein neuerliches Unglück über das Paar hereinbricht, das nicht nur das Leben beider bedroht, trifft Adrianna eine folgenschwere Entscheidung, die Siddharth in tiefste Verzweiflung stürzt.

EBook ISBN-13: 978-3-7368-8115-0

Print ISBN-13: 978-1508485025

Es gibt einen Grund, warum ich ein Träumer bin.

Ich mag es, Geschichten zu erfinden, Welten zu erschaffen, meine Protagonisten Abenteuer erleben zu lassen. Sie vor das Unmögliche zu stellen, sie zu konfrontieren, sie in Schwierigkeiten zu bringen.

Ich unterhalte mich mit meinen Figuren, streite, diskutiere und doch machen sie nur allzu oft das, was sie wollen.

Die Erlebnisse meiner Protagonisten nun teilen zu können ist einer ganzen Reihe von Menschen zu verdanken, die mich unterstützten.

Da wären meine Leser, die mich mit der Frage, wann sie denn endlich das neuste Kapitel zu lesen bekommen, stets antreiben und ermutigten.

Nina Döllerer, eine meiner Lieblingsautorinnen, die jederzeit auf den "literarischen Notruf" reagierte und für mich das Coverdesign übernahm.

Mein Lektor Oliver Jung-Kostick, der mir half, das Beste aus meinem Manuskript herauszuholen.

All meine Testleser und die Kollegen aus dem Admin-Team aus dem Autoren_Netzwerk.

Meine Familie, die es ertrug, während meiner Schreibzeiten einsilbige Knurrlaute als Antwort zu bekommen.

Und natürlich auch Danke an alle, die mir meine zahlreichen Fragen stets beantworteten.

Ohne euch alle, wäre ich heute nicht dort, wo ich bin.